MINHA JULIETA

Leisa Rayven

MINHA JULIETA

Leisa Rayven

Tradução
Fal Azevedo

GLOBO Alt

Copyright © 2015 by Leisa Rayven
Copyright da tradução © 2015 by Editora Globo S.A.

Todos os direitos reservados. Nenhuma parte desta obra pode ser apropriada e estocada em sistema de banco de dados ou processo similar, em qualquer forma ou meio, seja eletrônico, de fotocópia, gravação etc., sem permissão dos detentores dos *copyrights*.

Título original: *Broken Juliet*

Editora responsável **Eugenia Ribas-Vieira**
Editora assistente **Sarah Czapski Simoni**
Capa **Renata Zucchini Reschiliani**
Imagens da capa **Kotin/SS/Glow Images (frente);**
Artem Furman/SS/ Glow Images (atrás)
Diagramação **Eduardo Amaral**
Projeto gráfico original **Laboratório Secreto**
Preparação **Vanessa C. Rodrigues**
Revisão **Jane Pessoa e Erika Nakahata**

Texto fixado conforme as regras do Acordo Ortográfico da Língua Portuguesa (Decreto Legislativo nº 54, de 1995).

CIP-BRASIL. CATALOGAÇÃO NA PUBLICAÇÃO
SINDICATO NACIONAL DOS EDITORES DE LIVROS, RJ

R217m

Rayven, Leisa
  Minha Julieta / Leisa Rayven ; tradução Fal Azevedo. - 1. ed. -
São Paulo : Globo, 2015.
352 p. ; 23 cm.
Tradução de: Broken Juliet

ISBN 978-85-250-6042-6
1. Ficção juvenil australiana. I. Azevedo, Fal. II. Título.

| 15-26342 | CDD: 813 |
| | CDU: 821.111.(73)-3 |

1ª edição, 2015
8ª reimpressão, 2021

Direitos de edição em língua portuguesa para o Brasil adquiridos por Editora Globo S.A.
Rua Marquês de Pombal, 25
20.230-240 – Rio de Janeiro – RJ – Brasil
www.globolivros.com.br

Este livro é dedicado aos meus queridos pais,
que acharam que eu estava sendo enganada quando lhes
contei que tinha assinado um contrato para publicação.
O que vocês têm a dizer agora, hein, Bern e Val?
(Estou brincando. Amo vocês.
Obrigada por tudo.)

Dá-me o meu Romeu, e se eu morrer
Retalha-o e faz com ele estrelas,
E ele dará ao céu um rosto tal
Que o mundo inteiro há de adorar a noite,
Recusando-se a adorar o sol.

— Julieta descrevendo Romeu
Romeu e Julieta, de William Shakespeare

capítulo um
BELO REPARO

Hoje
Nova York
Apartamento de Cassandra Taylor

No Japão, eles têm o *kintsugi* — a arte de remendar porcelanas preciosas com ouro. O resultado é uma peça que nitidamente foi quebrada, mas que por isso mesmo é mais bonita.

É um conceito que sempre me fascinou.

É comum as pessoas tentarem esconder suas cicatrizes, como se o mais leve dano provasse o quanto são fracas. Acham que as cicatrizes equivalem a erros e os erros, a vergonha. A perfeição para sempre desfigurada.

Kintsugi faz o oposto. Ele diz: "Há beleza que nasce da tragédia. Vejam estas preciosas linhas, quebradas pela experiência".

Enquanto estou parada no corredor, olhando fixamente para a porta da frente, que reverbera com as batidas do meu antigo amante, ocorre-me que, apesar de o *kintsugi* ser um conceito nobre, não muda a realidade de que, uma vez que alguma coisa é quebrada, nada mais é a não ser isso. Um belo reparo, não importa quão elegante seja, não a deixa inteira novamente. Continua sendo uma porção de pedaços colados, uma imitação de sua forma anterior.

A julgar pelo seu e-mail desta manhã, que desnudava sua alma e incluía uma épica declaração de amor, creio que Ethan quer me remendar. Irônico, considerando que, para começar, foi ele quem me quebrou.

> Sei que você acha que fui embora porque eu não te amava, mas você está errada. Eu sempre te amei, desde o momento em que coloquei os olhos em você.
>
> Passei tanto tempo acreditando que tinha recebido o que merecia quando as pessoas me deixavam que não parei para pensar que recebi o que merecia quando te encontrei. Não consegui ver que, se eu parasse de ser um grande idiota inseguro por cinco minutos, daí talvez... só talvez... eu conseguisse ficar com você.
>
> Quero ficar com você, Cassie.
>
> Você precisa de mim tanto quanto preciso de você. Estamos ambos vazios um sem o outro. E levei muito tempo para perceber isso.

Lá está a batida de novo, mais forte dessa vez. Sei que preciso responder.

Ele está certo. Estou vazia sem ele. Sempre estive. Mas o que tenho para lhe oferecer a não ser a casca da mulher por quem ele se apaixonou?

> Não seja idiota como eu fui deixando as inseguranças vencerem. Deixe a gente vencer. Porque sei que você pensa que me amar de novo é um tiro no escuro e que suas chances são sombrias, mas me deixa dizer uma coisa: eu sou a coisa real. Não consigo parar de te amar, mesmo que eu tente.

Ele é capaz de me amar e ainda assim me deixar. E já provou isso mais de uma vez.

> Ainda estou morrendo de medo de você me magoar? Claro. Provavelmente da mesma forma que você morre de medo de que eu te magoe. Mas tenho coragem suficiente para acreditar que o risco vale a pena.
>
> Me deixe ajudá-la a acreditar.

Corajosa é uma palavra que não uso para me descrever há muito tempo. Meu telefone vibra com uma mensagem.

Ei. Estou na porta da sua casa. Você está aí?

Excitação e medo tomam meu corpo, apostando corrida para ver qual dos dois consegue paralisar meu cérebro primeiro.

Quando terminei de ler o e-mail, precisava vê-lo. Mas, agora que ele está aqui, não tenho ideia do que fazer.

Enquanto caminho pelo corredor, é como se eu estivesse sonhando. Como se os últimos três anos tivessem sido um pesadelo e eu estivesse a ponto de acordar. Tudo parece mais lento. Mais importante.

Quando chego à porta, aperto o robe em torno do meu corpo e expiro profundamente, em um esforço para me acalmar. Então, com a mão trêmula, abro a porta.

Eu me obrigo a respirar enquanto a porta abre para revelar Ethan, com o celular na mão. Tão lindo, mas cansado. Nervoso. Quase tão nervoso quanto eu.

— Ei — ele diz baixinho. Como se estivesse com medo de que eu o mandasse embora.

— Você está aqui.

— É.

— Como? Quer dizer, eu acabei de mandar a mensagem. Você já estava aí?

— Hum... é. Eu... bem, eu fiquei aqui um tempo. Depois que enviei o e-mail, não consegui dormir. Não conseguia parar de pensar em coisas. Em você. — Ele olha para o celular e o enfia no bolso. — Eu queria estar por perto, caso você... — Sorri e balança a cabeça. — Eu queria estar aqui. Por perto.

Seu paletó está no chão, amassado, ao lado de um copo descartável de café.

— Ethan, há quanto tempo você está aí fora?

— Eu já disse, um temp...

— Quanto tempo exatamente?

Seu sorrisinho disfarça algo mais profundo. Algo desesperado.

— Algumas horas, mas de certo modo... — Ethan baixa os olhos e balança a cabeça novamente. — Eu meio que me sinto como se estivesse esperando aqui fora há uns três anos, tentando criar coragem para bater na porta. Acho que aquele e-mail foi o jeito que encontrei de fazer isso.

Quando Ethan ergue os olhos novamente, pela primeira vez em muito tempo, eu vejo medo em seu olhar.

— Mas a pergunta é: vai me deixar entrar?

Percebo que estou agarrando o batente com a mão direita enquanto seguro a porta com a esquerda. Meu corpo inteiro bloqueia a entrada. É como se tudo que sou estivesse inconscientemente no meio do caminho dele.

Ele se inclina devagar, com cuidado.

— Você leu meu e-mail, certo?

De repente o espaço entre nós parece muito pequeno.

— Sim.

Ele põe as mãos nos bolsos, com expressão cautelosa.

— E? Adiantou?

Não sei o que dizer. Será que ele espera algum tipo de declaração? Qualquer coisa que combine com seus mil "te amo"?

— Ethan, aquele e-mail foi... incrível.

Parece que isso é tudo o que ele quer ouvir, porque seu rosto se ilumina.

— Eu amei. — Sinto um nó na garganta quando digo essas palavras. — Você realmente digitou os... aquelas frases... uma por uma?

— Foi.

— Levou quanto tempo?

— Não sei, não marquei. Só queria que você soubesse. Ainda quero que você saiba.

Seguro a porta com mais força.

Sei que não é uma conversa para se ter num corredor, mas, se o Ethan entrar, ele vai tocar em mim, e então qualquer tênue força que eu ainda tenha vai se estilhaçar.

— Então... como a gente fica depois disso? — Ele dá um passo à frente. — Quer dizer, eu sei o que quero. — Ele está tão perto que seus pés quase tocam os meus. —Acho que deixei tudo bastante claro. Mas, e você?

Fico tensa com sua proximidade.

Esse homem significa tanta coisa para mim. Ele foi meu primeiro amigo de verdade. Meu primeiro amor. Primeiro amante. Me deu mais prazer do que eu podia imaginar, e é o arquiteto de uma dor que jamais pensei ser capaz de suportar.

Parece quase impossível transformar todos esses homens em um, no homem que ele quer ser. Aquele que quer apenas ser um só para mim.

Meu.

— Cassie... — Ethan toca minha mão, e então desliza os dedos pelo meu pulso e antebraço. Eles deixam uma explosão de arrepios por onde passam. — O que você quer?

Eu quero você. Não posso querê-lo. Preciso dele. Odeio precisar dele.

— Não sei — murmuro.

— Eu sei — diz Ethan, inclinando-se na minha direção. — Me deixe entrar. Prometo, dessa vez estou aqui para ficar.

capítulo dois
VULNERABILIDADE DESPREZADA

Seis anos antes
Westchester, Nova York
Grove

Acordo, me espreguiço e levo um tempo para entender por que estou dolorida. Então me lembro.

Eu transei. Um sexo incrivelmente apaixonado, de fazer tremer todos os músculos do corpo. Com o Ethan.

Sorrio.

Ethan Holt tirou minha virgindade.

Ó, Senhor, como foi bom senti-lo. À minha volta e dentro de mim.

Cenas da noite anterior voltam, elas me tomam e transformam a dor em arrepios.

Certamente devo estar com outra aparência agora. Eu me sinto diferente. Maravilhosa. Como se todo um novo mundo de experiências tivesse se aberto para mim e eu não pudesse esperar para explorá-lo.

Com ele.

Enquanto suspiro satisfeita, estendo o braço para o outro lado da cama, e o encontro vazio.

Abro os olhos.

— Ethan?

Me levanto e vou checar o resto do apartamento. Vazio.

Volto e me sento na cama. Os lençóis estão amarrotados e ainda têm o cheiro dele.

Confiro o telefone. Nenhuma mensagem. Olho embaixo da cama para ver se algum tocante bilhete apaixonado ou de desculpas não caiu por ali.

Nada.

Que ótimo.

Estou segura de que, quando um homem sai da sua cama e some no meio da noite, isso não é um bom sinal.

Mais tarde naquela manhã, meus joelhos tremem enquanto espero nossa aula de atuação avançada começar.

Holt está atrasado. Ele nunca se atrasa.

Ainda não consigo acreditar que ele simplesmente foi embora. Quer dizer, se você dorme com uma garota pela primeira vez, pelo menos lhe manda uma mensagem, certo? Ou dá um telefonema de verdade para dizer: "Ei, obrigado por me deixar *deflorá-la*. Foi incrível".

Sei que se abrir não é nada fácil para o Ethan, mas será que ele não percebe que não é o único que precisa de segurança?

Erika entra na sala, e eu tento tirá-lo da cabeça.

— Senhoras e senhores, bem-vindos de volta. Espero que o feriado de Ação de Graças tenha sido bastante agradável. — Todos murmuram algo vagamente positivo, e ela sorri. — Que bom, porque pelas próximas semanas vou pressioná-los mais do que nunca. Neste semestre trabalharemos com máscaras, uma das mais desafiadoras e antigas formas da arte do teatro.

A porta se abre e Erika franze a testa enquanto Holt entra e se senta. Ele parece cansado.

— Obrigada por se juntar a nós, sr. Holt.

Ele assente.

— Imagine, não tem de quê.

— Posso arrumar alguma coisa para o senhor? Um relógio, talvez?

Ethan olha para as mãos.

— Desculpe pelo atraso.

Erika lhe lança um olhar cortante.

— Como estava dizendo, o trabalho com máscaras é difícil e requer completa honestidade e abertura do ator. Não é uma forma de arte que perdoa bloqueios emocionais ou inseguranças. Preparem-se para autoexames brutais.

Holt me olha de relance e me dá um sorrisinho tenso antes de se virar para o outro lado.

Erika vai até sua mesa e pega uma caixa grande, cheia de máscaras. Ela as espalha no chão.

— Essas máscaras expressam traços emocionais específicos. Eu gostaria que todos vocês dedicassem alguns minutos para escolher uma que lhes diga alguma coisa.

Todos vão até as máscaras. Enquanto falam e riem uns com os outros, Ethan fica para trás, esperando o grupo recuar. Vou até ele e fico ao seu lado.

— Oi.

— Oi. — Ele mal olha para mim.

— Você fugiu de mim hoje de manhã. — Ele enfia as mãos nos bolsos e os músculos de sua mandíbula ficam tensos. — Você está... chateado comigo? Com o que aconteceu? Quer dizer, sei que você disse que nós devíamos esperar, e eu te pressionei para avançarmos, mas...

— Não. — Ele dá de ombros. — Não estou chateado com você. Eu só estava... eu tinha umas coisas para fazer e não queria acordá-la. Está tudo bem.

As palavras dele são tranquilizadoras, mas não fazem com que eu me sinta nem um pouco melhor.

— Então, você... gostou? De mim? Do que fizemos?

Ethan fica de cabeça baixa, e vejo uma insinuação de um sorriso enquanto ele se inclina para sussurrar em meu ouvido.

— Cassie, só você mesmo para querer discutir sexo no meio da aula. Podemos, por favor, falar disso mais tarde, quando não estivermos em uma sala cheia de gente?

— Oh, sim. Claro. Mais tarde. — Sei que ele tem razão, mas meu ego continua murchando a cada segundo. — Mais tarde quando?

Ele suspira e se inclina novamente, ficando tão perto que seus lábios roçam minha orelha.

— Sim, eu gostei. Muito. Você foi, sem dúvida, a melhor. Mas pensar nisso agora não vai ser uma boa para mim. Então, por favor, pelo amor de todas as ereções fora de hora, deixe isso para lá.

Sua confissão me deixa radiante. Não o desculpa de ter ido embora, mas pelo menos sei que ele curtiu.

Erika acena para nós.

— Sr. Holt, srta. Taylor... menos conversa, mais escolha de máscaras, por favor. Eu gostaria de começar.

Quando chegamos mais perto, só restaram duas máscaras: uma com um nariz grande e sobrancelhas pesadas e franzidas, e outra que parece uma criança, com olhos redondos e bochechas macias.

—Agressividade e vulnerabilidade — diz Erika, se reclinando contra a mesa. Quando eu pego a criança e Holt estende a mão para a outra, ela estala a língua e troca as duas. — Esta é uma escolha bem menos óbvia para os dois, vocês não acham?

Holt fica tenso, e por um segundo acho que ele vai discordar, mas Erika o olha fixamente até que ele se vira e volta para seu lugar.

Ela então chama os alunos em pares para o espaço de atuação. Dá deixas para cenas improvisadas que usam apenas linguagem corporal. É difícil, e todo mundo se esforça, mas Erika pressiona para que rendam mais. Ela está assustadora hoje, e quando chama a mim e a Ethan para o palco, minhas mãos gelam.

— Srta. Taylor, a senhorita está representando força, mas em um contexto negativo. Obstinada, dominadora, intransigente. Sr. Holt, o senhor é o oposto. Sensível, aberto, confiante. Assim que estiverem prontos.

Visto minha máscara. Ela é apertada e fica difícil respirar. Minha visão está limitada aos pequenos buracos para os olhos, e eu preciso virar a cabeça para ver Ethan.

Ele me olha por alguns instantes antes de colocar sua máscara.

Levo algum tempo para me concentrar, e então vou em sua direção, tão assertiva quanto consigo ser. Não é fácil, já que ele é bem mais alto que eu. Ainda assim, tento ser agressiva e intimidadora.

— *Sinta* o que está fazendo, srta. Taylor. Habite a emoção da máscara.

Agarro a camisa de Holt e, em silêncio, ordeno que ele se sente no chão. Ele recua, fingindo medo, mas seu movimento é desajeitado.

— Sr. Holt, sua máscara representa submissão e vulnerabilidade. Você deve encarnar essas características. Abra-se.

Ethan tenta fazer o que ela pede, mas seus gestos são tão clichês que ele parece mais zangado que vulnerável.

Posso ver que Erika está desapontada com nossas tentativas. Poucos minutos depois, quando ela interrompe o exercício, Holt praticamente arranca a máscara e volta à sua cadeira pisando duro.

Erika recolhe as máscaras e as coloca de volta na caixa.

— Eu sei que hoje foi difícil, mas deve melhorar. A avaliação final nesta matéria representará cinquenta por cento de suas notas, então espero que todos vocês façam o seu melhor.

Ethan ergue a mão.

— Sr. Holt?

— Podemos trocar as máscaras da próxima vez?

— Não. As máscaras com que trabalharam hoje permanecerão com vocês pelo restante do semestre. Acho melhor que o senhor se acostume a explorar seu lado vulnerável, sr. Holt.

A expressão no rosto de Ethan é tão desdenhosa que chega a ser engraçada.

capítulo três
MÁSCARA

A Academia Grove de Artes Dramáticas é a mais prestigiada do país, então é lógico que seus padrões são altíssimos. Ainda assim, acho que nenhum de nós estava preparado para o quão difíceis seriam algumas aulas. Especialmente as de máscaras. Ao contrário do que garantiu Erika, que o trabalho com as máscaras ficaria mais fácil, continuamos a lutar com dificuldade. Mas, ainda que a maioria de nós seja bem ruim, Ethan é o pior de todos. Erika o tem pressionado mais do que a qualquer outro aluno e, claro, isso significa que ele sempre está de péssimo humor.

Ele está distante, e apesar de eu ter deixado bem claro que adoraria transar novamente, já faz quase uma semana desde que me tocou em algum lugar interessante. Ele nem ao menos segura minha mão, a não ser que eu dê o primeiro passo. O bom é que sempre dou o primeiro passo. Se Ethan não vai me deixar ter o resto de seu corpo, pelo menos a porcaria da mão eu vou ter.

— Porra, a Erika me odeia — diz ele enquanto caminhamos até o prédio central, um grande edifício de quatro andares que abriga biblioteca, cantina, salão de descanso e vários anfiteatros onde vamos encontrar nossos amigos para almoçar.

— Não é verdade.

— Então por que me força a trabalhar justamente com aquela máscara? Raiva, tristeza, agressividade, eu me daria melhor com qualquer uma dessas.

— É, mas ela sabe que você tem problemas com vulnerabilidade, por isso está te forçando a superar isso. Imagine como seria incrível se você ultrapassasse esse obstáculo. Provavelmente seria o primeiro da classe. — *E seria um namorado mais carinhoso.*

Ele balança a cabeça, em negativa.

— A possibilidade de isso acontecer é uma porra de um zero. Não consigo, Cassie. Na real, nem sei direito o que é *isso*.

Pego meu celular e entro no Google.

— Vulnerável. Adjetivo que significa suscetível a ser ferido ou magoado; aberto a ataques morais, críticas, tentações. E, uau! Ao lado da definição tem uma foto sua.

— Engraçadinha.

— Obrigada. Eu tento.

Estamos quase no Hub quando noto um grupo de estudantes do segundo ano perto da porta. Entre eles reconheço Olivia, a ex-mais-do--que-levemente-amarga de Ethan. Ela fecha a cara quando nota Ethan segurando minha mão.

— Não acredito — diz ela quando nos aproximamos. — Pensei que todas as histórias sobre você ter arrumado uma namorada eram conversa fiada e, no entanto, aí está você, com a mesma garota com quem o vi no começo do ano. Está realmente se esforçando para deixá--la bem ligada a você antes de lhe dar um pé na bunda, não? Quer dizer, o que você fez comigo foi ruim, mas essa daí? Ela vai te amaldiçoar por anos. Impressionante.

Ethan aperta mais a minha mão.

— E o dia não para de melhorar. — Ele puxa meu braço e nós entramos. Sinto o olhar fixo de Olivia nos seguindo.

— Ela odeia mesmo você, não odeia?

Ele faz que sim com a cabeça.

— É, bem, eu lhe dei bons motivos. — Ethan resmunga que precisa de comida antes de sumir na cantina lotada.

Vou até o outro lado do salão e encontro Jack, Lucas, Connor, Aiyah, Miranda e Zoe na nossa mesa de canto de sempre.

Jack olha em volta com cara de nojo.

— Caramba, este lugar é deprimente. Será que o conselho estudantil não tem nada melhor para fazer do que decorar toda essa merda? Parece que Jingly, a Fada da Purpurina, mijou na droga da cantina toda.

— Estamos quase em dezembro — diz Aiyah. — É festivo.

— Festivo? — Jack faz um gesto abarcando o tsunami de papel laminado e penduricalhos à nossa volta. — É quase psicótico. Ontem eles arrancaram a decoração de Ação de Graças como se ela tivesse pessoalmente xingado a mãe deles, e hoje tem uma tonelada dessa porra de pornografia natalina para todo lado. Ninguém precisa de tanto enfeite! Se eu aparecer no jogo de rúgbi hoje à tarde coberto de glitter, vou fazer uma reclamação oficial ao reitor. Não vou ficar conhecido como a bola disco humana, não importa o quanto isso me deixe fabuloso.

Há risadinhas, e então Lucas diz:

— Então, o que todo mundo vai fazer neste fim de semana? Jack, você finalmente convenceu a ruiva que está fazendo especialização em dança a sair com você?

Jack sorri.

— Convenci, porra. Vamos àquele restaurante italiano que abriu no centro. Um pouco de vinho, um pouco de massa. E depois, quando eu ligar o charme Avery, prevejo minha cara enfiada em suas coxas de bailarina antes da hora de dormir.

Miranda o encara, furiosa.

— Você sabe que pagar uma refeição para uma mulher não lhe dá o direito de comê-la, certo?

Jack não dá a mínima.

— Estou ciente. Além do mais, gosto dela de verdade. Se só quisesse sexo, não me daria ao trabalho de levá-la para jantar, certo? Apenas a convidaria para assistir a algum pornô leve no Netflix, esperando que ela entrasse no clima.

Connor cutuca Lucas.

— E você, cara? Não está vendo aquela mina de dreadlocks das artes visuais?

Lucas se reclina no assento e põe a mão sobre o coração.

— Oh, doce, doce Mariah. Vamos viajar no fim de semana. Um tour pelos vinhedos. Pousadas com café da manhã. A coisa toda.

Jack franze a testa.

— Porra, isso foi rápido. Vocês não estão juntos há só umas duas semanas?

— O que eu posso dizer, cara? Quando a coisa dá certo, dá certo. Ela é incrível. Eu posso ser péssimo em um monte de coisas, mas cuidar de mulher não é uma delas.

Sinto uma pontada ao ouvi-los conversar, porque o papo me lembra que, apesar de Ethan e eu estarmos oficialmente namorando há mais de um mês, ele ainda não me chamou para um encontro de verdade. Normalmente nós ficamos no meu quarto ou no dele. Vemos TV. Lemos. Estudamos.

Se eu estiver com muita sorte mesmo, até damos uns amassos, mas é isso.

É meio deprimente, na verdade.

— E quanto a você e Holt? — pergunta Connor, pegando umas batatinhas. — Algum grande plano romântico para o fim de semana? — O tom da voz dele é de quem já sabe a resposta.

Olho para Ethan na fila da comida.

— Hum, não tenho certeza. Ainda não falamos disso na verdade.

— Aham. — Mais uma vez, Connor baixa os olhos para seu prato, e sinto uma punhalada de ressentimento por ele ter tocado no assunto.

Será que todo mundo percebe o quanto Ethan não é romântico?

Tenho a impressão de que, se eu dissesse a todos daquela mesa que Ethan me deixou sozinha na manhã seguinte à noite que transamos pela primeira vez, ninguém ficaria surpreso.

É como se nosso relacionamento fosse um daqueles paradoxos lógicos idiotas.

Quando é que um namorado não é um namorado?
Quando ele é Ethan Holt.

Enquanto todo mundo continua tagarelando sobre seus planos românticos, peço licença e vou ao banheiro. Acho que sempre soube que Ethan não era a pessoa mais aberta do mundo, mas pensei que, assim que nossa relação se tornasse pública, isso mudaria.

Parece que não.

Saio do reservado e Olivia está lá, curvada sobre a pia, aspirando algo de cima da bancada. Quando me vê, limpa o nariz com a mão.

— Ei.

Eu tomo fôlego e passo por ela para lavar as mãos.

— Talvez fosse melhor você fazer isso onde ninguém te veja.

— É o que eu faço normalmente, mas achei que você devia ver o que te espera depois que Holt partir seu coração. Não é bonito.

Eu faço que não com a cabeça e lavo as mãos o mais rápido que posso.

— Não curto drogas.

— Ainda não. Você tem tempo.

Seco as mãos e tento ignorá-la enquanto ela cheira outra carreira em cima da bancada.

Quando conheci Olivia há alguns meses, não pude deixar de notar o quanto ela era deslumbrante. Ela fazia eu me sentir inferior de todas as formas. Meu cabelo era do tom castanho mais comum possível, enquanto o dela era de um castanho profundo e dourado, forte e brilhante. Apesar de eu ser curvilínea e bem proporcional, com meu um metro e sessenta e cinco, ela era uns dez centímetros mais alta e tinha o tipo de elegância esbelta que sempre invejei.

Ela devia parecer fantástica ao lado de Ethan, imagino, um tão estonteante quanto o outro.

Infelizmente, a mulher de pé à minha frente agora não se parece nada com aquela. Seu cabelo está oleoso e sem graça, a pele é áspera e amarelada, e a elegância longilínea que ela costumava ter deu lugar a faces encovadas e ossos proeminentes.

Sejam quais forem os demônios que carrega desde que terminou com Ethan, eles parecem estar devorando Olivia viva.

Quando me viro para sair, sinto uma pontinha de solidariedade.

— Olivia, se cuide, está bem?

Antes que eu possa abrir a porta, ela toca meu braço.

— Olhe, eu realmente não estou aqui para encher sua paciência. Só quero ter certeza de que você sabe no que está se metendo.

— Eu sei, obrigada.

— Sabe mesmo? Porque, olhando daqui de onde estou, o Ethan Holt que partiu meu coração se parece um bocado com esse com quem você está namorando.

— Ele mudou desde então.

Ela se encosta na pia e cruza os braços.

— Deixe eu lhe contar uma história.

Já posso prever que não vou gostar dessa história.

— Com muito custo ele concordou em deixar as pessoas saberem que vocês estão namorando, mas não age como um namorado de verdade. Nada de encontros, pouquíssimas demonstrações públicas de afeto, e fazer ele falar de seus sentimentos ou mudanças de humor é como tentar extrair dentes. Parece familiar?

Mantenho meu rosto impassível, apesar de minha adrenalina ter subido mais um ponto.

— Eu não sei o que lhe dizer. Gosto dele. Muito. Estou disposta a dar a ele o benefício da dúvida.

Olivia balança a cabeça.

— Você não entende, não é? Talvez ache que não vai acontecer com você, porque você é diferente ou especial, e talvez esteja certa. Mas não é esse o problema. Talvez *você* seja diferente, mas ele não é, e é ele quem vai destruí-la. Vá devagar. Esse cara é um desastre.

— Então essa garota anda perseguindo você agora? — pergunta Ruby, minha colega de quarto, enquanto luta para abrir uma lata de sopa de tomate.

— Mais ou menos, mas sinto que ela meio que está tentando me ajudar.

— É, bom, a vadia precisa dar um tempo. Esse trabalho é meu. Ainda assim, ela está certa. Eu não acredito que ele nunca a chamou para sair de verdade. Parece que o cara não tem sequer um único ossinho romântico no corpo. — Ela despeja a sopa em uma panela.

— Ele não é tão mau.

— Cassie, fizemos o teste "O quanto seu namorado é romântico?" da *Cosmopolitan* e o resultado do Holt foi "Este homem não sabe que é seu namorado". É ridículo, cara.

Dou uma olhada nos pãezinhos pré-assados que coloquei no forno há poucos minutos. Ainda estão muito pálidos.

— Já magoaram o Ethan. Ele só não demonstra seus sentimentos como os caras normais, acho.

— E como Ethan demonstra seus sentimentos? Porque, pelo que eu já vi, ele não te beija nem abraça para dizer "oi", quase não anda de mãos dadas, dormiu com você uma vez, mas não quer dormir de novo. Nada de presentes, nada de encontros e nada de poemas de amor épicos escritos com a cabeça cheia de peiote.

Faço uma careta.

— O que é essa última coisa?

— Não importa. É uma longa história. Mas o que eu quero dizer é que o garoto é incapaz de ser romântico, e você é quem sofre. Não acredito que não esteja puta da vida com isso.

— Bem, feliz eu não estou, mas o que posso fazer?

— Certo, eis o meu conselho: você está sendo um capacho.

— Isso não é conselho, é uma afirmação. E grosseira ainda por cima.

— Porra, Cassie, vire mulher! — Ruby mexe a sopa agressivamente. — Ethan está tratando você como uma merda porque tem problemas ou sei lá, mas isso não é desculpa. — Ela despeja um pouco de leite na panela. — Diga a ele para deixar de frescura, ou então escreva um BEM-VINDO nos peitos e pronto. A escolha é sua.

Eu sei que Ruby está certa, mas não consigo não pensar que um movimento em falso com Ethan teria resultados desastrosos.

—Ai, merda! — Ruby franze a testa olhando para a panela, e então pega a lata de sopa e lê as instruções.

— O quê?

— Acho que fodi tudo isso aqui.

— Como é possível? É sopa. Em lata.

— Eu pus leite demais. Parece que eu devia ter medido ou alguma merda assim. — Ela mergulha a colher na sopa e prova.

— Como está o gosto?

Ela dá de ombros.

— Leite sabor tomate.

Eu suspiro e me apoio na bancada.

— Não é a coisa mais esquisita que você já fez.

— Não mesmo.

— Servimos em canecas?

— Sim. Pelo menos temos pão.

— Ai, droga! — Abro a porta do forno e sai fumaça. Quando puxo a assadeira, os pães estão pretos. — Merda.

— Quem é a péssima cozinheira agora? Você só precisava esquentá-los, pelo amor de Deus.

Por alguns instantes ficamos olhando para os patéticos restos de nosso horrível jantar. Não sei se rio ou choro. Tenho uma vontade louca de ligar para Ethan e perguntar se ele viria cozinhar algo para nós, mas calculo que, se ele quisesse conversar ou passar algum tempo comigo, teria me avisado.

— Vinho? — Pergunto.

Ruby suspira.

— Definitivamente. Acho que o vinho eu não consigo estragar.

— Nisso concordamos.

Oh, Deus. Ai.

Eu me encolho ao abrir os olhos. A luz do sol espeta meu cérebro dolorido feito um furador de gelo.

Estou no chão, cercada de garrafas de vinho e caixas de pizza. A julgar pelo gosto horroroso em minha boca, na noite passada eu não só bebi muito além da conta, como também fumei um caminhão de cigarros. Minha boca tem o gosto do chão de uma rinha de galos.

Enquanto me espreguiço e passo a língua pelos dentes, vejo Ruby deitada no sofá, um braço cobrindo o rosto.

Realmente espero que ela se sinta tão mal quanto eu ao acordar. Apesar de não me lembrar de muita coisa da noite passada, tenho certeza quase absoluta de que foi culpa dela.

Minha cabeça lateja e meu estômago dá cambalhotas, e quando estendo um braço para me equilibrar, algo em minha mão chama a minha atenção. Está escrito HOLT com delineador preto nos nós dos meus dedos.

Mas que...?

Na outra mão tem a palavra FEDE rabiscada nas falanges.

Ouço um gemido e olho para Ruby.

— Não fui eu — diz ela por detrás do braço. — Bem, o.k., fui eu, mas foi você quem mandou.

— Você se lembra da noite passada?

— Você não?

— Na verdade, não.

— Bem, eu fiquei discursando por umas duas horas sobre como o Holt é um filho da puta, até que você concordou comigo. Então você fez isso na minha cara.

Ela afasta o braço para revelar a maquiagem mais horrenda que eu já vi. Suas sobrancelhas foram engrossadas e a linha do maxilar foi desenhada, tudo com ângulos agudos e péssimo sombreado.

— Você tentou me deixar parecida com o Holt, porque você queria dar um soco na cara dele por ser tão fechado.

— Oh, Deus, Ruby, eu bati em você? — Era difícil saber, com tanta maquiagem.

— Não, mas você gritou muito, mas gritou muito mesmo com o Holt pelo telefone lá pelas duas da madrugada.

— O quê?! O que foi que eu disse?!

Ela se senta, e então segura a cabeça e geme.

— Você disse um monte de coisa. Posso ter bancado a torcedora bêbada ao fundo. Lá pelo final, fiquei com pena do cara. Você realmente acabou com ele. Aí você desligou e desmaiou.

— Oh, Deus. — Me sinto enjoada, e não é só por causa do álcool. Engatinho pelo chão e abro caminho em meio à bagunça tentando achar meu telefone. — Por que você não me impediu?

— Amor, eu estava ainda mais bêbada que você. Além do mais, ele mereceu tudo. Para uma garota bêbada, você foi bem eloquente. Exceto quando chorou.

Paro o que estou fazendo e olho para ela.

— Por favor, diga que está brincando.

— Não. Depois de uns dez minutos discursando, você balbuciou algo sobre como ele é seu primeiro namorado, seu primeiro amante, e que você deveria estar zonza e apaixonada, mas só consegue se sentir confusa e solitária, porque, mesmo quando ele está com você, não está totalmente presente.

— Oh, Deus.

— Então você disse alguma coisa tipo: "Por que você simplesmente não se permite me amar? Não vê como daríamos certo?". E, bom, a essa altura eu também estava chorando, então...

Eu esfrego os olhos.

— Ai, Ruby, isso é ruim. Muito ruim.

— É, nunca mais vamos beber desse jeito.

Empurro as coisas de cima da mesinha de centro, desesperada para encontrar meu telefone. Por fim o encontro embaixo de uma caixa de pizza. Está desligado e coberto de gordura.

Quando eu o ligo, há oito chamadas perdidas e duas mensagens de texto.

— Merda, merda, merda...

Leio sua primeira mensagem.

Ligue de volta. Agora.

Pressiono o telefone contra a cabeça, que lateja de dor.

Eu não quero olhar a outra mensagem, mas sei que devo. Ethan a enviou uma hora depois da primeira.

> Odeio ter te feito chorar, porra. Ligue quando ler isso. Não me importo
> com o tamanho da sua avassaladora ressaca. Precisamos conversar.

Olho fixamente para a tela por um longo tempo enquanto releio suas palavras.

— Cassie? Tudo bem?

— Não sei. Ele disse: "Precisamos conversar".

— Ih, merda.

— Foi o que eu pensei.

Digito o número dele. A chamada cai na caixa postal.

> Oi, aqui é o Ethan. Deixe um recado. Ou não. Tanto faz.

Desligo.

— Droga!

— São só sete horas — diz Ruby —, e além do mais você o manteve acordado com seus etílicos maus-tratos verbais. Talvez seja melhor deixá-lo dormir.

— Preciso de seu carro emprestado.

— Hã... você não acha que ainda está bêbada demais para dirigir? Eu com certeza estou.

— Preciso ir até lá, Ruby.

Ela esfrega os olhos.

— Tá bom. As chaves estão na minha mesa. Mas talvez seja bom tomar um banho e trocar de roupa antes. Você tem manchas de pepperoni nos peitos.

Olho para baixo e não fico nem um pouco surpresa ao ver que ela tem razão.

— Ruby, nós nunca mais vamos beber de novo.

— Amém.

Meia hora depois, bato à porta da casa de Holt enquanto náusea e pânico disputam para ver qual dos dois consegue me fazer vomitar primeiro. Quando ele não responde, o pânico toma a dianteira. Eu bato outra vez.

Depois de mais alguns segundos, ouço passos arrastados, e aí a porta se abre um pouco, para revelar o rosto de Elissa, que força a vista.

— Cassie?

— Oi, Lissa.

— São sete e meia da manhã.

— Eu sei.

— De sábado.

— Sinto muito. Seu irmão está aí?

— Não, senão eu o mataria. Ele berrou alguma coisa sobre sair para dar uma corrida meia hora atrás. Espero que seja atropelado. O idiota estressadinho ficou quicando pelo apartamento desde, tipo, três da manhã. Xingando e batendo portas enquanto limpava a casa.

— Enquanto... limpava a casa?

— É. Ele só faz isso quando está mais do que agitado. Começou a passar aspirador de pó lá pelas quatro. Alguma coisa aconteceu entre vocês dois a noite passada?

— Hã, o negócio é que... eu estava bêbada, e eu... bem, acho que o ataquei verbalmente.

— Você ligou para ele *bêbada*?

Eu faço uma careta.

— É, eu acho.

— Bom, isso explica muita coisa. — Ela boceja. — Quer entrar e esperar?

— Claro. Se não tiver problema.

— Tudo bem. — Ela abre a porta, então se arrasta de volta para o quarto. — Ele não deve demorar. A casa é sua. Vou voltar para a cama. Quando ele voltar, dê um tapa na cabeça dele por mim, pode ser?

— Está bem. Obrigada. Desculpe tê-la acordado.

— Sem problemas. — Ela fecha a porta atrás de si, e eu olho em volta na sala de estar. Está limpíssima.

Nunca uma sala arrumada me deu tanto mau pressentimento.

Minha cabeça dói, então me sento no sofá e folheio uma revista por alguns minutos, até que percebo que mal olho para ela. Jogo-a de volta na mesa de centro e vou até o quarto de Holt. Sua cama foi arrumada com precisão militar. No meio dela está aberto... oh, Deus.

Aquilo é o diário dele?

Sua letra bonita cobre as duas páginas, e uma caneta está aninhada no meio delas.

Tentação, diário de Holt é seu nome.

É quase impossível resistir ao impulso de ler, mas sei como é ter a privacidade invadida, e mesmo que eu fosse capaz de dar meu braço esquerdo em troca de uma espiadinha dentro da cabeça dele, isso não valeria o custo da quebra de confiança.

Fecho o diário, com cuidado para não olhar para o que está escrito, e o coloco com a caneta no criado-mudo. Então subo na cama e enfio o rosto em seu travesseiro.

Hmmm... que cheiro bom.

Por favor, não deixe que ele sinta raiva de mim. Deixe-me conser-tar isso.

Por favor.

Algo roça meu pescoço.

Lábios. Respiração quente.

Eu me viro, querendo mais.

— Cassie?

Shhh. Você vai afastar os lábios.

— Ei... Está acordada?

— Não. Shhh. Mais lábios. Meu namorado vai voltar logo.

Os lábios voltam. Com um formato diferente. Um sorriso?

Eles se movem pelo meu pescoço, meu queixo, tão macios quanto ásperos. Seu queixo. Bochecha.

— Quem você acha que está te beijando?

— Hmm. Orlando Bloom?

Os lábios param, no meio de um beijo.

— Bloom? Sério? Seu namorado faria picadinho daquele inglês pálido.

— Você está insinuando que é meu namorado?

Mais beijos que se demoram no meu pescoço, então pressionam minha orelha de leve.

— Não estou insinuando nada. Estou citando um fato.

— Impossível. Meu namorado não é assim tão carinhoso.

Os lábios param. Ele solta o ar. A tensão se transmite do corpo dele para o meu.

Engulo em seco, ainda de olhos fechados.

— Desculpe.

— Por quê?

— Pelo que acabei de dizer. Pelo que disse a noite passada. Por favor, não fique irritado. Foi culpa do vinho.

— Não foi, não.

— Certo. Você tem razão. Não posso colocar toda a culpa no vinho, mas ele ajudou.

Ele segura meu rosto.

— Cassie, não foi o vinho, ou você, ou a Ruby, apesar de eu ter ouvido no telefone ela instigar você. Se for culpa de alguém, foi minha.

A desculpa que estou a ponto de dar morre em minha boca. Abro um olho.

— Hã... o quê?

— Você me chamou de uma porra de namorado horrível, e você estava certa.

Abro os dois olhos.

— Eu realmente usei essas palavras?

— Sim.

— Até a que começa com P?

— Sim. Não vou mentir, isso meio que me deixou excitado.

Eu me ergo um pouco, apoiada em um dos cotovelos, e olho para ele. Ethan deve ter acabado de sair do chuveiro, porque só está usando cuecas. A visão do seu peito nu me desconcerta. O que é ainda mais desconcertante é que ele não está se retraindo quando eu o olho assim.

32 Leisa Rayven

Balanço a cabeça.

— Desculpe, mas o que exatamente você está dizendo?

Ele se deixa cair de costas e fecha os olhos.

— Tudo que você disse. Todas as críticas... você estava certa. Tenho mesmo mantido você distante.

— Por quê?

Quando ele faz uma pausa, eu acaricio seu braço para estimulá-lo a continuar. Depois de alguns segundos, ele abre os olhos e olha para o teto.

— Você sabe qual foi meu primeiro pensamento quando entrei aqui e a encontrei na minha cama?

— Qual?

— Que você tinha lido meu diário.

— Mas eu não li. Eu juro...

Ele se vira para mim.

— Eu sei. Quando parei e pensei a respeito, percebi que você não faria isso. E, no entanto, meu primeiro instinto foi pensar o pior de você, porque é assim que eu lido com... as coisas. Pessoas. Estou sempre preparado para o pior, para não ser pego de surpresa. E não me decepcionar. Imagino que, se não tentar de verdade, não posso fracassar de verdade, certo? Então é isso que tenho feito.

— Ethan... — Ponho a mão em seu ombro, e ele fica tenso.

Ele se senta.

— Fiquei com muita raiva de você ontem à noite, puto pra caralho, não porque o que você disse era mentira, mas porque era tudo verdade. Você falou de todas as coisas que eu odeio em mim mesmo. Merdas do passado que não têm nada que afetar você, mas afetam. — Ele balança a cabeça. — Vou tentar. Sei que parece conversa fiada, mas é só o que eu posso fazer, certo?

Eu não sei se ele está tentando convencer a mim ou a si próprio.

— Tentar o quê?

— Tentar ser... melhor. — Ele pega meu rosto entre as mãos e me beija. Há um toque de desespero na forma como seus dedos me tocam, em como seus olhos ainda estão fechados quando ele afasta o rosto do meu. — Eu consigo fazer isso. Ser o namorado que você merece.

— Eu acredito em você.

Sei que é mentira o que acabo de dizer, mas realmente acredito que Ethan vai tentar.

Na manhã seguinte, estou jogando os últimos livros na minha bolsa e enfiando um pedaço de torrada na boca quando ouço alguém bater à porta.

Abro e vejo Ethan, sorrindo e me estendendo um copo de papelão.

— *Pintaccino?* — pergunto, preocupada. Às vezes os baristas fazem desenhos indecentes com a espuma do leite no café.

— Não, só chocolate quente. Com uma porção extra de marshmallow. — Ele dá um sorrisinho e me beija rapidamente.

Ele acabou de fazer a barba e está usando calça jeans desbotada e um suéter azul. Por um instante, minha mente não consegue processar que este é mesmo Ethan. Aqui. Atencioso. Sorridente. Vestindo outra cor que não preto da cabeça aos pés, como o Ceifador.

Não faz sentido.

Seu sorriso se apaga.

— Que porra de cara é essa? Você está me olhando como se eu fosse um assassino em série. O chocolate não está envenenado.

Certo, isso é mais familiar.

— É só que... você normalmente não é... — Estou desconcertada com o quanto ele está lindo e... despreocupado. — Hã, o que você está fazendo aqui?

Ethan passa por mim e põe o copo sobre a mesa.

— Sendo um namorado melhor, lembra? Namorados normais levam suas namoradas à aula, então aqui estou eu. — Ele pega minha bolsa e a pendura no ombro. — Puta merda, o que você está levando aqui dentro?

— Livros.

— De chumbo?

— Acho que namorados normais são mais legais que você.

— Eu sou legal.

Dou uma risadinha irônica.

— Certo.

Ele passa o braço pela minha cintura e me puxa para perto, e então me beija de um jeito que faz meu corpo ir do zero ao superaquecimento hormonal em dois segundos.

Ele olha para mim, triunfante.

— Você não pode dizer que isso não foi legal.

Concordo, balançando a cabeça. Não é uma resposta válida, mas é tudo que consigo fazer.

— Pronta para ir?

— Sim.

Ele agarra minha mão e fecha a porta às nossas costas. Acho que gosto desse novo namorado.

capítulo quatro
APOIE-SE EM MIM

Hoje
Nova York
Apartamento de Cassandra Taylor

— **Me deixa entrar, Cassie.** Por favor. — Ele é tão persuasivo. Tão calmo e convincente enquanto passa os dedos pelo meu braço antes de roçar meu pescoço, e então docemente segurar meu rosto. — Apenas solte a porta.

Ele se inclina em minha direção, os lábios macios contra meu rosto. Então vem sua respiração, quente, em minha orelha. Fecho os olhos enquanto um tremor percorre minha espinha.

— Eu sei que aquele e-mail não conserta tudo o que fiz...

— Não mesmo.

— ... mas cada palavra dele era sincera, e se você me deixar entrar, vou provar isso a você. Vou mostrar para você. E *amar* você. Por favor...

Ele toca minha orelha com os lábios e me faz estremecer.

Cobre meus dedos com os dele e os afasta da porta.

— Você quer se apoiar em alguma coisa? — diz ele. — Apoie-se em mim. — Ethan leva minhas mãos até seu peito. Quando eu enterro as unhas em seus músculos, ele não se retrai.

— Ethan, não sei se consigo fazer isso.

— Eu consigo. Deixe-me ajudá-la.

— Você nunca me deixou ajudá-lo no passado.

— Eu devia ter deixado. Não cometa os mesmos erros que eu cometi. Por favor. Deixe-me mostrar para você o quanto posso ser diferente.

Fecho os olhos enquanto ele segura minha mão contra seu peito e acaricia meus dedos.

Estou mesmo fazendo isso? Considerando tentar novamente me relacionar com Ethan?

Olho para o peito dele. Para sua camisa de botões. Azul. Se eu olhasse para os olhos dele agora, estariam espelhando a cor da camisa.

Ethan aperta minhas mãos.

— Sei que você acha que esteve fechada por tanto tempo que não sabe como despertar. Que todos esses sentimentos confusos que eu trago à tona te fazem desejar nunca ter me conhecido.

Dou um suspiro.

— É por aí.

Ele faz uma pausa de alguns segundos, e então diz:

— Era assim que eu costumava me sentir. Quando nosso namoro começou a ficar sério, tudo que eu sentia era grande demais. Não ajudava nada ter uma voz paranoica dentro de mim sussurrando que você ia me destruir. Tenho certeza de que na sua cabeça há uma voz dizendo a mesma coisa.

É verdade. A diferença é que eu não tive nada a ver com os problemas de confiança dele, e, no entanto, ele é a única razão de todos os meus.

— Mas você já me disse isso duas vezes — digo. — Nas duas vezes, me machucou.

Ele acaricia minhas mãos novamente.

— Cassie, olhe para mim.

Luto para erguer meu olhar e encará-lo. Quando o faço, ele não me deixa desviar os olhos.

— Antes eu *achava* que podia ser o que você precisava. Mas achar e saber são duas coisas diferentes. Agora eu *sei*. Me deixa provar que posso amá-la do jeito que você merece.

Não sei mais o que mereço. Achava que era ele que eu merecia, mas Ethan provou que eu estava errada, mais de uma vez.

Se ele falhar dessa vez, não vai sobrar nada de mim.

capítulo cinco
DISFARCE PERFEITO

Seis anos antes
Westchester, Nova York
Grove

Há duas semanas, Ethan tem sido tudo o que eu sempre quis. Ele é afetuoso e atento, e saímos todas as sextas e sábados à noite. Ele até me comprou flores. Duas vezes.

Não consigo acreditar nessa mudança.

Nem nenhum de nossos amigos.

— Que porra você fez com o Holt? — pergunta Jack quando Ethan sai da mesa da cantina para me buscar uma bebida. — Parece aquele filme escroto no qual todo mundo é substituído por extraterrestres e fica super-legal. Ele não me manda me foder há semanas. Isso é errado e antinatural.

Connor dá de ombros.

— Talvez o amor de uma boa mulher o tenha mudado. — Ele me dá um sorriso. — Pessoalmente, fico feliz que ele tenha deixado de ser tão babaca. Aquilo estava começando a me deixar puto.

Zoe pega um pó compacto e começa a passar no nariz.

— Bem, acho uma baboseira. Ninguém tão fodão quanto Holt muda do dia para a noite, não importa o quanto queira. Vocês viram o olhar que ele lançou à Erika na aula de máscaras hoje? Se os olhos dele tivessem laser, ela teria virado pó. O Holt de verdade ainda está lá, com certeza.

Paro de ouvi-los. Não me importa o que digam. Ethan tem sido incrível, e eu vou curtir isso enquanto puder.

Quando volta para a mesa, ele me dá um longo beijo.

Todo mundo fica em silêncio. Jack se levanta e examina a nuca de Ethan.

— Que merda você está fazendo?

— Nada — diz Jack, ficando na ponta dos pés. — Só estou procurando o tentáculo alienígena que está ligado no seu cérebro.

Ethan rosna e o empurra.

— Vai se foder, Avery.

Quando todo mundo grita e começa a aplaudir, Ethan olha para mim com uma expressão confusa.

Balanço a cabeça e o puxo para se sentar ao meu lado.

Poucos minutos depois, Jack começa a contar uma de suas piadas épicas. Quando me viro para olhar para Ethan, ele está sorrindo, mas tem alguma coisa estranha em seus olhos. Uma tristeza cansada. Como se essa versão dele mesmo o deixasse exausto, mas ele se recusasse a desistir dela.

Parte de mim quer ignorar o pressentimento de que há algo errado e apenas acreditar na mudança, mas eu estaria fingindo tanto quanto ele.

Não importa o quanto eu queira negar a verdade, fica cada dia mais óbvio que ele é como alguém que se afoga agarrado a uma jangada que afunda.

Toda vez que tento falar com Ethan sobre o que está havendo com ele, ou ele muda de assunto ou me ignora, ou então usa seu apelo sexual como arma para me distrair de tudo, a não ser de minha crescente necessidade de sexo.

É isso que ele está fazendo agora.

Ethan está entre minhas pernas, movendo-se para a frente e para trás e pressionando sua pelve contra a minha de um jeito que ele sabe que me deixa louca. Estou tão desesperada para tê-lo dentro de mim que começo a choramingar.

— Ethan, por favor.

Ele me beija outra vez, e então me puxa para cima dele. Suas mãos estão na minha bunda, seus lábios no meu pescoço.

— Hoje não.

— Por que não?

Sua boca e língua me calam. Estão úmidas e quentes e é tão, tão bom.

Puxo seu cabelo e ele faz aquele som. Meu som. Aquele que faz o peito dele vibrar.

— Ethan... — *Oh, não pare. Sim, aí mesmo. Ohhhhhh, Deus.* Ele puxa para baixo o bojo do meu sutiã e usa a boca. Ó doce e majestoso Zeus. — Certo. Tudo bem. Eu convenço você a transar mais tarde. Por enquanto, continue fazendo isso.

— Tenho uma ideia melhor — diz ele enquanto desabotoa meu jeans. — Me deixa pôr a boca em outro lugar.

Minha calça está pelos joelhos antes que eu entenda o que ele disse.

— Hã... Como é?

Ele puxa meu jeans e o joga no chão, e aí se ajoelha entre minhas pernas e acaricia minhas coxas.

— Você se lembra do que é chegar à terceira base?

— Hã... é... bem. — Com certeza me lembro, e pensar nele fazendo isso me acende como se eu fosse uma fogueira. — Você tem certeza de que quer fazer isso? Quer dizer...

Ele se inclina e me beija, profunda e apaixonadamente. E me deixa tão sem fôlego que eu não consigo falar. Acho que esse era o plano dele.

Ele olha para minha calcinha.

— Quero fazer isso há muito tempo.

Seus olhos parecem escuros. Quando ele dedilha a parte de cima da minha calcinha, eu inspiro de forma entrecortada.

— Nervosa? — pergunta ele. Eu faço que sim com a cabeça. — Não fique. Você vai gostar.

Ele tira minha calcinha lentamente, e então sua boca vai descendo... descendo... misericórdia, descendo até lá embaixo. Ele mantém os olhos nos meus enquanto beija a parte interna das minhas coxas. Não consigo evitar os sons que faço, não importa o quanto sejam embaraçosos. Quando ele beija a outra coxa, de boca aberta, começo a ofegar.

Ele fecha os olhos quando me cobre com sua boca, e o gemido que acompanha esse gesto faz até meus ossos vibrarem.

Eu não tenho ideia do que ele está fazendo com a língua, mas a sensação é incrível. Quando me contorço em resposta, ele agarra meus quadris e chupa com mais força. Nunca senti nada igual. Aí ele usa os dedos também, e eu quase desmaio de prazer.

Nessa noite, Ethan me mostrou o explosivo êxtase do sexo oral. Várias vezes.

Acabamos não falando dos nossos problemas. Ou de por que ele se recusa a dormir comigo.

Amanhã, eu digo a mim mesma, enquanto ele me deixa na cama e vai embora. *Conversamos amanhã*.

O rosto de Ruby fica vermelho brilhante.

— Ele ainda não fodeu você desde que tirou sua virgindade?!

— Shhh!

Metade das pessoas da fila da cantina se viraram para olhar para nós.

— Só estamos ensaiando umas falas — esclarece Ruby. — Virem a porra dessas caras para lá, seus idiotas.

Pagamos e vamos para as mesas.

— Ele faz umas coisas comigo o tempo todo, mas toda vez ele tem evitado... você sabe...

— Penetração.

— Exatamente.

— Jesus, Cass, o que você fez da primeira vez para deixar o cara tão arisco?

— Nada! Ele me disse que eu fui a melhor que ele já teve.

— Então por que ele não está pegando você toda vez que tem uma chance? O que ele está esperando? Receber um convite do presidente?

Eu suspiro e cutuco minha salada com o garfo.

— Olha, não sei. Ele parece que simplesmente entra em pânico toda vez que chegamos perto de...

— Ele é tão babaca.

— Vamos lá, Ruby. Ele está tentando.

— Ser babaca?

— Pare.

Olho pela janela e o vejo atravessando o pátio. Suas mãos estão enfiadas nos bolsos e a cabeça, baixa. Ele não se parece nada com a pessoa que conheci nas últimas semanas.

Ethan parece absolutamente derrotado.

Fatigado.

Infeliz.

Um tremor percorre minha espinha.

Ethan não sabe que eu o observo, e então percebo que estou olhando para seu eu verdadeiro. Meu namorado perfeito não está em lugar nenhum por ali.

De canto de olho, vejo que Olivia também o observa. Ela balança a cabeça e vai para o banheiro.

Lá fora, o barulho do trovão, trazido pelas nuvens de uma tempestade que se aproxima, se parece um bocado com o de uma avalanche.

capítulo seis
DESTRUINDO-SE

O que você faz quando vê alguém que você ama se destruindo? Você tenta impedir?

É claro.

Eu digo a Ethan que ele não precisa se esforçar tanto. Que eu me importo com ele mesmo que não me traga flores ou me leve para sair.

Ethan continua se recusando a discutir o assunto.

Voltamos aos seus silêncios. À falta de toques.

A ele se fechando.

Uma noite, ouvimos sirenes e vimos uma ambulância na entrada de um prédio que fica mais à frente na minha rua.

Quando nos juntamos à pequena multidão reunida na calçada, vejo Ruby conversando com Liberty, uma das garotas das artes visuais.

— O que houve? — Fecho mais o casaco e olho para o prédio.

A expressão de Ruby é séria.

— Overdose. Os paramédicos conseguiram ressuscitá-la, mas ela ficou num morre-não-morre por um tempo.

— Ai, meu Deus. Quem é?

Ela olha rapidamente para Ethan.

— Olivia Pyne. Atriz, segundo ano. É a garota que perseguia você, certo? A ex do Holt?

Eu me viro para Ethan, que está branco feito um papel.

— É. Ela mesma.

Antes que eu consiga dizer qualquer coisa as portas do saguão se abrem e os paramédicos empurram uma maca até a calçada. Todo mundo espicha o pescoço para olhar. Apesar de o rosto pálido de Olivia estar meio escondido sob a máscara de oxigênio, é evidente que ela não está nada bem.

Ethan empurra algumas pessoas para chegar até os paramédicos.

— Ela vai ficar bem?

A moça o olha de cima a baixo.

— Você é o namorado?

A expressão dele fica rígida.

— Não.

— Ela está estável. É só o que eu posso lhe dizer.

— A overdose foi intencional?

— Não cabe a nós dizer.

— O que foi que ela usou?

— Sinto muito, não posso falar mais do que já falei. Vamos levá-la ao Hospital White Plains, onde será examinada.

A paramédica passa por Ethan e abre a porta da ambulância, para que ela e o parceiro coloquem Olivia lá dentro. Eu seguro a mão de Ethan enquanto a ambulância vai embora com as luzes piscando e a sirene ligada. Ele observa sem expressão, até que o carro sai de vista.

— Liberty disse que ela tem andado deprimida — diz Ruby. — Se viciou um tempo atrás. Sua colega de quarto achava que ela tinha parado, mas pelo jeito não.

Sem dizer uma palavra, Ethan tira a mão da minha e sai, a passos largos.

Quando eu o alcanço, sua mandíbula está tão apertada que seria capaz de quebrar nozes.

— Ethan...

— Eu não quero falar disso.

É, bem, a essa altura eu já estou até acostumada.

Eu me esforço para acompanhar seu passo.

— Você não pode se culpar por isso. Sério. Ela tinha problema com drogas.

— Que ela arranjou depois que eu fodi com a vida dela.

— Você não tem como saber disso.

— Tenho, sim, porque com certeza ela não fazia essa merda enquanto estivemos juntos.

— É a faculdade. Uma porção de gente faz uma porção de coisas idiotas. Pelo menos eles a encontraram a tempo. Ela vai ficar bem.

Ethan para e se vira para mim, com o rosto pegando fogo.

— Você realmente quer olhar a vida por trás dessas lentes cor-de-rosa, não é, Taylor? Ela *não* vai ficar bem! Você não viu como ela estava agora há pouco? Ela mal está viva! Sei que a sua vida tem sido uma porra de uma taça de pêssegos com creme, mas nem todo mundo é igual a você. Algumas pessoas vivem no mundo real, onde merdas acontecem, merdas que você não pode consertar, e não importa o quanto deseje que as coisas mudem, elas simplesmente não mudam, caralho. Acorde!

Quando ele se afasta, soltando fumaça, digo a mim mesma que ele só precisa de um tempo. Que isso vai passar e nós vamos voltar ao normal. Mas não faço ideia do que seja normal para nós. Odeio que estejamos a cada dia mais indefinidos, e não posso fazer nada para impedir.

Ethan não me ligou nessa noite, e quando aparece no dia seguinte para a avaliação final com as máscaras, ele parece não ter dormido nada.

— Sr. Holt — diz Erika, enquanto ele luta com o primeiro teste. — Como o senhor vai expressar a verdade dessa máscara se há tantas barreiras entre ela e o seu verdadeiro eu?

Sei que está realmente tentando chegar ao estado de vulnerabilidade que lhe tem escapado durante semanas, mas ele falha, uma e outra, e outra, e outra vez.

— Deixe-se levar, Ethan! Dispa-se de todo o lixo que você acha que o protege!

Ele grunhe de frustração e arranca a máscara do rosto, antes de atirá-la longe.

— Eu não consigo fazer essa porra, está bem?! Pode me reprovar!

Erika olha em volta, para o resto da turma.

— Vocês todos estão dispensados. Vejo vocês amanhã. Sr. Holt, você fica.

Há uma porção de olhares cautelosos enquanto todo mundo pega suas coisas e sai. Eu me demoro do lado de fora. Ontem a Olivia, e hoje isso? Não faço ideia de como ajudá-lo. Nem ao menos se Ethan *pode* ser ajudado.

Me encosto na parede do corredor e fico ouvindo a conversa.

— Sr. Holt, seu comportamento nesta aula tem sido inaceitável. Explique-se.

— Certo. Que tal assim? Máscaras são uma merda idiota. Eu quero ser ator, não um mímico meia-boca. Como isso vai ser relevante para mim fora desta sala de aula?

— O trabalho do ator é compartilhar o que ele é com sua plateia. Essas máscaras o desafiam a se abrir *inteiramente*. É por *isso* que é relevante.

— Eu *tentei* compartilhar e ser vulnerável! Toda porra de aula, eu tentei. O que mais quer de mim?

— Quero apenas que você *seja*. Pare de tentar me mostrar uma versão melhorada de si mesmo. Mostre-me o cara que está sob essa merda toda.

— Você ainda não entendeu, caralho? Por baixo de toda a minha merda, só tem mais merda. Você acha que em algum lugar aqui dentro existe um indivíduo magicamente bem ajustado, e que tudo o que eu preciso fazer é encontrá-lo? Ele não existe! Acredite em mim, eu procurei! Só sou um monte de camadas infinitas de merda. Achei que isso era óbvio a essa altura. — Eu o ouço expirar com força. — Então vá em frente. Pode me reprovar. Eu nem ligo mais para essa porra.

A voz dele falha na última palavra, e me faz querer abraçá-lo com toda a força.

Ethan luta tanto com sua autoestima. Mas, sabendo pelo que passou, entendo por que acha tão difícil se abrir. Ele foi um garoto órfão que não foi adotado até completar três anos, e quando descobriu que era adotado, aos dezesseis, não sabia mais quem era. Seu relacionamento difícil com o pai não ajuda. Charles faz da desaprovação paterna uma forma de arte.

Como se tudo isso não fosse o suficiente, no último ano do ensino médio Ethan descobriu que a namorada transou com seu melhor amigo na maior parte daquele ano. Nem consigo imaginar como eu lidaria com tudo isso. Obviamente, a julgar pelo que está acontecendo agora, Ethan também não.

Arrisco uma espiada para dentro da sala. Ele está sentado em uma cadeira, com a cabeça nas mãos, olhando fixamente para o chão. Erika está diante dele. Ela se inclina para a frente, como se tentasse tocá-lo com suas palavras.

— Ethan, escute. Acho que nós dois sabemos que isso não tem a ver só com o exercício. Acha que é o único que tem medo de deixar que os outros o vejam como realmente é? Todo mundo usa máscaras metafóricas a vida toda. Todos nós temos diferentes faces que mostramos aos nossos colegas de trabalho, ou amigos, ou família. Às vezes usamos tantas máscaras que esquecemos quem somos por trás delas, mas é preciso encontrar coragem para abandonar toda essa enganação e revelar seu eu verdadeiro. É só isso que eu quero que faça. É só isso que eu sempre quis.

Ethan balança a cabeça.

— E se meu verdadeiro eu for... uma merda? Defeituoso, tóxico, incapaz de inspirar amor? Por que eu deixaria alguém ver isso?

— Porque, no final das contas, essa é a sua única versão verdadeira. É a única que pode realmente dar aos outros. Todo o resto é fingimento.

— Tem toda razão — diz Ethan, a voz rouca de emoção. Ele soa desesperançado. — Eu tenho mesmo fingido. Para gente demais, por tempo demais. Porra.

Erika põe a mão no ombro dele, mas Ethan se encolhe.

— Ethan...

— Eu não quero mais fazer isso. Fico com o zero. Posso ir?

— Se não há mais nada que você queira discutir...

— Não.

Saio de perto da porta assim que ele a atravessa. Ele não para quando me vê.

— Ethan?

Ele me ignora.

— Ei, devagar. Aonde você está indo?

Agarro seu braço e ele se vira para me olhar de frente.

— Não faça isso, Cassie. Pare, porra. Você precisa de mais do que eu posso lhe dar. Sempre soube disso, e agora você também sabe. Vamos os dois parar de negar isso.

— O que você está...?

— Eu tentei. Tentei de verdade. Mas acabou. *Nós* acabamos.

Ethan puxa o braço, soltando-se da minha mão, e vai embora. Eu fico, atordoada demais para fazer qualquer coisa que não olhar para ele se afastando.

capítulo sete
MAIS FORTE

Hoje
Nova York
Apartamento de Cassandra Taylor

Não sei se Ethan se cansou de falar ou se simplesmente não tem mais palavras. Ele falou um bocado. De medo e de como vencê-lo. De aprender com os erros do passado. De como juntos somos pessoas melhores do que jamais fomos quando separados.

Ethan está dizendo tudo que eu precisava que ele tivesse dito há anos.

Ouvi tudo o que ele tinha a dizer, mas não falei muito.

Esperava que Ethan estivesse frustrado comigo a essa altura, mas ele não está. Está caloroso. Gentilmente tranquilizador. Mais compreensivo do que jamais foi.

— Não estou atrás de nenhuma garantia aqui, Cassie — diz ele. — Só uma chance. Uma oportunidade para tentar.

Tentar esquecer o que houve no passado e simplesmente amá-lo outra vez?

Seria bom.

Mas tentar nem sempre é o bastante.

Limpo a garganta e encontro minhas palavras.

— Mesmo que eu aceite tentar, o que te faz pensar que não vou fazer exatamente o que você fez naquela época e estragar tudo?

Pela primeira vez hoje, vejo um pouquinho de irritação.

— Porque você é melhor do que eu. Sempre foi. Infinitamente mais sábia e mais forte.

Se eu não estivesse tão ansiosa, riria.

— Ethan, se tem uma coisa que eu não sou é forte. Se fosse, a essa altura eu já teria superado você e seguido com a minha vida. Não estaria aqui, considerando seriamente a possibilidade de te dar outra chance.

— Bobagem. Você é forte *porque* está aqui, encarando seus medos, em vez de correr deles. Se eu tivesse essa força, essa história teria tido um final feliz há muito tempo.

Inspiro profundamente e solto o ar devagar. Por mais que eu queira deixar o passado para trás, esta conversa traz tudo de volta, com detalhes que embrulham meu estômago. Meu peito fica apertado a ponto de doer. Reconheço os sinais de um ataque de pânico. Eu já tive um ou dois antes, todos D.E. — Depois de Ethan. Normalmente Tristan me acalma.

Hoje, sei que é meu instinto de lutar-ou-fugir.

Ethan acaricia meus braços quando percebe o que está havendo. É claro que ele reconhece os sintomas.

Seus ataques de ansiedade foram o que nos destruiu.

capítulo oito
UMA NOITE

Seis anos antes
Westchester, Nova York
Grove

O sol se põe, e eu não me movo.

Ruby me envia uma mensagem para dizer que ela encontrou um antigo ficante e não virá para casa esta noite, e eu não me movo.

Tenho uma vaga noção de que estou em choque, mas não sei se deveria estar. Ainda não sei o que aconteceu.

Ethan.

Ethan aconteceu, mas...

Ele terminou mesmo comigo?

Não.

Não.

Se ele tivesse terminado comigo eu saberia, certo? Ele estava nervoso, claro, mas estava zangado com Erika, não comigo.

Não. Nem era culpa da Erika. Ele estava zangado consigo mesmo.

Então por que me sinto tão... inadequada?

Fico de pé e me espreguiço, mas isso não alivia a dor em meus ossos. Preciso fazer alguma coisa. Ajudá-lo.

Eu devia ir até lá e lhe dizer que, seja o que for que ele esteja sentindo, nós vamos resolver juntos. É isso o que os casais fazem, certo?

Mas será que ainda somos um casal?

Pego minha mochila com mãos trêmulas e vasculho até achar meu celular. Uma vozinha me avisa para parar. Diz que, se eu falar com Ethan, ele vai esclarecer minha dúvida e, neste momento, eu prefiro uma vaga esperança a uma certeza sombria.

Mas eu não posso não falar com ele. Preciso consertar isso.

Procuro seu número e hesito.

Por favor, faça com que isso tenha sido só um desabafo dele. Permita que nós consertemos isso.

Caminho de um lado para o outro pela sala esperando a ligação completar. Quando ouço o tom de chamada, paro de andar.

Posso ouvir o toque do telefone de Ethan, "Back in Black", do AC/DC, do lado de fora da minha porta.

Abro a porta com um safanão, e lá está ele, telefone na mão, ombros caídos, encostado na parede em frente à minha porta.

— Ethan?

— Não sei por que estou aqui.

Mal consigo ouvi-lo. Sua voz está rouca, os nós de seus dedos, ralados e ensanguentados. Sua postura é tão retraída e tensa que me deixa ansiosa.

— O que houve com a sua mão?

Ele continua a falar como se não tivesse me ouvido.

— Mesmo quando tento ficar longe, eu não consigo. Que merda eu tenho de errado?

— Ethan? Sua mão?

Quando ele olha para mim, seus olhos estão vermelhos e inchados.

— Soquei uma parede.

— Por quê?

— Porque sou um fodido patético. Você já devia saber disso.

Eu nunca o tinha visto tão emocionalmente exposto. Minha pele formiga. Isso não é bom.

— Ei, está tudo bem. Entre. — Pego sua mão para puxá-lo porta adentro. — Deixe-me limpar isso para você.

Ethan me segue, relutante, até o banheiro. Passo sua mão sob a água morna e cubro os arranhões com uma pomada antisséptica. Ele me observa cuidadosamente. Sua tensão preenche todo o ambiente.

Quero acalmá-lo, mas não sei como. Quando tento tocar seu rosto, ele se afasta, apenas o suficiente para sair do meu alcance.

— Não... — Ethan anda rápido até a sala e puxa o próprio cabelo. — Eu devia ter ido para casa. Desde o começo sabia que eu era a pior coisa que já lhe aconteceu, mas fui fraco. Você me deixa tão fraco, porra.

O pânico sobe pela minha garganta enquanto eu o vejo andar de um lado para o outro. Ele está se desmanchando. Caindo aos pedaços, mais rápido do que eu possa juntar.

Seguro seu peito para fazê-lo parar. Ethan olha para minha mão como se fosse um ferro em brasa, queimando sua pele. Eu me afasto, tento manter minha voz calma.

— Ouça, Ethan, seja o que for que você está sentindo agora, nós podemos resolver juntos. Por favor, só... — Tomo fôlego e tento me acalmar. — Me diga como consertar isso. — Então tenho um pensamento horrível. — Nós podemos consertar isso?

Ethan se encosta na parede, a testa franzida, a cabeça inclinada para trás.

— Não sei. — Seu pânico emite vibrações pelo ar, fazendo todos os meus pelos se arrepiarem.

— Como posso ajudar você? Por favor...

— Porra, Cassie, eu *não sei*, caralho. Eu não sei mais que merda estou fazendo. Desde o instante em que conheci você, tenho sido tão chacoalhado que não sei mais quando estou de pé ou de ponta-cabeça. Só sei que quero estar com você, mas...

Eu me aproximo dele e seguro seu rosto. Sinto o mesmo desespero.

— Não. Nada de "mas". Você está comigo. Olhe. Você está bem aqui.

— Mas não devia estar. — Ele fecha os olhos, bem apertado.

— Devia, sim. Você está comigo, eu sou sua, e eu... eu amo você.

Ethan arregala os olhos, e me dou conta de que é a primeira vez que lhe digo essas palavras. É estranho que seja novidade para ele. Eu já sinto isso faz tempo, mas acho que tenho sido muito orgulhosa, ou muito medrosa, ou teimosa demais para dizer. Mas preciso dizer agora porque o estou perdendo.

Aguardo por sua reação. Será que espero que ele diga o mesmo? Depois desses meses de paixão compulsiva, é claro que é isso que desejo. Mas ele não diz. Em vez disso, fica de cabeça baixa, como se eu tivesse aberto a caixa de Pandora e condenado nós dois.

— Porra. Cassie... não...

— É verdade — digo enquanto a dor em meu peito aumenta. — Eu amo você, Ethan. Você é... incrível. Mas sei que você está apavorado. Da última vez em que você se abriu assim, sua namorada traiu você com seu melhor amigo. Mas você *sabe* que eu nunca faria isso. Eu te amo. E espero que debaixo de todo esse seu medo... você consiga encontrar uma forma de... bem, eu espero que... você me ame também. Tá?

Por favor, Ethan. Diga que eu estou certa.

Ele abana a cabeça.

— Eu não posso...

Seguro as lágrimas. Ele precisa que eu seja forte, e eu preciso que ele fique bem. Nós podemos fazer isso.

— Você não pode... me amar?

Todos os meus músculos ficam tensos para que sua resposta não consiga me machucar.

— Cassie, não importa o que eu sinto por você. Eu não posso ser o que você precisa.

— Você pode, sim. Você já é.

— Como pode dizer isso? — diz ele, a frustração endurecendo sua voz. — Eu fico provando que você está errada o tempo todo. Você merece outra pessoa.

— Eu não *quero* mais ninguém. Mas... se você quer...

Ele balança a cabeça.

— Você sabe que isso é besteira.

— Eu não entendo. Então, você me quer, mas não me ama? — Minha voz falha, e eu odeio o quanto ela soa patética.

A expressão dele muda, de ansiedade para pena. Odeio aquela cara. Ele percebe que estou desesperada demais para me dizer que estou enganada.

— Você acha que eu não amo você? — diz ele enquanto se afasta da parede e fica de pé em toda a sua altura. — Se não te amasse, você acha que eu estaria nesse inferno agora? Você acha que eu gosto de me sentir assim? Como se afastar você não me arrancasse pedaços? Porra, Cassie, sei que a coisa certa a fazer é deixá-la em paz. Mas, quando penso em fazer isso... — ele põe a mão sobre o peito —, *dói* pra caralho. E eu estou tão *cansado* de sentir dor. Achei que você pudesse fazer parar, mas você só piorou tudo. — Tudo o que ele sente agora está estampado em seu rosto. Ele mal consegue me olhar nos olhos, e isso deixa os meus cheios de lágrimas. — Você quer que eu diga? Sim, eu amo você. Mas você não faz ideia de quantas vezes quis não amar.

Ele fecha os punhos e parece estar se esgarçando, como se fosse se desfazer a qualquer segundo, a menos que me toque. Eu sinto o mesmo.

— Amar você — diz Ethan — é a coisa mais idiota e egoísta que já fiz, mas não consigo parar. Deus sabe que tentei.

Antes que eu tenha tempo de responder, ele se movimenta. Em três passos, está com os braços à minha volta, apertando-me contra si enquanto toma minha boca. O choque inicial é rapidamente substituído por uma febre incontrolável, que derrete meus músculos e se entranha em meus ossos.

Ethan geme e me beija outra vez, e outra, mais apaixonadamente a cada segundo. Eu mal consigo acompanhá-lo.

Ele nunca me beijou assim antes. Nunca. É como se ele falasse diretamente com meu corpo. Pedindo permissão, e desculpas, e desejando coisas impossíveis. Ele me empurra contra a parede, e ainda que o beijo esteja cheio do mesmo desejo faminto que sempre existiu entre nossas bocas, também significa outra coisa.

56 Leisa Rayven

Algo que sussurra sob minha pele e aquece o ar em meus pulmões. Eu sinto todos os meus nervos formigar enquanto ele pressiona seu corpo contra o meu e murmura em meus lábios:

— Me diga como parar de amar você, Cassie. Por favor. Eu não tenho a menor ideia, porra.

Ethan me beija mais profundamente. Por mais tempo. Com mais intensidade. É sedução e vontade, crua e sem vergonha.

É tudo.

Nossas bocas e mãos ficam frenéticas. Ele diz que quer nos manter separados, mas nossos corpos têm outras ideias.

Seus movimentos são bruscos, impacientes. Quando ele segura minha camisa, ergo os braços para permitir que ele a puxe. Meu jeans é o próximo, e preciso me apoiar na parede enquanto ele o arranca. Quando Ethan volta a ficar de pé, beijando meu corpo todo pelo caminho, minhas pernas amolecem.

Tem um calor que vem dele para mim e volta. Onde quer que ele me toque, me sinto queimar. Todos os lugares que ainda não tocou doem. Sua boca está em toda parte, como se ele tentasse me consumir. Sei como Ethan se sente: também estou assim faminta por ele.

Eu me atrapalho com os botões de sua camisa, desesperada para chegar à pele que ela esconde. Desabotoo a maioria, mas o último não quer abrir. Gemo enquanto rasgo o tecido e afasto a camisa dos seus ombros. Quando minhas mãos finalmente tocam seu peito e sentem o pulsar acelerado ali, eu suspiro.

Isso é mais que desejo. É até mais que amor. É imperativo. Necessidade irracional, animal. Eu não consigo beijá-lo de forma suficientemente profunda, ou segurá-lo suficientemente perto.

— Deus, Ethan...

Ele não é gentil, e por mim tudo bem. Não estou acostumada com ele assim. Tão instintivo e descontrolado. Nada está sendo reprimido. Nada. E é tão excitante tê-lo assim que fico com um nó na garganta.

Ethan pega meu sutiã e puxa as alças para baixo, para tocar meus seios. Tudo o que eu sou vira ar enquanto ele me beija e me mordisca, e quando enfia a mão em minha calcinha, sou um longo suspiro sem fim.

Eu o agarro com tanta força que é como se tentasse entrar sob sua pele. Enquanto desafivelo e solto seu cinto, ele continua me provocando com a boca e os dedos, mantendo-me encostada à parede, para me impedir de fugir. Abro o jeans dele, e só quando escorrego minha mão para dentro de sua cueca é que ele hesita por um instante. De repente, fica imóvel, e seu corpo inteiro treme enquanto eu o tomo na palma da mão e aperto.

Oh, como ele sente. A expressão dele enquanto eu o toco. Músculos se flexionam com tremores de urgência reprimida.

Ethan põe uma das mãos na parede, a cabeça baixa, a respiração rápida. Ele parece sentir dor, mas sei que não é isso. Eu paro enquanto abaixo seus jeans e sua cueca, então o empurro contra a parede para que possa beijá-lo do peito para baixo. Quando alcanço sua barriga, ele começa a praguejar baixinho. Quando o tomo em minha boca, ele não consegue formar palavra alguma, só longas vogais com voz rouca.

Se pudesse, eu o faria sentir-se assim o tempo todo. Amado e adorado. Eu faria suas dúvidas e inseguranças se derreterem em minha boca. Afastaria seus medos com toques fascinados e gemidos agradecidos.

Logo ele está agarrando meu cabelo e me puxando para cima. Então, me beija com paixão renovada. Ele faz uma pausa para desamarrar os sapatos e tirar as meias. Aproveito a oportunidade para beijar suas costas, seu ombro, seu bíceps. Ele volta para minha boca, e eu arranco seu jeans e cueca. Ethan mal acaba de chutá-los para longe e já está puxando minha calcinha para baixo.

Não sei bem como chegamos ao chão, mas chegamos. Eu o faço se deitar para que eu possa saborear cada centímetro de sua pele quente e perfumada. Cada músculo tenso e delicioso. Enquanto estou beijando do seu torso, noto vagamente que ele tira a carteira do bolso da calça e põe um preservativo.

Quando termina, faz com que eu me deite de costas e se instala entre minhas pernas. Acho que nunca vou me acostumar à intensidade de vê-lo assim. Nu e glorioso. Ele está em cima de mim com olhos que são de alguma forma escuros, mas também cheios de fogo. Ethan examina meu rosto enquanto se apoia em um dos braços, seus ombros largos tensos, e então eu o sinto, empurrando, abrindo caminho.

Oh.

Sua pressão, doce, extática.

Eu olho para ele, fascinada. Essa sensação. Esse preenchimento lento e intenso. Tão diferente da primeira vez que fizemos isso. Ainda há algum desconforto enquanto meu corpo inexperiente se acostuma a ser expandido, mas não há nada da resistência daquela vez. Nada de dor. Apenas o incrível milagre de um corpo se unindo a outro.

Com alguns poucos empurrões suaves, ele está dentro de mim e, ah, meu Deus, eu não sou grande o suficiente para o turbilhão de sensações que ele provoca em mim.

Sua boca está aberta. Os olhos pesados e piscando.

Como ele pode achar que não podemos resolver tudo o que há entre nós, se juntos somos assim? Isso é maior do que o medo. Mais importante do que a dúvida.

Ele começa a se mover, a princípio devagar, sua mandíbula travada, determinado. Então, sua vontade toma conta e ele ganha velocidade. Cada estocada o traz mais fundo. Eu me agarro a seus ombros, e observo enquanto seu rosto se modifica ao passar pelas diferentes camadas de prazer. Ele é magnífico.

Ele enfia as mãos nos meus cabelos. Beija meu peito. Chupa meu pescoço. Enquanto faz isso, o tempo todo ele se move, longos deslizamentos que me fazem tremer e perder o fôlego. Um calor sobe pelo meu pescoço enquanto o prazer gira por dentro de mim. Quando ele aumenta o ritmo, sei que estou fazendo sons embaraçosos, mas não consigo parar. Ele é demais.

Quando não suporto mais sua beleza, eu olho para o teto. Que se agita e ondula. Desisto e fecho os olhos. Ergo os quadris para ir ao encontro dele. Agarro os quadris dele para apressá-lo.

No final, eu me contento em ofegar. A adrenalina corre pelo meu corpo enquanto estou numa corda bamba de sensações, e quando ele enfia a mão entre nós dois e faz movimentos circulares com os dedos, fico fora de mim. Caindo e voando ao mesmo tempo, e dando voz às longas, intensas ondas que me dominam.

Ainda estou girando quando ele deixa escapar um longo gemido. Ele recua e avança tão fundo quanto pode, depois desacelera, e finalmente para. A essa altura, nós nem somos mais duas pessoas; somente uma massa orgástica, nos agarrando um ao outro com braços e pernas trêmulos.

Incrível.

O que mais duas pessoas poderiam querer uma da outra?

Eu deixo escapar um suspiro profundo.

O corpo de Ethan pesa sobre o meu, seu rosto escondido em meu pescoço. Passo a mão por seu cabelo e tento respirar.

— Eu amo você, Ethan Holt — digo, baixinho, ofegante. — Não importa o quanto as coisas fiquem difíceis, apenas lembre-se disso, o.k.?

Ethan fica tenso por um instante, e justo quando acho que meu coração vai parar pela total falta de resposta, ele solta o ar e diz:

— Eu... eu também amo você.

Pelo resto da noite, não conversamos. Fizemos amor, uma e outra vez. No chuveiro, na cozinha, no sofá e, finalmente, na minha cama.

Quando por fim somos tomados pela exaustão, eu me enrosco nele e descanso a cabeça em seu peito.

Seja qual for o dilema pelo qual ele está passando, encontraremos um jeito de resolver, porque é isso que casais que se amam fazem.

Caio no sono com o coração de Ethan batendo em meu ouvido e seu braço em torno de mim.

Na manhã seguinte, a luz passa pelas minhas pálpebras e eu tenho uma leve impressão de que pássaros cantam nas árvores lá fora. Sorrio enquanto percebo o corpo quente a meu lado.

A primeira vez que dormimos juntos, Ethan foi embora antes que eu acordasse. Dessa vez ele ficou.

Sinto seu perfume e passo a mão pelo seu torso. Ele está quente, e para mim é um luxo sentir toda a extensão de seu corpo nu contra o meu. Essa dose de Ethan deveria ser ilegal. Ele é gostoso demais.

Só de estar perto dele eu já fico excitada, e começo a pensar em quais posições sexuais podemos tentar nesta manhã. Há tantas coisas novas que quero que ele me ensine.

Enquanto me aconchego contra seu peito, e suspiro satisfeita, percebo que seu coração está batendo depressa. Depressa demais.

Abro os olhos e vejo que ele está acordado. Olhando fixamente, com o rosto imóvel, para o teto.

Uma onda de calor percorre minha pele.

— Oi.

Ele pisca e se vira para mim.

— Oi.

Sua postura é rígida. Assustadoramente rígida. O braço que me segurou tão perto a noite passada agora está jogado ao lado do corpo, mal toca em mim.

Eu me sento na cama.

— O que houve?

Ele pisca rapidamente algumas vezes, com o maxilar tenso.

— Preciso ir.

Antes que eu consiga protestar, ele joga as pernas para fora da cama e veste a cueca.

— O quê? Ethan...?

— Eu preciso ir para casa fazer as malas para o feriado em Nova York — diz, sem olhar para mim. — Além do mais, tenho de falar com a Erika sobre o crédito extra que vou precisar fazer nas férias de Natal para compensar a bomba na aula de atuação do semestre. Feliz merda de Natal para mim.

Ele veste o jeans e afivela o cinto antes de sair em busca da camisa.

— Bom, eu poderia ir com você. Para sua casa. Depois que você fizer as malas, nós podíamos tomar café. Meu voo para casa é só à tarde...

— Não. — Ele desaparece no corredor e bolos de náusea se formam em meu estômago. Eu me sento mais ereta e puxo o lençol para cima enquanto ele reaparece, abotoando a camisa.

— Você não quer que eu vá com você?

Ethan se senta na cama e pega as botas e meias, sem nem me olhar enquanto puxa as calças e amarra os cadarços. Seus movimentos são tensos. Ele parece zangado, e eu não sei por quê. Será que ele não se lembra da noite passada?

— Ethan... fale comigo.

Ele acaba de amarrar os cadarços e olha fixamente para o chão. Sua mandíbula fica tensa enquanto ele inspira fundo.

— Cassie... — ele suspira. — Eu não posso... nós não podemos fazer isso. Pensei que talvez... — Ele fecha os olhos com força. — Simplesmente não podemos.

— Não — digo, meu pânico já aumentando. — Não comece com essa merda de novo. Nós podemos. Nós conseguimos a noite passada. Você não se lembra como foi demais? O quanto somos incríveis juntos?

Sua respiração fica acelerada enquanto ele se volta para olhar para mim.

— A noite passada foi um erro.

Eu fico paralisada. Suas palavras ficam suspensas no ar como uma nuvem tóxica. Algo estala e se estilhaça dentro de mim.

Ethan não está dizendo isso. Não pode estar.

Ele estava lá. Ele sentiu. Como poderia não sentir? Não foi só sexo. Nós *fizemos amor*. Muitas vezes.

— Um... um erro?

Por um instante, vejo uma centelha de dor em seu rosto, mas logo ela some.

— A noite passada foi... — Ele abana a cabeça. — Ontem eu bombei na aula de atuação porque não conseguia me abrir. Mas isso não deveria ser surpresa para você, porque você vem pedindo para eu me abrir há meses, e falhei nisso também. — Ele olha para mim por cima do ombro, mas seus olhos não encontram os meus. — Não consigo ser um namorado decente. Nós dois sabemos disso. A noite de ontem não muda nada.

Meu rosto queima de raiva.

— Como você pode dizer isso? Você provou o que sente por mim a noite toda. Nós dissemos que nos amávamos, pelo amor de Deus! Isso muda tudo!

Ele se vira para mim, os olhos cheios de lágrimas.

— É, bem, às vezes o amor não conserta tudo magicamente. Eu não devia ter deixado as coisas chegarem tão longe. Nós nunca vamos dar certo, e não consigo continuar fingindo que vamos. Você também não deveria.

Eu pressenti que isso ia acontecer, mas ainda não consigo acreditar que ele está fazendo isso.

— Isso é ridículo! Você acha que não vamos dar certo, então é isso? Fim de jogo?!

Ele pula fora da cama e vira para me olhar de frente.

— Sim! Porque sei que sou fodido e estragado demais para estar em um relacionamento agora. *Qualquer* relacionamento. Eu vou *machucar você*, Cassie! Já fiz isso com outras, e farei com você. Você já se esqueceu de que há uma garota numa porra de uma cama de hospital agora mesmo, por minha causa? Porque eu certamente não esqueci! E toda vez que vejo Olivia meio morta naquela maca, tudo o que consigo pensar é que aquela poderia ser você. Vai ser você, a menos que eu caia fora desse relacionamento.

— Ethan, não.

— *Sim*, Cassie. Não sirvo para você. Nunca servi. Eu sou exigente e mal-humorado e ciumento pra caralho, e por mais que eu *odeie* ser assim, é quem eu sou. Você acha que não tentei ser diferente? Nas últimas semanas foi *só o que eu fiz*. Lutei contra todas as minhas reações naturais para ser o namorado que você merece, mas foi tudo faz de conta. Nem tente fingir que você não notou, porque sei que notou, sim.

— Claro que notei, mas não sabia o que fazer, porque você nunca *conversa* comigo!

Ele leva as mãos para cima.

— Isso é porque o que eu sinto é normalmente mesquinho e ilógico pra caralho! Vejo você dançando com Avery e não consigo parar de imaginar quanto tempo vai levar até que você trepe com ele. Você se atrasa dez minutos e acho que finalmente você decidiu que eu não sou bom para você e me deixou.

— Isso é loucura.

— Eu sei! Esse é o problema! Ainda assim, não consigo evitar esses pensamentos. Não confio em você, mesmo que não tenha feito *nada* para que eu duvidasse da sua honestidade. — Ele expira. Quando ele volta a falar, sua voz está mais calma. — Eu me arrependo de muita coisa que fiz na minha vida. Tratei mal as pessoas. Descontei meus problemas nos outros. Sinto que estou fazendo isso com você, e não aguento essa merda. Você não merece alguém como eu, e eu com certeza não mereço alguém como você. Simplesmente aceite isso e siga com a sua vida. É isso que vou tentar fazer.

Meu sangue está fervendo sob a minha pele.

Agarro o lençol com tanta força que minha mão dói.

— Você está escutando o que está dizendo?

— Cassie...

Estapeio a cama, frustrada, odiando que há lágrimas quentes correndo pelo meu rosto.

— Eu amo você, seu *babaca*! De que forma me machucar desse jeito é me *proteger*?!

Ethan me encara com expressão de dor por alguns instantes, e eu seguro a respiração, esperando que ele me tome nos braços e me console. Mas ele não faz isso, e a faca enfiada entre minhas costelas gira um pouco mais.

Em vez disso, ele enfia as mãos nos bolsos e olha para o chão, e cada ângulo dele grita autodesprezo e lágrimas não derramadas.

— Cassie — diz ele —, se eu não fizer isso agora, sei que em três meses terei destruído nós dois, e você vai me odiar para sempre. Ou coisa pior. Pelo menos se eu terminar agora... talvez a gente possa ser... amigos.

— Amigos? — Sinto falta de ar, e odeio quando isso acontece. — *Amigos?* — Lágrimas grossas e feias caem, e eu as odeio ainda mais. Ele está fazendo isso mesmo. Apesar de tudo que significamos um para o outro, tudo o que compartilhamos... ele está fazendo isso. — Eu devo

esquecer o que sinto por você? — digo, baixinho, cheia de amargura.
— Ou o que você sente por mim? Nós dois sabemos que nunca seremos *amigos*, Ethan. Nunca.

A incredulidade esquenta meu rosto enquanto nós nos encaramos. Meu peito está apertado e minha garganta arde. Ainda assim, não consigo evitar me inclinar e tocar seu braço.

— Por favor... não faça isso.

Sei que estou implorando, mas não ligo. Ethan me ama. Não há nada que ele possa fazer ou dizer que mude a verdade.

— Já está feito. — Ethan se afasta de mim, e sua respiração está entrecortada enquanto ele olha para o chão. — Eu preciso ir.

Ethan vira as costas e atravessa o quarto, e algo se rompe dentro de mim. Tudo o que me mantinha inteira se desfaz, inundando-me com uma dor indescritível. Eu me abraço, tentando impedir o processo.

— Eu amo você — sussurro, mal conseguindo pronunciar as palavras.

Ele para, de costas para mim, os ombros tensos. O silêncio abafa o quarto, gritando em meus ouvidos, feito um trovão. Meu coração fica apertado quando percebo... eu *sei*... ele não vai dizer o mesmo.

Suas mãos se fecham e se abrem, mas, ainda assim, seus pés continuam firmemente virados para a porta.

Tenho tanto a dizer, mas sei que não faz diferença. Ele decidiu nos destruir, e não posso fazer nada a respeito.

Ele vira a cabeça.

— Tchau, Cassie. — Sua voz é baixa, mas daria no mesmo se ele tivesse gritado. — Vejo você no Ano-Novo.

Ele sai do meu quarto e avança pelo corredor, e eu juro que posso ouvi-lo gemer enquanto abre a porta da frente.

Há uma longa pausa — longa o bastante para eu achar que ele mudou de ideia, mas aí a porta da frente bate atrás dele, e qualquer chance de me manter sob controle é estilhaçada em um milhão de pedacinhos.

O primeiro soluço dói tanto que chego a achar que me machuquei de verdade. O segundo não é melhor. Então, tudo o que eu sou é dor, e lágrimas, e erros, e quando enfio o rosto no meu travesseiro, tudo que sinto é o perfume do homem responsável por isso.

capítulo nove
COMPORTAS

Hoje
Nova York
Apartamento de Cassandra Taylor

Ele tenta me acalmar quando minha respiração fica difícil, mas o eco da mágoa preenche todos os meus vazios.

— Ei — diz ele, afastando o cabelo do meu rosto. — Cassie... está tudo bem...

— Você me magoou. E arrebentou comigo.

— Eu queria poder voltar atrás, mas não posso.

— É assim que você costumava se sentir? Com raiva? Fora de controle? Odeio isso.

Ele segura meu rosto nas mãos.

— Eu sei. E é minha culpa. Desculpe. — Ethan acaricia minhas costas. Eu o empurro. Ele faz uma pausa, mas então dá um passo à frente e me abraça mais uma vez, pacientemente suportando minha frustração. Eu o empurro outra vez, e meu rosto está quente, com mais emoções do que posso identificar. Tenho vontade de bater nele.

De puni-lo.

Ele sabe. Ele reconhece facilmente seu antigo eu nisso que me tornei.

— Vá em frente — diz Ethan —, pode me bater se quiser. E me dê uns tapas. Grite. Faça isso, Cassie. Você está precisando.

Estou me sufocando em emoções. Tento engolir, mas elas se recusam a continuar sendo suprimidas. Gemo enquanto as comportas se abrem, inundando meu rosto com lágrimas quentes enquanto estapeio o peito dele.

— Isso. Ponha para fora. Continue.

Eu o estapeio uma vez... duas... três, quatro vezes, e de repente estou xingando e soluçando, e ele fica parado e aceita tudo, o tempo todo sussurrando que me ama.

— Eu lamento tê-la ferido, Cassie. Eu sinto muito. Não vou magoá-la de novo, prometo.

Meus soluços ficam mais fortes enquanto bato nele, purgando toda a raiva, toda a dor que ele me causou, todo o tempo que desperdiçou. Deixando sair anos de veneno até que não sobre nada. Nenhum combustível para meu fogo. Nenhuma voz amarga me dizendo que Ethan não vale a pena.

Por fim, tudo o que me resta é cansaço. Então seus braços estão à minha volta, e ele me apoia quando minhas pernas falham.

Ele deixa-se ficar ali e me segura, murmurando que tudo vai dar certo. Que *nós* vamos dar certo.

Estou cansada demais para continuar brigando. Solitária demais.

Apaixonada demais por ele.

Quando meu rosto molhado começa a secar, eu o abraço de volta e me permito acreditar nele, só um pouquinho.

Só o suficiente.

Não sei quanto tempo ficamos ali, mas nenhum de nós parece ter pressa de se mover. É como se não quiséssemos que o momento acabasse.

Depois de um tempo, ele afrouxa o abraço. Talvez tenha entendido que eu não vou fugir.

Ethan beija o topo da minha cabeça, depois minha testa, depois minha têmpora. Ele segura meu rosto e me beija, e cada toque me faz tremer. O macio roçar de seus lábios faz meus membros formigarem e acende lugares que estiveram no escuro por muito tempo.

Tudo perde a importância e desaparece quando ele me toca. Seu coração bate rápido contra meus seios enquanto ele me abraça e beija meu pescoço.

— Cassie...

O jeito como ele diz meu nome parece um gemido de frustração e um suspiro de alívio. Uma promessa. Um pedido de perdão. Uma prece.

Ethan passa os dedos pelo meu rosto e faz uma longa pausa antes de finalmente beijar minha boca. Ele pressiona meus lábios contra os seus, mas não se move. Suspiro enquanto meu sangue percorre meus músculos tensos, me fazendo querer muito mais do que estou preparada para ter.

Ele se afasta e apoia a testa contra a minha, de olhos fechados.

— Mais uma chance é tudo que preciso para provar o quanto posso ser diferente, Cassie. Por favor. Sei que segundas chances já são difíceis de conseguir, e aqui estou eu, pedindo uma terceira, mas... porra, eu preciso de você. E apesar de tudo, você precisa de mim também. Apenas diga sim. Por favor.

Cerro os dentes contra meu pânico de sempre.

— Depois dessa explosão, você tem certeza de que ainda quer esse monte de insegurança disfarçada de mulher?

Ethan levanta meu queixo e me olha nos olhos.

— Cassie, posso dizer com toda a certeza que nunca quis nada tanto quanto quero você. Mesmo que você me diga não, isso não vai mudar.

Eu suspiro. É bem a cara dele dizer exatamente a coisa certa para me derreter.

— Tudo bem, então, acho que vamos dar mais uma chance para isso.

O sorriso que ele me dá em resposta é tão brilhante que quase fico cega.

— Mas... — digo — não vou mentir e dizer que vai ser fácil. Vou precisar de tempo, então temos de ir devagar, certo?

Ethan respira fundo.

— Certo. Sem problema.

E então ele me beija de um jeito que está a um universo de distância do que poderíamos chamar de "calmo".

Eu me afasto, sem fôlego.

— Ethan...

— Devagar. É, eu sei. Assim que eu fizer isso. — Ele pega meu rosto e me beija, desavergonhadamente desesperado.

Em uma confusão de bocas e sons de preciso-de-você, ele me puxa, andando de costas, conduzindo-me através da porta que eu estava bloqueando havia pouco. Então a porta está se fechando, e minhas costas estão contra ela, e seu corpo é quente e rijo, e ele o pressiona contra o meu.

— Ethan...

Não consigo recuperar o fôlego. Ele está em toda parte, apertando e provando, tomando de volta o que sempre foi dele.

— Deus, Cassie... Obrigado por isso. Por você. Obrigado.

Ele para de me beijar e me envolve com os braços, e eu me afundo nele, meu rosto em seu pescoço.

Nós ficamos parados por um tempo. Respirando a presença um do outro.

Sendo.

Ainda não restaurados, mas bem menos quebrados.

capítulo dez
ISSO TAMBÉM VAI PASSAR

Seis anos antes
Em algum lugar dos Estados Unidos

Durante toda minha vida ouvi as pessoas abusarem da expressão "dor no coração", mas nunca tinha entendido de verdade o que ela significava, até agora. Quer dizer, como é possível que uma emoção, algo que não tem massa ou forma exceto a que lhe damos, seja capaz de se enroscar em nosso coração feito uma serpente e apertá-lo até fazer doer cada ventrículo e aurícula? Até que o sangue, que não sente nada, arraste arame farpado pelas nossas artérias a cada batida descompassada? Não deveria ser possível.

Porém, é exatamente assim que me sinto enquanto olho pela janela do avião que me leva para casa para o Natal.

Está tudo errado. Estou sozinha, e todas as partes de mim que não deveriam doer doem. As partes que achavam que o amor vencia tudo se sentem burras. As partes que estavam em chamas de tanto prazer há menos de vinte e quatro horas se sentem envenenadas e frias.

Estou com tanta raiva que tenho vontade de desabafar e quebrar coisas, mas a dor... a dor ilógica no coração... me mantém enroscada no meu assento da janela, segurando as lágrimas e tentando ignorar a náusea que brota em meu estômago.

Odeio o que ele fez. Odeio os motivos pelos quais ele o fez.

A palavra ressoa, quente, no meu peito.

Ódio.

Uma emoção tão forte. Tão fácil de trazer à tona. Grande o suficiente para silenciar toda a dor.

Ela me distrai do quanto eu o amo.

Quando pousamos, saio do avião em uma névoa de embotamento.

— Querida. — Minha mãe me abraça antes de se afastar para me dar sua habitual olhada de cima a baixo. — Foi isso que você usou para viajar? Eles nunca lhe darão um upgrade na passagem se você estiver de jeans, amor.

Eu suspiro e me viro para meu pai. Ele me abraça e me aperta, e quando sussurra: "Senti saudade, garotinha", eu desabo.

A mãe diz *oooohhhs* e *shhhs* enquanto soluço contra a camisa de papai. Ela acha que esse espetáculo é porque eu senti falta deles. Ela fica com os olhos molhados e diz que também sentiu saudade. Meu pai fica sem graça enquanto me dá palmadinhas nas costas. Ele nunca foi bom em lidar com as emoções.

Até que pegamos minha bagagem e chegamos ao carro, estou para lá de esgotada. A viagem de volta até Aberdeen passa em um borrão enevoado.

Quando chegamos em casa, vou direto para meu quarto e me apronto para dormir. Enquanto escovo os dentes, canções de Natal ecoam escadas acima, assim como a voz desafinada de minha mãe.

Ela adora o Natal.

Normalmente eu também gosto muito, mas não este ano.

É só quando subo na cama da minha infância que encontro alívio, em uma inconsciência profunda e desolada.

Na manhã seguinte, desço as escadas feito um zumbi.

— Feliz Natal, querida!

Recebo uma porção de abraços e ganho uma caixa grande. Os abraços me deixam claustrofóbica. A caixa contém uma cópia, encadernada em couro, das obras completas de Shakespeare. É lindo, mas eu tenho uma enorme e urgente vontade de arrancar as páginas de *Romeu e Julieta* e jogá-las na lareira. Essa peça vai me lembrar para sempre do meu primeiro papel de protagonista. E da primeira vez que Ethan me beijou. Foi nos bastidores do segundo dia de ensaio. Ele me disse que não era capaz de ser meu Romeu. Que, se tentasse interpretar o protagonista romântico, ele engasgaria e me arrastaria para baixo com ele. Eu devia tê-lo ouvido.

Deixo o livro de lado e agradeço a meus pais. Meu sorriso me parece nauseantemente falso, mas ao que tudo indica eles não notam.

Dou um perfume a mamãe. Papai ganha um romance policial. Os dois me abraçam, felizes com a filha, ainda que não estejam falando um com o outro.

Depois de comer uma imitação de peru feita de tofu e pão de castanhas, digo que estou com dor de cabeça e subo. Meu quarto é pequeno, mas o espaço à minha volta grita seu vazio. Como se eu estivesse murcha demais para preenchê-lo.

Desfaço o restante da minha mala, e quando encontro um pequeno pacote no fundo, o quarto fica muito menor.

Não sei por que eu o trouxe comigo. Talvez porque não soubesse mais o que fazer.

Retiro o papel de embrulho, excessivamente brilhante, e olho para a capa de couro por um longo tempo. Eu ia dar a Ethan ontem, mas isso ficou em segundo plano depois que ele terminou comigo. Estava tão animada quando comprei. Meu primeiro presente para meu primeiro namorado. Estava com medo de que ele me achasse brega.

E, no fim, o presente de Natal era a última coisa com que deveria me preocupar.

Abro o diário vazio e passo os dedos pelas linhas que deveriam ser preenchidas com seus pensamentos.

Talvez eu fique com ele para mim. Talvez despeje nele todas as minhas emoções tóxicas.

Pego uma caneta e tento escrever. Nada acontece.

Fecho os olhos, mas só o que me vem é uma enxurrada de lembranças de Holt. Ele me beijando. Segurando minha mão.

Eu abraço a mim mesma para interromper a dor.

Deus, como sinto falta dele.

Estar longe dele é uma coisa. Estar emocionalmente cortada da vida dele é outra. As duas juntas são insuportáveis.

Meu último fio de autocontrole se parte. Pego meu telefone.

Ethan disse que gostaria que fôssemos amigos, não disse? Eu rascunho cinco mensagens antes de escolher uma que seja casual o suficiente para parecer amistosa.

> Oi. Imagino que seu almoço de Natal tenha sido melhor que o meu. Nada descreve tão bem o Natal quanto peru falso e pão de castanha, certo? Espero que você esteja bem.

Assim que aperto "enviar", quero voltar atrás.

Passo a hora seguinte no purgatório, esperando que ele responda.

A hora depois dessa eu passo inventando desculpas para ele não ter respondido.

Na hora depois dessas duas, eu me sinto mais idiota do que jamais me senti na minha vida inteira. Tão ridícula, tão patética, tão absolutamente burra. Choro lágrimas quentes, e meu peito quase trinca com o esforço de chorar em silêncio, para que meus pais não ouçam.

Jogo meu telefone no chão e tento dormir.

Uma pequenina e masoquista parte de mim continua acordando durante a noite para checar se ele respondeu minha mensagem.

Quando o dia amanhece, Ethan ainda não respondeu.

— Cassie?

Vá embora, mãe.

— Querida, vamos lá.

— Estou dormindo.

— São duas da tarde. Você precisa comer alguma coisa.

— Não estou com fome.

A cama afunda um pouco. A mão de alguém toca minha cabeça e acaricia cabelos que não são lavados há cinco dias, desde que cheguei em casa.

— Meu bem, eu gostaria que você me dissesse o que houve. Talvez eu possa ajudar.

Não pode.

— Tem alguma coisa a ver com aquele rapaz que você estava namorando? O Ethan?

Não respondo, mas minha mãe sabe. Só amor que deu errado para fazer uma mulher se comportar dessa forma. Eu sei como ela ficou depois de ter brigado com papai. Dor no coração é igual para todo mundo.

— Querida... — diz ela enquanto acaricia minhas costas. — Com certeza nenhum rapaz vale isso. Se ele não quer você, então obviamente tem alguma coisa de errado com ele.

Ela está certa. Tem mesmo.

Essa foi uma das coisas que me atraíram nele, em primeiro lugar.

— Ele não... a machucou, certo? Digo, fisicamente.

Balanço a cabeça e bloqueio imagens de como gemi quando ele entrou em mim.

— Então tudo isso é apenas emocional?

Apenas emocional? Isso não existe. Emoções não são nada sem uma resposta física correspondente. Alegria alimentada por adrenalina, medo que acelera o batimento cardíaco, perda nauseante.

Claro, mãe. É *só* emocional.

Eu faço que sim com a cabeça, porque sei que isso fará com que ela se sinta melhor.

— Você quer conversar?

Mexo a cabeça de novo, agora em negativa, realmente desejando que essa conversa acabe.

Ela suspira e aperta meu ombro de leve.

Espero ela fechar a porta antes de virar o rosto para a parede e voltar a dormir.

— Ele é uma porra de um idiota. — Quase posso ver a cara de desprezo de Ruby pelo telefone.

— Não quero falar dele.

— Bom, mas eu quero. Ele não ligou de jeito nenhum? Nem no Natal?

— Não. Eu mandei uma mensagem.

— O quê? Por quê?

— Não sei. Acho que fiquei com saudade.

— Ele respondeu?

— Não.

— Escroto.

— Não sei o que eu esperava — digo, e me deito de costas. — Nós terminamos.

— Não, *ele* terminou com você. Não tem "nós" nessa história. E não arrume desculpas para ele. Ele não merece.

Eu realmente queria que ela estivesse aqui.

Mamãe e papai não entendem, mas Ruby sim.

— O que você vai fazer quando o vir na faculdade, segunda-feira?

— Não faço ideia. Abandonar o curso?

— Cassie, nem brinque com isso. Não ouse deixar esse babaca arruinar sua faculdade. Simplesmente esqueça que ele existe. Faça seu trabalho e arrase. Não dê a ele poder sobre você, e você vai ficar bem.

Dou um suspiro. Não é que eu queira dar a ele poder sobre mim, mas não consigo parar de pensar nele.

— Então, estarei de volta dia 9 — digo.

— Eu já terei voltado da casa dos meus pais até lá. Pego você no aeroporto.

— Obrigada, Ruby.

Estou quase desligando quando ela diz:

— Cassie?

— Sim?

— Você vai ficar bem. — A voz dela é doce e solidária. — Eu sei que talvez não pareça possível agora, mas você vai, sim.

Concordo.

— É, eu sei.

Desligo e esfrego os olhos. A verdade é que não sei não.

Finjo ler, apesar de estar olhando fixamente para a mesma página há mais de uma hora. Meus fones de ouvido bloqueiam o som de mamãe e papai discutindo lá embaixo. Coloquei a "I Am a Rock", de Simon & Garfunkel no repeat. Eu meio que odeio essa música, mas a letra tem a ver com meu momento.

Ela fala de como uma pedra não sente dor e de como uma ilha nunca chora. Parece bom para mim.

Eu me enjoei de sentir dor, e se eu nunca mais chorar, ótimo: já estava passando da hora.

Só quero esquecer o Ethan. Agora. Não quero saber como foi o feriado dele. Se ele brigou com o pai. Se ficou muito bêbado.

Se ele pensou em mim.

Não quero nada disso.

Quero ser minha novamente e não dele.

O jeito de seguir em frente é me purgar e fazer uma limpeza. Expulsar do meu sistema qualquer pensamento positivo a respeito dele. É o único jeito de vê-lo de novo e sobreviver a isso. Eu me recuso a sofrer por Ethan Holt pelos próximos dois anos. Isso não vai acontecer de jeito nenhum.

Fecho os olhos e tento me concentrar. Eu o imagino enquanto ouço a música, outra e outra vez, e deixo a letra endurecer minhas camadas internas, ainda frágeis como papel.

Eu vou me tornar uma pedra.

Ruby me deixa em nossa casa antes de ir fazer compras.

Observo meu apartamento. Tudo está igual, mas ao mesmo tempo parece totalmente diferente. Aquela é a porta que se abriu para Ethan, enquanto ele estava parado lá fora, com os olhos arregalados de pânico. Aquela é a parede contra a qual eu o encostei quando lhe disse que o amava. O mesmo lugar onde ele disse que gostaria de não me amar. Logo ali foi onde ele me despiu e me beijou até eu ficar sem fôlego. Ali no chão foi onde nós...

Balanço a cabeça para afastar o pensamento.

Quando entro em meu quarto, meu coração se encolhe.

Minha cama.

Está nua, só o colchão.

Na manhã em que ele terminou comigo, pus os lençóis para lavar. Então liguei a máquina com água quente e enfiei tudo lá dentro com um monte de sabão em pó.

Refaço a cama com lençóis limpos. Respiro profundamente enquanto aliso e arrumo tudo, passando a mão pelos locais onde fizemos amor como se pudesse limpar as lembranças dali.

Quando termino, minha cama está perfeita. Como se nunca tivesse sido usada.

Observo-a por longos minutos enquanto lábios-fantasma beijam meu pescoço. Mãos-fantasma acariciam minhas coxas.

Foda-se.

Tomo um banho. Lavo o cabelo. Termino com água fria, tão fria que me distraio com o choque térmico.

Quando Ruby chega, nós retomamos o padrão de familiaridade fácil. Aquecemos a comida congelada, bebemos vinho, vemos tv, rimos.

Não conversamos sobre ele.

Lá pelas onze da noite, bocejamos e nos dizemos boa-noite.

Ruby vai para o quarto dela.

Eu durmo no sofá.

A sala de aula está barulhenta, cheia de conversas sobre quem fez o que no feriado. Senti falta dos meus amigos, e não posso negar que seus abraços são bem-vindos.

Aiyah e Miranda estão de mãos dadas. Assim como Ethan e eu, elas ficaram juntas ano passado. Ao contrário de mim e Ethan, o amor delas sobreviveu ao feriado. Jack está contando piadas e eu sorrio enquanto Connor e Lucas morrem de rir. Puxa, senti falta até de Zoe e Phoebe e de sua conversa estridente.

Todos também parecem felizes em me ver.

Nenhum deles sabe sobre o rompimento. Como poderiam?

Acho que perceberão logo, mas não serei eu quem vai contar a eles.

Assim que Ethan chega, eu sinto. Uma vibração que vai até os ossos faz minha coluna estremecer e deixa meus pelos todos de pé.

As pessoas dizem seu nome. Perguntam como ele está. Ele responde com voz grave e baixa.

Não quero olhar para ele, mas meu corpo se vira por vontade própria, e lá está ele, mais alto que a maioria das pessoas à sua volta, mesmo com os ombros curvados.

Uma fagulha de entusiasmo tenta se acender em minhas veias, mas eu a reprimo.

Fantasias indesejadas de beijá-lo rastejam pelo meu cérebro. Tudo agora parece tão improvável que eu quase rio alto.

Ethan olha de relance para mim, e é aí que todo o ar sai da sala. Sua boca se comprime em uma linha dura, e ele olha para o outro lado várias vezes antes de voltar. É como se ele quisesse olhar para qualquer lugar menos para mim, mas não conseguisse.

Sei como ele se sente.

Foi para isso que eu tenho me preparado.

Respiro calmamente e me obrigo a ir até lá. Abafando as ondas de emoção que se erguem dentro de mim, me transformando em uma pedra.

Eu o encaro sem pedir desculpas e deixo que ele veja minha indiferença. E o desafio a enfrentá-la.

Por um momento, ele franze a testa, como se estivesse esperando por outra coisa. Mágoa, talvez. Ou desejo.

Se ele esperava me encontrar como um desastre emocional e balbuciante, deve estar bastante decepcionado.

Sua expressão é de indescritível tristeza, até que suas velhas barreiras entrem em ação, e é quase como se nada jamais tivesse acontecido entre nós.

Somos duas perfeitas caracterizações, impecáveis em nossa negação.

Ninguém diria o quanto estou amargurada e descontrolada por dentro. Nem mesmo ele.

Especialmente ele.

Uma fala de *Como gostais* me vem à mente: "O mundo é um palco, e todos os homens e mulheres são meros atores". Ali, de pé, olhando para Ethan, esse conceito nunca me pareceu tão verdadeiro. A Grove é nosso novo palco, e estes são nossos novos papéis.

Separados.

Sem amor.

Impassíveis.

Eu inspiro profundamente.

Sobe o pano.

capítulo onze
LIVRO ABERTO

Hoje
Nova York
Apartamento de Cassandra Taylor

Minha cabeça está apoiada em seu peito, meu braço ao redor de sua cintura. Eu me agarro à sua camisa como se ela pudesse me manter no lugar. Aqui, onde tudo o que aconteceu entre nós fica à margem da minha consciência feito ruído branco. Não esquecido, mas mais desbotado.

Depois de nosso confronto no corredor, ele me trouxe para cá. Fez com que eu me deitasse e garantiu que tudo ficaria bem.

Agora ele me envolve com seus braços e me faz carinho.

Ainda não consigo acreditar que ele está na minha cama, o cenário de tantas fantasias angustiantes que eu tive com ele. Estamos os dois completamente vestidos e em total silêncio e, no entanto, é o máximo de intimidade que tenho com um homem desde... bem, desde quando estava com ele.

Ethan pega minha mão e a coloca sobre o peito, e a pressiona contra sua pulsação e suas promessas silenciosas. Consigo senti-lo desejando que eu confie nele.

Quero confiar, mas é como se meu coração estivesse agora pequeno demais para ele. Quando ele foi embora, meu coração murchou feito um balão, cada vez mais vazio e desinflado, e com o passar do tempo ele se atrofiou e permaneceu assim. E agora Ethan quer que eu abra espaço para ele de novo, mas não sei como.

— Ethan?

— Hmmm?

— Quando você soube que era capaz de... mudar? — Ele acaricia minha mão por alguns segundos, mas não responde. — Quer dizer, você tentou mudar quando estava comigo, certo? Ficar mais aberto?

— Sim. Nossa. Eu tentei tanto. E falhei miseravelmente.

— Então, como você mudou do cara que me abandonou duas vezes para o cara que você é agora?

Ele olha para mim.

— Eu disse que fiz terapia por três anos, certo? E não estou falando só de uma sessão por semana. Nas piores fases eram duas, três sessões semanais. Meu terapeuta tinha uma paciência de santo.

— É, mas você podia ter feito terapia quando estávamos juntos, não?

— Tecnicamente, sim. Mas só de pensar nisso eu ficava apavorado, e nós dois sabemos que naquela época eu era governado pelo medo.

— Então como você decidiu que não estava mais apavorado?

Ethan toma fôlego e expira.

— Eu esperava não ter de lhe contar essa história, mas acho que você merece saber.

— Que história? — Fico arrepiada, certa de que não vou gostar do que vou ouvir.

Ele pega minha mão e a enfia por baixo de sua camisa. No lado esquerdo de suas costelas, meus dedos tocam uma cicatriz. Eu já tinha notado durante nossas cenas de amor, mas sempre estava muito ocupada com seus beijos para descobrir mais.

Puxo sua camisa para cima e me inclino para ver melhor.

— O que é isso?

Ele alisa meu braço enquanto continuo a tocar a pele áspera.

— Isso foi por onde enfiaram um tubo no meu pulmão para drenar o sangue que estava me afogando.

Olho para ele, com o cenho franzido.

— E tem mais esta... — Ethan pega minha mão e a leva até sua cabeça. Na parte de trás, há outro local onde a pele se eleva. — Esta é onde minha cabeça se chocou contra uma árvore. Catorze pontos.

Fico nauseada.

— Ethan, o que...?

Ele pega minha mão e brinca com meus dedos.

— Depois que a deixei, no último ano da faculdade, cheguei ao fundo do poço na França. O espetáculo era um sucesso e eu estava recebendo ótimas críticas, mas não conseguia parar de pensar em você. Eu me sentia tão horrivelmente culpado por ter falhado com você. De novo. Já contei que eu estava bebendo muito. Arrumando briga.

Assinto, em silêncio.

— Bem, depois da temporada, tivemos uma semana de folga antes de seguir para a Itália. O resto do elenco ia fazer um tour pelos vinhedos, mas eu não conseguia lidar com o fato de ser um filho da puta miserável perto deles, então aluguei uma moto e simplesmente... fui embora. Viajei sem destino pelo sul da França, achando que eu tinha o monopólio mundial do autodesprezo. Dirigindo bêbado, correndo, me arriscando de um jeito bizarro. Eu era uma porra de um maluco. Não acho que queria morrer, mas no fundo... — Ethan olha para mim. — Acho que queria me machucar mais do que machuquei você.

— Ethan...

Ele balança a cabeça.

— Patético, né? Bem, uma noite, depois de beber em um bar, decidi tentar atravessar a fronteira para a Itália. Tinha chovido. Álcool demais, velocidade demais, autoestima zero. Fiz uma curva muito rápido e bati na mureta do acostamento. Minha moto saiu girando pela estrada enquanto eu voava por cima da proteção, e caí em um aterro íngreme. Tenho quase certeza de que bati em cada maldita árvore enquanto descia. Quando cheguei lá embaixo, meu capacete estava rachado, minha jaqueta de couro retalhada e parecia que alguém tinha enfiado um punhal nas minhas costelas.

— Oh, Deus...

— Fiquei deitado lá um tempo, só tentando respirar. Quando me mexi, senti tanta dor que quase desmaiei. Eu consegui tirar o capacete, mas foi só. A dor era no meu ombro, no pulso, no peito. Eu sentia o sangue escorrendo pela minha perna.

— O que você fez?

Ele dá de ombros.

— Tentei me certificar de que eu estava morrendo. E quando eu realmente achei que estava, parei para pensar se isso seria mesmo ruim.

— Ethan...

Pego sua mão e ele solta o ar, sua respiração trêmula.

— É esquisito, sabe, encarar sua própria mortalidade. As pessoas falam que a vida passa diante dos seus olhos, mas comigo não foi assim. Só via imagens suas. Eram tão vívidas que era como se eu estendesse a mão e pudesse tocá-la. Pensei em como você reagiria se eu morresse. Você ficaria de luto por mim? Ou ficaria feliz porque não poderia mais te magoar?

Enquanto escuto, a ansiedade começa a subir pelo meu peito novamente. Pensar na morte dele faz minha garganta se fechar.

Ethan acaricia meu rosto.

— Ei, está tudo bem.

— Como você pôde pensar que eu não sofreria por você?

— Eu não estava bem. Não estava pensando direito.

— Meu Deus, Ethan, se você tivesse morrido... — Não consigo nem terminar o pensamento, imagine a frase. Mesmo no auge da minha hostilidade, eu não conseguia imaginar um mundo sem Ethan. A simples ideia era mais angustiante do que sou capaz de descrever. — Certo, continue, antes que eu fique doida com essa história de morte.

Ele me abraça e me puxa contra seu peito.

— Não sei quanto tempo fiquei deitado no pé daquela colina. A maior parte da noite, pelo menos. Eu acordava e voltava a ficar inconsciente, e à medida que o tempo passava, percebi que ninguém ia me encontrar lá embaixo. Se não fizesse alguma coisa, eu ia morrer. Precisava voltar à estrada.

— Mas seus ferimentos...

— É, eu descobri depois que tinha deslocado um ombro, fraturado um pulso, quebrado três costelas e perfurado um pulmão, além de ter conseguido uma concussão e múltiplas lacerações.

— Oh, meu Deus! Como você conseguiu se mexer?

— Força de vontade, teimosia. O negócio é que eu sabia que subir aquele aclive seria a coisa mais dolorosa que eu jamais fizera, mas era necessário. Tinha de sobreviver, porque do contrário nunca conseguiria fazer você me perdoar, e isso não era aceitável, caralho.

Ele toca meu rosto, suave e com reverência.

— Então, eu subi. Cada passo me fazia gritar de dor, mas segui em frente, um pé depois do outro. Quando cheguei ao topo, tinha certeza de que tinha morrido e ido para o inferno. A dor era de cegar. Eu consegui passar por cima da mureta antes de desabar na estrada.

— Como você saiu de lá?

— Um caminhoneiro me encontrou umas duas horas depois e chamou uma ambulância. Quando acordei, eu estava em um hospital francês, tubos para todo lado, cheio de morfina. Elissa e o gerente da companhia estavam lá. Eles me disseram que eu fiquei fora do ar por alguns dias. Elissa estava puta da vida. Ela vinha me dando sermões havia meses por causa das bebedeiras e dos hábitos autodestrutivos. Quando acabou de gritar, ela começou a soluçar. Nunca tinha visto minha irmã chorar daquele jeito.

— Claro que ela estava abalada. Ela podia ter perdido você. Todos podíamos.

— Mas o irônico é que do jeito que eu estava vivendo... era como se eu já estivesse morto. Foi preciso passar pelo acidente para voltar à vida. Enquanto estava me recuperando no hospital, tive muito tempo para pensar. E me ocorreu que, pela maior parte da minha vida adulta, tive essa coisa de autossabotagem. Quando terminei com você pela segunda vez, estava batendo a cabeça contra a barreira dos meus malditos problemas. Eu sabia que, se não fizesse algo para consertá-los e encontrar uma maneira de tê-la de volta, minha vida não teria sentido. Então, sim, escolhi viver. Assim que saí do hospital, encontrei um terapeuta especializado em sentimentos de abandono e escalei a porra da colina dolorosa da recuperação. Três anos mais tarde, aqui estou eu. Cheio de cicatrizes, mas também de gratidão.

Eu também quero ser grata, mas estou ocupada demais com a imagem de Ethan deitado em um leito de hospital, todo amarrotado e quebrado.

— Por que você não me contou? Você podia ter pedido a Elissa para me contatar.

Ele balança a cabeça em negativa.

— Eu não podia. Quer dizer, eu tinha quase me matado porque estava sofrendo por você. Dá para ser mais fraco que isso? Além do mais, jurei que da próxima vez que você pusesse os olhos em mim eu seria o homem que você merecia, não um garotinho assustado.

Olho para ele.

— E agora, aqui está você.

Ele passa o polegar pelos meus lábios.

— Aqui estou eu.

Ethan se inclina e me beija, caloroso, aberto, suave. Quando para, é como se eu não tivesse ossos.

— Você sempre foi meu incentivo para melhorar, tanto física quanto mentalmente. Você era minha recompensa.

Ele me abraça antes de enfiar o rosto em meu pescoço.

— Obrigado.

Eu inspiro, trêmula, e tento manter o controle. Ele me abraça mais forte e eu mal consigo respirar.

— Sabe — digo, exageradamente ofegante —, há uma diferença entre aconchegar-se e manter alguém prisioneiro.

— É, bom, eu esperei muito tempo por isso, então vou aproveitar.

Ainda assim, ele afrouxa o abraço.

Nós ficamos desse jeito por um longo tempo, enroscados, respirando o ar um do outro. Esperando para saber quem se afastaria primeiro. Minha bexiga garantia que seria eu.

Quando volto do banheiro, ele está sentado na beirada da cama.

Eu paro na frente dele, e ele segura minhas mãos.

— Quero que você venha jantar no meu apartamento esta noite. Eu cozinho. Há uma coisa que eu quero mostrar a você.

Sorrio e balanço a cabeça.

— Ethan... realmente acho que precisamos ir devagar por enquanto. Além do mais, tenho quase certeza de que isso que você quer me mostrar eu já vi antes.

— Não é isso — diz ele, apoiando-se em um dos cotovelos. — Apesar de que, se você se comportar direitinho, posso ser persuadido a lhe mostrar isso também. Na verdade, nem precisa se comportar muito. Basta erguer as sobrancelhas um pouco.

Eu reviro os olhos.

Ele afasta meu cabelo para olhar para meu rosto.

— Ei, eu estou brincando. Prometo que minhas calças vão permanecer fechadas. Por favor, quero mesmo que você me dê... — Eu faço uma careta. — Que você me dê esse voto de confiança! Meu Deus! Que você me dê *essa chance*, e eu vou jantar você. *Vou fazer o jantar para você!* Que merda! — Ethan balança a cabeça. — Sinto muito. Meu cérebro está confuso. Desse ângulo eu consigo enxergar por dentro do seu robe.

Dou um tapa em seu braço e fecho mais o robe. Ele tenta não rir.

Eu o empurro e ele cai de volta na cama. Parte de mim odeia o quanto ele parece estar no lugar certo.

Ele pega minha mão e me puxa para baixo, e então rola por cima de mim. Ele está tão feliz e confortável que eu mal o reconheço.

— Não posso ser realmente culpado por ficar encarando — diz ele enquanto suas mãos emolduram meu rosto. — É culpa sua, por ser tão incrivelmente linda. Será que você tem ideia do quanto me atrai?

Quando ele se inclina para me beijar, ponho a mão no peito dele para impedi-lo. Ele imediatamente sai de cima de mim, como se estivesse esperando.

Ethan suspira e olha fixo para mim, desavergonhadamente cheio de desejo.

— Então, pois é. Estou nessa fase em que pareço não ser capaz de reconhecer o significado da palavra *devagar*. Prometo que de agora em diante vou tentar não dar em cima de você a cada cinco minutos.

Eu rio e balanço a cabeça.

— Sinto como se devesse me desculpar.

— Por quê? Por não pular na cama comigo assim que decide que não me odeia mais? Como ousa? Estou horrorizado pra caralho.

Enterro os dedos em suas costelas. Ele se contorce e faz um ruído bem pouco masculino.

— Ei! Você sabe que cócegas agora são contra a Convenção de Genebra. Pare antes que eu chame a Otan. Não quero que minha namorada seja condenada como uma criminosa de guerra internacional.

Eu me contraio. Ele percebe, e seu sorriso desaparece.

— Porra. Cassie... eu não queria...

Dou uma risada, mas é forçada.

— Tudo bem.

Há poucos anos, não conseguia convencê-lo a me chamar de sua namorada sem coerção ou grampos nos testículos, e agora ele está usando a palavra a esmo, como se fosse o sr. Compromisso?

— Escapou, está bem? Quer dizer, o que eu sinto por você está a algumas centenas de anos-luz do que sentiria por uma simples namorada, mas estou tentando de verdade não assustar você, então tenho mantido meus épicos sentimentos por você escondidos.

— Bem, exceto por aquela história de digitar "te amo" mais de mil vezes, certo?

— É, exceto por isso.

— Ethan...

Ele passa a mão pelos cabelos, sem conseguir esconder sua frustração.

— Sei que é cedo demais, mas eu não vou mentir para você e dizer que não quero, porque quero, sim. Quero ser seu namorado. Não, espere... "namorado" soa tão bobinho. Tenho quase vinte e sete anos. Não sou mais um garoto. Quero ser seu homem. Seu amante. Seu... droga, não sei. Seu Ethan. Qualquer porra de que você quiser me chamar, é isso que eu quero ser. Minha finalidade é simplesmente saber que sou seu e você é minha, e que nenhum de nós tem medo ou vergonha disso. Quero levá-la para sair e passar meu braço em torno de você e saber que todos os outros caras estarão com uma puta inveja por saber que sou eu que vou levar você para casa e esquadrinhar sua pele com minha boca.

Não sei o que dizer. Vai levar um tempo até eu me acostumar com essa nova versão dele. Ele está tão seguro de si.

Ethan se inclina e afasta uma mecha solta de cabelo do meu rosto.

— Agora, tem mais alguma pergunta sobre como eu me sinto? Ou quem sabe gostaria que eu descrevesse com exatidão quais partes do seu corpo vou investigar com minha boca?

Um calor lento se espalha pelos meus ombros e sobe pelo meu pescoço. Ele não tem permissão para ser sensual assim quando estou tentando levar as coisas devagar. Não tem mesmo, de jeito nenhum.

— Ah... não — digo enquanto meus olhos se fixam em sua boca. — Foi uma explicação excelente, eu entendi.

Ele assente.

— Bom. Porque, na verdade, essa segunda pergunta era meio que uma pegadinha. Quando eu puser minha boca em você, não vai sobrar nenhuma parte intocada. Quero você inteira. — Ele percorre meu corpo com um longo e apreciativo olhar. — Cada... delicioso... centímetro. — Ethan continua a me olhar fixamente, e quando dou por mim estou me inclinando para ele. Ele trava a mandíbula enquanto eu me aproximo, e quando penso que ele vai tentar me beijar outra vez, sacode a cabeça e se levanta da cama.

— Certo, realmente preciso ir embora daqui, porque, se ficar, vou deixá-la pouco à vontade com toda essa minha incansável e imunda luxúria. — Ele suspira e passa os dedos pelos cabelos. — Então, hoje à noite. Jantar, na minha casa? Eu cozinho o que você quiser.

— Claro. A que horas você me quer lá?

Ele inspira profundamente.

— Quero você o tempo inteiro, em todo lugar.

Eu balanço a cabeça e sorrio.

— Desculpe, foi você quem perguntou. Se não quer duplo sentido, refaça a pergunta.

— Tudo bem. A que horas você gostaria que eu chegasse à sua casa?

— Seis e meia. Eu quero conversar com você antes do jantar.

— Sobre?

— Você vai ver. — Eu fico imediatamente cautelosa. Ele me dá um meio sorriso. — Não entre em pânico. Eu acho que vai ser bom. Confie em mim.

Estou tentando. Estou tentando mesmo, de verdade.

— Quer que eu leve alguma coisa?

Ele olha para mim por alguns segundos.

— Só você. É tudo de que eu preciso.

O tempo é uma puta volúvel. Quando você quer que ele passe lentamente, ele acelera, e quando você está cheio de impaciência, ele se arrasta feito um bicho-preguiça sedado.

Todo o meu guarda-roupa está espalhado na minha cama. Experimentei tudo pelo menos duas vezes. Meu cabelo está liso e brilhante. Maquiagem leve, mas bem-feita.

Tento me lembrar de que isso não é um encontro. É um jantar.

Só um jantar.

Então por que vesti essa lingerie cujo valor é mais alto que a dívida externa de alguns pequenos países da África?

Não deveria ter me dado todo esse trabalho. Não deveria estar tão nervosa. E não deveria ficar tão agitada quando imagino a expressão no rosto dele quando vir essa lingerie de gatinha sexy.

Merda. *Se* ele vir essa lingerie. *Se*, não *quando*.

Sento na cama e descanso a cabeça nas mãos.

Talvez eu devesse cancelar. Não estou pronta para isso.

Respiro profundamente algumas vezes e olho para o relógio. Tristan, meu colega de apartamento mestre zen e *life coach*, logo chega. Ele vai saber o que fazer. O que eu devo vestir.

Meu telefone vibra com uma mensagem dele.

Aluno gostoso de ioga me convidou para um drinque. Chego mais tarde, se é que chego. Tem uma garrafa nova de Shiraz na cozinha. Use-a com sabedoria.

Eu respondo com outra mensagem.

Foda-se, Tris. Espero que ele tenha um pau minúsculo.

Ele responde com uma carinha sorridente e um emoticon de uma piroca gigante.

Onde ele arruma essas coisas?

Dane-se.

Para ser justa, ele não sabe que vou à casa de Ethan para jantar. Se soubesse, provavelmente me cobriria de arame farpado e me trancaria em um cinto de castidade, e depois ainda exigiria me acompanhar para proteger meu chacra vaginal, se é que isso existe.

Eu suspiro, tiro a lingerie bonita e a substituo pela calcinha e pelo sutiã mais sem graça, de algodão branco. Então, visto um jeans confortável e uma camiseta lisa, prendo o cabelo em um rabo de cavalo e reduzo a maquiagem a apenas rímel e brilho labial.

Pronto.

Sem pressão.

Apenas jantar.

E ele.

Nada mais.

Mal acabo de bater quando a porta se abre, e lá está Ethan.

Oh, Deus, ele está lá mesmo.

Recém-barbeado, camisa azul-marinho, jeans escuro, pés descalços.

Acho que fiquei boquiaberta. Não tenho certeza.

Ele também está me olhando fixo, arrastando seu olhar lentamente pelo meu corpo antes de parar no meu rosto.

— Oi. — Ele parece nervoso. Por alguma razão, isso faz com que eu me sinta um pouco melhor.

— Oi.

Ele não se move.

— Você está... eu só... — Ethan pisca algumas vezes. — Você é linda pra caralho.

Como Ethan não percebe que frases como essa me fazem querer assassinar minha decisão de pegar leve com ele e enterrá-la onde ninguém jamais possa encontrá-la?

— Hã... obrigada. Você também está ótimo. — Ótimo de verdade.

Ele ignora meu elogio e continua a me encarar.

— Hum... Ethan?

Ele balança a cabeça e se lembra de seus bons modos.

— Merda, desculpe. Entre.

— Obrigada.

Ele dá um passo para trás e me deixa entrar. Um arrepio percorre minha pele enquanto passo. O corredor tem o cheiro dele, e eu automaticamente inspiro com força.

Eu não conhecia sua casa em Nova York, então absorvo cada detalhe.

O apartamento é pequeno, mas estiloso. Mais adulto do que seu cafofo em Westchester. Mais refinado.

— Elissa decorou.

— É bonito. Você mora sozinho aqui?

— É. Desde que voltei da Europa. Elissa está morando no East Village, como a boêmia que ela é. Eu sinto falta dela, mas estava na hora, sabe? Não posso viver com minha irmãzinha para sempre.

— Aham.

Ficamos em silêncio enquanto vagueio pelo apartamento e olho suas bugigangas e fotos. Passo os dedos pelas lombadas de seus livros, como se tentasse conhecê-lo de novo.

Posso senti-lo me observando. Esperando pela minha aprovação. É meio estranho.

Eu paro quando vejo um título conhecido.

— Kristin Linklater: *Libertando a voz natural*.

Eu me viro para ele, e ele ri.

— Toda vez que alguém mencionava o título desse livro na aula, Jack Avery soltava um pum. — Ele ri mais ainda.

— É por isso que você o mantém na estante?

Ele dá de ombros.

— O que eu posso dizer? Avery era um babaca, mas era um cara divertido. Além do mais, Linklater realmente sabia do que falava.

Eu balanço a cabeça.

— Você tem todos os nossos livros antigos da faculdade aqui.

— Eles têm sido úteis nesses anos. E também eram... lembranças... da nossa época na faculdade.

— Eu queimei todos os meus.

Digo isso antes de considerar a reação dele. A julgar pela sua expressão, não ficou muito feliz. Eu não queria dizer isso como se tivesse a ver com ele, mas acho que tem. Eu me livrei daqueles livros assim como de tudo que me lembrava dele.

Ele fica cabisbaixo.

— Desculpe.

— Não se desculpe. Tudo o que eu precisava desses livros aprendi de cor.

Ethan concorda com um gesto de cabeça.

Ele sabe.

— Você gostaria de beber alguma coisa?

— Deus, sim.

— Tenho um tinto que você vai adorar.

Ele desaparece na cozinha e eu continuo minha exploração, procurando por alguma coisa. Eu não sei o quê. Algo sobre mim, acho. Sobre nós. Algo real e reconhecível.

Na parede oposta à das janelas, encontro. A princípio não tenho certeza do que sejam, mas então percebo: máscaras. Duas delas. À distância, parecem ser as habituais máscaras de tragédia e comédia que tantos atores têm em casa, mas uma segunda olhada corta minha respiração. Não são comédia e tragédia. São força e vulnerabilidade. As mesmas máscaras que usamos na faculdade. Aquelas com as quais nós dois tivemos problemas.

— Eu convenci Erika a me dar nossas velhas máscaras. — Eu me viro e deparo com Ethan a pouca distância, uma taça de vinho em cada mão. — Comprei um jogo completo para ela na Itália.

92 Leisa Rayven

Ele me passa uma das taças e eu tomo um gole.

— Por que você quis guardá-las? Quer dizer, você levou bomba nessa matéria. Erika acabou com você durante várias semanas.

— É, mas só porque ela esperava mais de mim. Demorei um tempão para esperar mais de mim mesmo. Para ver que é preciso muito mais força para ser vulnerável do que para ser fechado e emburrado. — Ele se aproxima um pouco, e eu tomo outro gole de vinho enquanto tento não olhar para ele. — Toda vez que olho para essas máscaras, elas me lembram disso. Toda vez que olho para você, eu me lembro também, mas você não esteve por perto durante muito tempo, então as máscaras guardaram seu lugar.

Mantenho os olhos nas máscaras, mas posso senti-lo olhando para mim. Quando viro a taça, percebo que meu vinho já quase acabou. Preciso ir mais devagar, ou vou ficar bêbada e fazer coisas de que posso me arrepender mais tarde.

Sinto sua mão quente em meu pulso, e Ethan está logo atrás de mim, sua respiração morna em meu pescoço quando ele diz:

— Quero lhe dar uma coisa.

Ele pega minha mão e me conduz até uma estante grande, com portas. Sua mão está suada, e eu me pergunto por que estaria tão ansioso.

Ele pousa nossas taças em uma mesinha de canto, e quando segura minhas mãos, posso jurar que o sinto tremer.

— Cassie, por muito tempo deixei você imaginando o que eu estaria pensando e sentindo. Eu não quero mais que você precise ficar se perguntando de novo. Então, de agora em diante, qualquer coisa que você quiser saber, eu lhe direi. Qualquer coisa.

Ele abre as portas e mostra as fileiras de livros lá dentro.

— Você quer saber meus motivos para todas as merdas que aprontei com você na faculdade? Está tudo aí. Cada fodido processo mental e cada má decisão. Cada uma das vezes em que parti seu coração e o meu tentando evitar a dor. Leia-os, se você quiser. Queime-os. Faça o que for melhor para você.

Olho de perto as lombadas dos volumes. Datas. Anos. Fileiras e mais fileiras de diários, começando quando ele estava no ensino médio.

Alguns anos têm apenas um volume, outros têm vários. O ano em que nos conhecemos tem cinco. Nenhuma surpresa nisso.

Eu pego o último daquele ano e o abro em uma página qualquer.

18 de novembro

Esta noite, ela fez oral em mim pela primeira vez. E... Meu Deus... ainda estou tremendo. Não consigo tirar a imagem dela da minha cabeça. Tão disposta a me agradar. Tão confiante.

Tão linda.

Não sei como lidar com isso.

Algum dia, em breve, ela vai perceber que eu não presto para ela e vai me deixar. E me destruir.

Cada um dos meus neurônios está me dizendo para cair fora enquanto posso. Para correr tão depressa e para tão longe que ela nunca consiga me encontrar. Esquecer que alguém tão perfeito quanto ela possa existir.

Mas uma parte de mim acredita que eu consigo fazer isso dar certo. Que sou capaz de abrir meu peito e simplesmente entregar meu coração, como se isso não fosse me matar.

É sem dúvida uma parte perturbada.

Olho para Ethan, chocada com a profundidade das emoções no texto dele. Ele está me observando. Medindo minha reação. Ele não se retrai perante minha incredulidade.

— Eu me responsabilizo por tudo o que fiz — diz ele —, porque, ainda que eu não possa mudar, realmente me arrependo. Achei que ver isso pudesse... não sei. Ajudar, de alguma forma.

Não tenho certeza.

Volto ao diário.

4 de dezembro

2h48 — Ela não atende essa porra. Ela me liga para me dar uma bronca no meio da noite, e aí não atende a merda do telefone?!

3h36 da madrugada — Não consigo parar de pensar nela chorando. Ela parecia tão perdida. E eu fiz isso com ela. Eu.

Que gigantesco ser humano de merda eu sou.

Por mais que esteja apavorado achando que ela vai me destruir, tenho medo de que eu faça coisa ainda pior a ela.

Então agora eu preciso tomar uma decisão — virar homem e ser o namorado que ela merece ou cair fora dessa porra enquanto ainda há uma chance de sobrevivermos.

É. Escolha fácil. É como perguntar a alguém se ele prefere morrer afogado ou eletrocutado.

Não importa como aconteça, você vai estar morto do mesmo jeito.

11h28 — Ela acabou de ir embora. Ainda sinto seu cheiro. Caralho, adoro o cheiro dela. Eu queria mergulhar nele.

Ela estava dormindo quando cheguei em casa depois de correr. Tão perfeita na minha cama.

Eu dei uma pirada enorme durante os três segundos em que achei que ela tinha lido este diário, mas rapidamente percebi que, se tivesse lido, ela não estaria aqui até agora, muito menos dormindo. Ela finalmente teria visto o nível de maluquice fodida com a qual se envolveu e corrido para as montanhas. E eu não a culparia.

Mas não, ela provou mais uma vez que não é como as outras. Fez com que eu percebesse que merece muito mais confiança do que eu lhe dedico.

Eu quero ser um homem melhor. Um namorado melhor.

Não foda isso, Holt. Sério. Se você fizer isso, nunca o perdoarei.

Ela nunca o perdoará.

Ler seus pensamentos me dá um estranho déjà-vu.

Viro a página e leio a última coisa escrita. Assim que vejo a data, meu estômago dá um salto.

23 de dezembro

Eu fiz. Cortei o cordão.

Estou enjoado.

Eu me sinto mais arrasado sem ela do que quando estávamos juntos.

Achei que isso era a coisa certa a fazer... por mim... por ela. Mas agora...

Mal consigo engolir, de tão apertada que está minha garganta.

Que porra eu fiz?

Por que me sinto tão errado?

Caralho.

E ainda assim, parte de mim sabe que eu tinha que fazer isso.

Se tivéssemos ficado juntos, eu a teria destruído, sistematicamente. Tentaria não fazer isso e odiaria cada momento em que o fizesse, mas a destruiria. Ela acabaria passando o tempo todo se defendendo, tranquilizando-me, apagando incêndios que não tinha começado.

Eu não suportaria fazer isso com ela.

Digo a mim mesmo que desejo que ela vá em frente com sua vida e seja feliz, mas, como o filho da puta mesquinho que sou, na verdade não quero. Quero que ela anseie por mim e não deixe outro homem tocá-la até que eu consiga descobrir como melhorar. Quero ser magicamente curado de toda a merda que tenho na cabeça todos os dias, e ser o homem que ela merece.

Mas, acima de tudo, eu só quero estar com ela. Especialmente depois da noite passada.

Puta que pariu, meu Deus. A noite passada.

Eu não queria que aquilo acontecesse, mas quando ela ficou na minha frente, achando que eu não a amava, não pude me segurar. Meu cérebro estava gritando que era uma má ideia, mas meu corpo não quis escutar. Pensei que talvez fosse bom. Que fosse... não sei... me consertar. Me ajudar a estar com ela, de alguma forma.

Mas não ajudou.

Se algo mudou, foi para pior, porque agora eu sempre vou saber o que estou perdendo. Da primeira vez que fizemos amor, eu estava tão obcecado em ser delicado que não pude me soltar. Mas não tive esse problema ontem à noite.

Eu queria consumi-la. Marcar meu nome em brasa em cada pedaço do seu corpo.

Quando acabamos, acho que consegui.

O problema é que ela também me marcou.

Eu chorei em seus braços. Eu não choro, porra. Nem sei por que fiz isso. Simplesmente aconteceu.

Mas então meu cérebro tomou conta. Meu cérebro idiota e paranoico.

Deitado na cama com ela, enquanto ela dormia, me senti como um daqueles animais que têm a perna presa em uma armadilha, sabendo que, se eu quisesse sobreviver, teria que roer uma parte de mim e deixá-la para trás.

É assim que me sinto agora. Como se tivesse cortado um pedaço enorme do meu coração e deixado com ela.

E dói. Puta que pariu, dói pra caralho. Mas sei que era a coisa certa a fazer.

Ela não concorda.

Espero que um dia ela entenda.

Quase rio, mas há raiva demais fervilhando em mim para que eu consiga fazer isso.

Quando ergo os olhos do diário, Ethan está bem à minha frente. Acho que nunca o vi tão sério.

— Eu não sou mais esse cara, Cassie. Nunca mais serei. Você precisa saber disso.

Eu faço que sim com a cabeça. A cada dia entendo mais.

— Desde o primeiro momento em que a vi, só havia você. Eu só tentei negar.

— E agora?

Ele me dá um sorriso esperançoso.

— Agora sei que eu era um babaca iludido.

Eu concordo.

— Era mesmo.

— Eu sei.

— Quer dizer, muito.

— Não estou discordando.

Olhamos fixamente um para o outro, e a atração e a repulsa que sinto entre nós nesse momento me deixam desorientada.

— Então, o que fazemos agora? — pergunta ele, e olha para o diário em minha mão.

Pego minha taça e a esvazio de um gole.

— Acho que agora nós jantamos. Depois... não sei. Veremos o que acontece.

O jantar está delicioso. A conversa flui, mas é tensa. Eu bebo vinho demais. Isso me ajuda a relaxar.

O problema é que ficar relaxada perto dele é perigoso. Faz eu achar que estou pronta. Constrói um tipo diferente de tensão. Um tipo que não tem nada a ver com nosso passado e tudo a ver com o aqui e agora. Com a Cassie e o Ethan que ficam em silêncio a cada poucos minutos porque seus pensamentos estão ocupados demais um com o outro para que digam qualquer coisa.

Em vez disso, nos olhamos. Evitamos nos tocar. E nos olhamos mais.

Música suave toca enquanto ele me leva até o sofá. As luzes são tênues, mas ele enxerga tudo. Estuda cada movimento. Observa-me respirar e me faz formigar de desejo.

Ele fecha os olhos com força e inclina a cabeça para trás. Nós dois lutamos para permanecer nos cantos opostos do sofá.

— Eu devia ir — digo, mais em nome da autoproteção do que por qualquer outro motivo.

Ele suspira.

— Essa é ao mesmo tempo a melhor e a pior ideia do mundo.

— É muito triste que eu saiba exatamente o que você quer dizer com isso, não?

— Não. É só mais um motivo para você sair daqui enquanto ainda pode. Minhas nobres intenções de ir devagar com você só vão até certo ponto, quando você me olha desse jeito...

— Que jeito?

— Como se você quisesse transformar cada fantasia sexual que eu tive com você nos últimos três anos em uma realidade bem suja.

— De que nível de sujeira estamos falando?

— Tão imundo que teríamos que fazer no chuveiro.

— Uau. — Ele é bom em transar no chuveiro. Eu me lembro.

— Você tem certeza de que não quer ficar?

— Não.

Ele solta o ar.

— Porra. Vou chamar um táxi para você antes que eu perca todo o meu autocontrole.

Ficamos em pé, e eu olho fixamente, sem disfarçar, enquanto ele dá uma ajeitada nas calças.

— Posso pegar alguns desses emprestados? — pergunto, indicando os diários com um gesto.

— Leve quantos quiser. De agora em diante, sou um livro aberto. Nem mesmo o meu *eu* passado tem segredos.

Enquanto ele pega o telefone e liga atrás de um táxi, eu pego uma seleção de diários.

Faço questão de evitar os do nosso último ano na faculdade. Não posso nem olhar para eles agora sem começar a suar. É certeza que vou precisar beber muito mais antes de me atracar com eles.

Ethan me leva até a porta, e a cada passo, o desejo de deixá-lo diminui. Ele se inclina para a frente e pega a maçaneta enquanto seu peito é pressionado contra meu ombro. Por longos segundos, ele fica lá, sem abrir a porta. Só se encostando em mim e respirando.

— Cassie, vou lhe fazer algumas perguntas agora, e eu realmente preciso que você responda "não". Entendeu?

— Sim.

Ele inspira, e eu sinto a ponta de seu nariz roçar meu pescoço. Fecho os olhos e estremeço enquanto também me encosto nele.

— Você fica comigo esta noite? Na minha cama?

Ele não pode... como ele pode...?

— Ethan...

— Tudo o que você precisa dizer é "não". Só isso.

Eu fecho os olhos com força.

— Não.

— Você deixa eu tirar suas roupas e pôr minha boca em você? Em você inteira? E provar as partes com que tenho sonhado desde que nos separamos?

Deus.

Respire.

— Não.

— Você me quer?

— Não.

Mentira.

— Você me ama?

— Não.

Tudo mentira.

— Você vai me impedir se eu a encostar na parede e a beijar como se minha vida dependesse disso? Porque meio que depende.

Meu coração dispara. Nós dois paramos de respirar.

Finalmente, uma verdade.

— Não.

Em um segundo ele me põe encostada na parede. Nossas bocas estão abertas e desesperadas. Então as mãos dele estão em minha bunda, e ele me levanta. Enrosco seu quadril com minhas pernas e deixo cair os livros e minha bolsa para poder segurar o seu cabelo. Abro um minúsculo cantinho na embalagem de minha enorme necessidade dele e deixo essa parte minha agarrar seus ombros e bíceps enquanto ele se move contra meu corpo.

— Porra, Cassie...

Ele está todo à minha volta, todo ele tenso. Partes profundas em mim doem por ele. Não é só meu corpo, é mais que isso. Algumas partes faíscam. Outras derretem. Um fluxo de química e catástrofe, a mesma necessidade compulsiva que continua nos atraindo um para o outro.

Uma buzina toca. Ele para e ofega contra meu pescoço enquanto seus músculos lentamente se relaxam sob minhas mãos.

— Você provavelmente devia ter dito "sim" para a última pergunta — diz ele, os lábios contra minha garganta.

Quando ele me abaixa até que eu ponha os pés no chão, mal posso me manter de pé.

— Provavelmente.

Ele pega os diários e minha bolsa e abre a porta, e então me acompanha, pelas escadas, até o táxi que me espera.

Quando já estou dentro do carro, ele se inclina e me beija de leve nos lábios.

— Foi um prazer tê-la...

Eu sorrio.

— Nós não chegamos a...

— ... como convidada em minha casa. — Ele sorri e me beija de novo.

— Ah, sim. E obrigada por ter me tido.

— Oh, eu não cheguei a...

— Nós poderíamos continuar assim a noite toda.

— Isso é uma oferta? Porque eu posso mandar o táxi embora e levá-la de volta lá para cima.

Eu sorrio.

— Boa noite, Ethan.

Ele me beija novamente, dessa vez por mais tempo. E quase me esqueço do motivo pelo qual preciso ir embora.

— Boa noite. Eu ligo amanhã.

Ele fecha a porta e o táxi parte.

Quando chego em casa e despenco na cama, ainda posso sentir todos os lugares onde ele me tocou. Apago a luz e me dispo enquanto deixo minhas mãos passearem, precisando terminar o que ele começou, ou não conseguirei dormir.

Não pretendo fechar os olhos e pensar nele, mas é o que faço. De todos os muitos personagens e rostos que já vi ao longo dos anos, a expressão mais clara na minha memória é a que ele tem quando me toca. Como sua boca fica aberta, maravilhada, enquanto ele me dá prazer.

É essa cara que surge por trás das minhas pálpebras. Finjo que minhas mãos são as dele, e quando grito no meu quarto escuro, preciso me impedir de dizer seu nome.

Estou a ponto de cair no sono quando meu celular vibra com uma mensagem.

> Tá se tocando agora e pensando em mim?

Sorrio. Ele sempre me conheceu bem demais.

> Não.
> Nem eu. Definitivamente não vou fazer isso pela 2ª vez.
> Muita informação.
> Sério? Eu posso lhe dar mais detalhes, se você quiser.
> Preciso ir agora.
> Está ocupada, indo e vindo? Ponha seu celular para vibrar e eu vou lhe enviar mensagens feito louco.

Minha risada parece alta demais em meu quarto silencioso, e percebo que é a primeira vez que isso acontece em muito tempo.

> Boa noite, Ethan.
> Boa noite, Cassie.

Estou pondo o celular de lado quando chega mais uma mensagem.

> Realmente queria dizer que amo você, mas não vou fazer isso. Estou mandando superbem nessa coisa de "ir devagar", hein? (Por favor, não peça uma ordem de restrição.)

Ele assina a mensagem com uma carinha sorridente, e eu rio alto de novo. Depois de esperar um instante para garantir que dessa vez realmente acabamos de falar, me aninho na cama. Os diários dele estão em minha mesinha de cabeceira, cinzentos na penumbra.

Sei que eles provavelmente vão me trazer mais perguntas que respostas, mas acho que em suas páginas eu talvez encontre alguma forma de encerrar o que passou. Se nós tivermos mesmo uma chance de ficar juntos, sei que preciso encontrar uma forma de perdoá-lo.

O problema é que eu tenho muito mais experiência em odiá-lo que em amá-lo.

capítulo doze
INDIFERENÇA ESPERANÇOSA

Seis anos antes
Westchester, Nova York
Grove

Duas semanas. Duas semanas sem falar com Ethan. Duas semanas em que cada olhar tem sido furtivo e ligeiro. Não posso dizer que o efeito que ele tem sobre mim esteja diminuindo, mas certamente estou ficando melhor em ignorá-lo.

Só quando sou obrigada a olhar para ele é que meu controle vacila. Quando fica na frente da sala para atuar, o magnetismo profundo que me puxa para ele entra em modo turbo e tenta destruir minha determinação.

É nesses momentos, longos e surreais, quando só consigo pensar no quanto eu ainda o quero, que as barras de ferro fundido em torno do meu coração ameaçam se dobrar.

Então, aumento o volume da minha amargura e, num instante, a raiva vira minha proteção. Ela faz a enchente de desejo descer pelo ralo como a água da banheira.

As atuações dele são sempre boas, mas reviro os olhos quando percebo que ele continua se reprimindo, mantendo aqueles últimos pedaços frágeis de si mesmo escondidos em segurança, impedidos tanto de se estilhaçar quanto de brilhar.

Quando Ethan termina, aplaudo com todos os outros, mas aplaudo mais sua autoilusão que sua atuação.

Bravo por fingir mais uma vez, Ethan.

Você é uma perfeita cópia falsificada de alguém que eu acreditava amar.

Estamos cantando alto. Girando e dançando depois de ter fumado um pouco da maconha que Lucas cultiva em casa. A aula não começa antes de meia hora, e estou alegre porque faz tanto tempo que eu não ria assim que não quero que acabe.

Não sei como conheço a letra de "Can't Take my Eyes Off of You", mas conheço. Todos nós a conhecemos.

Somos horríveis e desafinados, mas um pouco do peso que tenho carregado em meu peito desde o rompimento está finalmente diminuindo. Miranda me gira na direção de Jack. Ele pega minha mão e me passa para Lucas. Aiyah abraça nós dois e acaricia meu cabelo. Lucas grita para chamar a atenção de Connor, e então me joga em seus braços. Connor ri quando se desequilibra, e de repente estamos no chão. Todo mundo está rindo. Connor está com os braços em torno de mim, e enquanto eu rio com ele, seu sorriso se desmancha lentamente, como tinta escorrendo por uma tela.

Ele me olha fixamente, e antes que eu dê por mim, também não estou mais rindo. Seu rosto está perto demais. Sua expressão está suplicante demais, enquanto ele canta para mim sobre eu ser boa demais para ser verdade.

Durante vários segundos, acho que ele vai me beijar, mas em vez disso ele cai para trás e me puxa contra seu peito. As pessoas cantam e dançam à nossa volta, como se fôssemos o centro de algum bizarro ritual pagão, e apesar da sensação de que está errado ficarmos assim tão íntimos, permaneço quieta, testando minha reação. Ele é quentinho e cheira bem, e gosto do jeito como ele acaricia meu braço de leve.

Mas não o quero.

Quando Ethan terminou comigo, enchi todos os vazios que ele deixou com concreto. Isso me protege de ter sentimentos muito intensos. Por outro lado, não sobrou espaço para mais nada, nem ninguém.

Fecho os olhos. Tudo o que me vem são imagens de Ethan.

Eu me sinto claustrofóbica.

— Ei, você está bem? — Connor está preocupado. Eu também estou.

Aquela é a voz errada. O rosto errado. Quero estar em outros braços. Ter outro coração batendo sob minha mão.

Fico de pé e cambaleio até o bebedouro.

Bebo por um longo tempo, e depois só deixo a água correr pelos meus lábios e língua. Eu me sinto ressecada.

— Cassie? — Connor está ali, tão preocupado, tão gentil. Tão diferente de Ethan. — Você está bem?

Faço que sim e tento sorrir.

— Sim, estou ótima. Só um pouco tonta, acho.

Não, essa descrição é muito simples. Estou com vertigem emocional completa. Estou totalmente invertida. De cabeça para baixo e do avesso.

Odeio o quanto me sinto totalmente errada sem *ele*.

Deixo Connor passar o braço pela minha cintura e me acompanhar até a aula. E deixo Ethan ver que ele me abraça quando chegamos. Deixo-me sorrir quando o rosto de Ethan se transforma em uma nuvem de tempestade das dimensões mais obscuras.

Bom. Deixe que ele também fique do avesso.

Pelo menos agora minha sensação de estar toda errada tem companhia.

— Srta. Taylor?

Erika me observa com ar preocupado. Estou de pé ao lado da mesa dela, olhando durante minutos para as tarefas de grupo listadas no quadro, incapaz de entender o que ela fez.

Ela sabe sobre mim e Ethan. Como poderia não saber quando todos ainda estão zumbindo à nossa volta, feito moscas ao redor de uma carcaça em decomposição? Já faz mais de dois meses, e, no entanto, não há como ela estar completamente alheia à agitação e expectativa que ainda eletrificam o ar toda vez que nós dois entramos em alguma sala juntos. É como se todos estivessem torcendo para que nós brigássemos. Ou trepássemos. Ou as duas coisas.

Será que tenho mantido minha fachada assim tão impecável para ela acreditar que existe mesmo alguma chance de eu atuar com ele outra vez?

Olho de relance para Holt. Ele está olhando para o quadro branco com uma expressão de choque parecida com a minha.

— Srta. Taylor? — diz Erika, mais alto. — Algum problema?

A maioria das pessoas já pegou suas coisas e saiu, mas as poucas que permanecem ficam em silêncio, como se temessem que, se elas se moverem, vão atrapalhar o drama que está a ponto de acontecer.

— Erika... eu só... — como posso dizer isso sem que todo mundo... ele... perceba o quanto sou fraca? — Os grupos para o trabalho de cena. Não estou certa de que eu possa ficar nesse grupo.

Jack e Aiyah estão enrolando perto da porta. Lucas está fingindo amarrar os cadarços. Phoebe e Zoe olham para seus celulares enquanto nos observam disfarçadamente. Erika pede, com educação, para todos saírem.

Então ela se vira para Ethan.

— Sr. Holt? Talvez deva se juntar a nós. Tenho a impressão de que isso tenha algo a ver com o senhor.

Ethan fica tenso e se levanta da cadeira. Enquanto põe a mochila no ombro e chega perto, minha pele se arrepia.

— Agora... — diz Erika, quando ele está tão longe de mim quanto possível sem me fazer parecer uma transmissora da peste — por que exatamente não pode trabalhar no grupo para o qual foi designada, srta. Taylor?

Ela sabe, mas quer que eu diga. Na frente dele. Às vezes acho que Erika gosta de nos ver nos contorcendo.

— Eu só não acho que eu e... — Não consigo dizer o nome dele. Se eu o fizer, tanto Ethan quanto Erika vão ver o quanto ainda não o superei. — Não acho que ter nós dois em um grupo seja justo com os outros membros. Haveria... tensão.

Erika olha de um para o outro. Eu não olho para Holt, mas sinto sua testa franzida.

— Sr. Holt? Concorda?

— Sim. Definitivamente haveria tensão.

— Então vocês dois esperam que eu lhes dê tratamento preferencial porque trabalhar juntos deixaria vocês pouco à vontade?

Nenhum de nós responde. É exatamente isso que esperamos, mas falar isso em voz alta nos faria parecer uns babacas egoístas.

Erika suspira.

— Quero deixar claro que durante suas carreiras os senhores terão de trabalhar com muita gente de que não gostam. Pessoas que prefeririam evitar. Mas os senhores não podem fugir toda vez que as coisas ficarem difíceis. Além do mais, estão me pedindo para lhes dar tratamento especial simplesmente porque não estão mais namorando. Se eu fizer isso pelos senhores, estarei abrindo um precedente que depressa vai se tornar uma grande encheção de saco para mim.

Sei que é verdade o que ela está falando, mas ainda assim quero que ela reconsidere.

Ethan e eu não dizemos nada. Nossa súplica silenciosa fala mais alto.

Erika suspira novamente.

— Por causa dos personagens que designei para cada grupo, a única pessoa pela qual eu poderia trocar o sr. Holt seria o sr. Bain. — Ethan fica tenso. — Seria aceitável para vocês dois?

Ethan pergunta:

— Que tipo de cenas vamos fazer?

Erika sabe aonde ele quer chegar.

— Isso importa? Ou o senhor fica no grupo da srta. Taylor ou troca de lugar com Connor. O que vai ser?

Eu digo "Trocar" exatamente ao mesmo tempo que Ethan diz "Ficar". Então, para garantir que vamos realmente nos envergonhar, fazemos de novo, mais alto.

Ethan e eu nos encaramos. É a primeira vez que realmente olhamos um para o outro nas últimas oito semanas e meia. Meu rosto e corpo estão vermelhos, com um calor feroz.

Não escapa à minha atenção que as orelhas de Ethan também ficaram rosa choque.

— Ótimo. Tanto faz — diz ele, abanando a mão. — Me troque por Connor. Faça o que ela quiser.

— Oh, não, de forma alguma, por favor, mantenha Holt no meu grupo. O que ele quer é muito mais importante.

— Não quero isso — diz ele, chegando mais perto —, mas nós dois sabemos que é melhor.

— Ainda estamos falando dos grupos de atuação? Porque, se não for, não estou entendendo.

Erika revira os olhos e pega seu fichário na mesa.

— Não tenho tempo para isso. Comuniquem-me sobre sua decisão até o final do dia, ou os grupos ficam como estão.

Ethan e eu estamos muito ocupados soltando fumaça para notar que ela foi embora.

Ele está perto demais. A involuntária necessidade do meu corpo de tocá-lo me deixa ainda mais zangada.

— Aceite logo a troca, Ethan. Você sabe que nós não podemos trabalhar juntos.

— É, e é bem conveniente para você trabalhar com o Connor.

— De que você está falando?

— Como se você não soubesse. Diga lá, quanto tempo ele demorou para cantar você depois que soube que nós terminamos? Toda vez que eu vejo esse cara, ele está babando em cima de você.

— Connor é meu amigo, só isso. Ao contrário de outras pessoas, ele realmente se importa comigo.

— Bobagem. Ele se importa com a possibilidade de você montar no pau dele. Você só é ingênua demais para ver.

— Seja com o que for que ele se importa, não é da sua conta! Foi você quem terminou comigo, lembra? Só porque você não me quer, não significa que outros homens também não queiram.

— Ter terminado não teve nada a ver com o quanto eu quero você. Você sabe disso.

— Você disse que me amava, e aí me deu um pé na bunda. Até para alguém doido isso parece maluquice demais.

Acho que esse é o momento em que brigamos por causa do rompimento. Eu achava que aconteceria antes, mas estou pronta para começar, minhas armas estão engatilhadas.

— Apenas admita que você terminou comigo para se proteger, Ethan. Fim da história.

— Isso é conversa fiada e você sabe. Se tivéssemos ficado juntos, eu teria machucado você...

— Tenho uma novidade para você! Você me machucou de qualquer jeito!

— Eu teria machucado mais!

— Então você terminou comigo na esperança de que tivéssemos uma chance de ser amigos e, apesar disso, esta é a primeira vez que trocamos duas palavras em mais de dois meses.

Ele deixa escapar uma risada amarga.

— Nós não conseguimos ser amigos.

— Lá vem você de novo, presumindo que sabe o que eu consigo ou não.

— Ah, é mesmo? Você acha que poderia lidar com alguma proximidade entre nós? Ótimo. Vamos ver como seria isso.

Sua expressão fica predatória, e ele dá um passo à frente. Eu recuo.

— Você realmente acredita que nós conseguiríamos fingir que não queremos algo mais? — Ele avança. Eu recuo. — Imagine só: "Ei, Cassie. Quer ir almoçar?" — Ele está se esforçando para manter um ar casual. — Que tal se estudássemos juntos? Vamos ensaiar o texto.

Minhas costas tocam a parede. Ele está tão perto que a gente quase se toca.

— Oh, você está chateada? Vamos nos abraçar. É isso que amigos fazem, certo?

O calor do corpo dele é abrasador. Minha pele está eriçada com a eletricidade entre nós.

Ele põe uma das mãos na parede ao lado da minha cabeça e se inclina para baixo. Sua voz é baixa e soturna.

—Assim que pusermos nossos braços em volta um do outro, não vamos querer nos largar. Vai ser uma avalanche de "me beije", "me toque", "enfie a mão nas minhas calças". "Tire a roupa, para eu poder entrar em você."

— Pare. — Eu não consigo respirar.

— Esse é o problema. Nós não pararíamos. Iríamos continuar e de repente estaríamos até o pescoço em um relacionamento no qual meus problemas nos estrangulariam novamente. Isso seria menos torturante do que o que estamos passando agora? Porque não sei quanto a você, mas eu prefiro não ter nada de você do que pequenas partes que só me deixam querendo mais.

Tomo fôlego e o olho nos olhos.

— Então por que toda essa frescura sobre trocar de lugar com Connor?

A expressão dele se suaviza, e ele dá um passo para trás.

— Porque a única coisa que me mataria mais depressa do que tocar você agora seria ver outra pessoa fazer isso.

— Você abriu mão do seu direito de decidir isso. Dessa vez a decisão é minha, e já que não posso ter você, eu escolho o Connor.

Eu só percebo como minhas palavras soam quando elas já estão fora da minha boca, mas aí é tarde demais.

É como se eu o tivesse socado.

— Claro que escolhe. Tudo bem. Eu falo com a Erika.

Ele pega a mochila e vai até a porta. Quando está junto dela, ele se vira para mim.

— Só para saber, caso eu tenha de fazer uma cena de amor com Zoe no meu novo grupo, você se importaria?

Agora é minha vez de me sentir como se tivesse levado um soco, mas não deixo ele perceber.

— Ethan, acabo de passar as últimas oito semanas me acostumando a não me importar todas as vezes que eu o vejo. A essa altura, já estou bem boa nisso.

Ele assente e me dá um sorriso amargo.

— Bom para você.

A academia de ginástica do campus.

Estou nesta faculdade há mais de oito meses, e esta é a primeira vez que piso aqui dentro. É grande. Como tudo nesta faculdade.

O andar principal é cheio de equipamentos de cardio e máquinas de musculação, e no segundo piso há uma área para treino com halteres e várias salas exclusivas para coisas como ioga, pilates e boxe. Tem até uma quadra de squash.

Parece que Eva Bonetti, cujo nome está escrito acima da porta, era uma generosa patronesse das artes.

Ruby disse que eu deveria experimentar a sala de boxe. *Alivie um pouco o estresse*, disse ela. *Pare de ser uma chata emburrada*, disse ela. *Faça de conta que o saco de areia é a bela cara idiota de Holt*, acrescentou.

Achei que mal não faria. Então aqui estou eu, luvas novinhas, firme em minha resolução. Determinada a purgar parte da pressão emocional que tem se acumulado dentro de mim nos últimos meses.

É noite de sexta-feira, então o local está praticamente vazio. É óbvio que a maior parte dos universitários tem coisas mais excitantes a fazer no fim de semana do que expulsar suas frustrações a socos. Não é o meu caso.

Enquanto me aproximo da sala de boxe, ouço grunhidos vindo lá de dentro.

Droga. Não tinha pensado que mais alguém poderia estar lá.

Eu me aproximo da porta e olho para dentro através do visor de vidro.

Prendo a respiração.

É ele.

Ombros largos em uma camiseta sem mangas, os braços se agitando enquanto ele ataca o saco de areia. Ganchos e diretos, depois de chutes barulhentos. Seu cabelo revolto pinga suor.

A cada vez que atinge o saco de areia Ethan grunhe, seu rosto intenso e zangado. Uma vez ou outra as luvas batem e fazem um ruído surdo. Quase posso sentir a força dos golpes através da porta.

Um calafrio percorre minha espinha.

Ele parece desesperado. Como se estivesse lutando pela própria vida. Batendo e batendo e batendo, e aparentemente sem tirar disso nenhuma satisfação. Eu deveria ficar feliz ao vê-lo sofrer tanto, mas não fico. Minha garganta se aperta com emoções que não quero sentir.

Ethan continua castigando o saco de areia, os braços voando, o corpo girando para lhe dar mais força. Depois ele chuta, dá joelhadas, usa tanta força que eu sinto a vibração pelo chão. Ele fica mais e mais rápido, e os sons que emite soam mais frustrados, até que ele finalmente para, se apoia no saco de pancadas e tenta recuperar o fôlego. Sua expressão muda para uma de total derrota.

— Merda — geme ele, apoiando a testa no logotipo da Everlast. — Merda, merda, merda, merda, merda.

Estou desesperada para saber o que ele está pensando. Quero muito lhe dizer que ele está dificultando tudo. Que tudo poderia ter sido tão fácil e dado certo entre nós se ele simplesmente permitisse.

Mas sei que ele não acreditaria em mim.

De qualquer modo, agora é tarde demais para isso. O estrago já foi feito.

A essa altura, não podemos mais consertar nada.

Quando ele arranca as luvas e as atira na parede, ponho minha sacola no ombro e vou embora. Cada pedaço de mim reclama. Me implora para voltar.

Mas não volto.

Cada passo para longe dele é como arrastar meus pés pela areia movediça.

Quando eu chego às escadas, os grunhidos recomeçam.

— Ele sente sua falta, sabia?

Eu achava que ninguém conhecia meu cantinho de leitura secreto no lado mais distante do prédio de drama, mas devia ter percebido que parte da Elissa é um cão farejador.

Fecho meu livro, sem saber o que dizer. Ela ajuda, deixando-se cair a meu lado e preenchendo o silêncio.

— Sei que você acha que ele é um babaca ou algo assim, mas... nunca vi meu irmão tão arrasado por alguém antes. Ele é tipo um fantasma do que era quando estava com você.

Uma risada amarga sobe pela minha garganta.

— Talvez ele não devesse ter me dado um pé na bunda, então.

Ela cutuca a grama.

— Ele acha que está protegendo você.

— Bem, ele está errado.

— E se não estiver? — Ela ergue a mão para cobrir os olhos da claridade do sol. — E se ele ficasse, e todos os seus problemas obrigassem você a deixá-lo? Teria sido mais ou menos doloroso?

Eu dou de ombros.

— Acho que nunca vamos saber, certo?

— Acho que não.

Ela fica calada por um instante, e então diz:

— Ele não é má pessoa, Cassie. Só é... perturbado. Assustado.

Pisco algumas vezes e cutuco a grama também, tentando acalmar o calor que sobe pelo meu pescoço.

— Eu sei. E agora, graças a ele, sei em primeira mão como é isso.

Ela não diz nada. Eu não espero que o faça. É uma frase para acabar com a conversa, e nós duas sabemos disso.

Ela se levanta.

— Você pelo menos sente a falta dele?

Mais do que já senti de qualquer coisa ou pessoa em minha curta e monótona vida.

— Estou tentando com todas as forças não sentir.

— E como está se saindo?

— Falhando miseravelmente.

— Sinto muito.

— Elissa, você não tem nada do que se desculpar. Seu irmão, por outro lado...

Ela concorda com a cabeça.

— Você acha que vai conseguir perdoá-lo algum dia?

Eu suspiro.

— Não sei. Sinceramente, não sei.

É a verdade. Eu gostaria de pensar que posso superar tudo isso, mas não sei se sou forte o suficiente.

— Espero que sim — diz ela. — Vocês dois nasceram para ficar juntos. Sinto isso profundamente.

O que me frustra mais que qualquer outra coisa é que sei que ela tem razão.

Eu só não vejo como isso é possível.

É dia de atuação.

Estamos ensaiando nossas partes há quatro semanas. Holt e eu mal nos falamos em todo esse tempo.

Evitar um ao outro virou uma forma de arte para nós.

Meu grupo está fazendo cenas de *Um bonde chamado desejo*. Connor vai fazer o Stanley. Eu sou Blanche.

Agora sei por que Erika a princípio queria que Holt fosse Stanley. Ele é perfeito para o papel — mal-humorado, intenso, cheio de conflitos e paixão, inseguro e, por isso, agressivo. Connor está indo bem, mas Ethan teria sido espetacular.

Blanche é um desafio para mim. Ela é uma beldade sulista envelhecida. Abalada com o suicídio do marido. Atormentada por tê-lo surpreendido transando com outro homem. Envergonhada pelo ogro violento que é o marido da irmã, e lutando contra a atração primitiva que sente por ele.

Enquanto nos preparamos para começar, dou uma espiada no auditório. Todos os nossos colegas estão lá, assim como os atores do segundo ano. Vejo Holt, de mandíbula tensa e pouco à vontade em seu assento, tentando parecer interessado em alguma coisa que Lucas lhe diz.

Assim que Erika anuncia nossas cenas, Holt se levanta e sai do teatro.

Apesar de ficar um pouco magoada, também estou aliviada.

Agora posso dar tudo de mim na atuação, sem me preocupar com o fato de ele me ver junto de Connor.

E isso também faz com que eu me sinta menos envergonhada por ter me escondido no banheiro mais cedo, quando ele fez suas cenas de amor com Zoe. Não consegui vê-los juntos. Simplesmente não consegui. Só de pensar nisso, minha cabeça latejou de raiva.

É, essa história de nós dois não ligarmos um para o outro está indo superbem.

Ruby aponta um aluno de drama, do terceiro ano, com cabelo desgrenhado.

— Beije ele.

— Não.

Ela indica um cara que nunca vi antes, mas que se parece demais com um jovem Matt Damon.

— Que tal aquele?

— *Não*.

— Aqui, tome mais tequila.

— Isso não vai me fazer querer beijar esses caras aleatórios.

— Vai, sim, acredite em mim.

Suspiro e me afundo no sofá.

— Ruby, não quero beijar ninguém.

— Quer, sim, mas você quer que seja aquele babaca que lhe deu um pé na bunda há meses, e é por isso que estou fazendo essa intervenção.

— Certo, mas acho que me levar a uma festa e me embebedar até que eu dê em cima de qualquer um não é uma intervenção.

— Do jeito que eu vejo, é, sim.

— Além do mais, não quero beijar o Holt.

Ela revira os olhos.

— Claro que não. É por isso que nos cinco meses desde que vocês terminaram você nem olhou para outro cara.

— Não é verdade. Eu olhei.

— É, só não tocou. — Ela leva as mãos para cima. — Cassie, você não entende que o melhor jeito de tirar um homem da cabeça é colocar outro entre as pernas?

— Eu só não estou a fim de começar nada, beleza?

— Eu não estou falando para você comprar o enxoval nem nada disso. É só para se divertir. Beijar. Dar uns amassos. Trepar. Não precisa ser com o amor da sua vida. Você tem dezenove anos, pelo amor de Deus. Você não pode desistir de todos os homens só porque Holt partiu seu coração. Homens são como vibradores: não é só porque são ridículos que você não pode usá-los para se divertir.

Ruby me dá outra dose de tequila e eu mando a bebida para dentro, principalmente porque não quero me dar ao trabalho de discutir com ela.

Estou começando a perder o foco. Como se a sala estivesse cheia de gelatina e todo mundo se movesse devagar.

Ruby ainda está falando, mas parei de ouvi-la. Eu não quero estar aqui. Além do mais, sei que ela está certa.

Estou com medo de me magoar outra vez.

Parte de mim quer seguir o conselho de Ruby e ficar com alguém, só para sentir outra vez que alguém me quer. Para me lembrar de que sou atraente e desejável, e não sou tão oca quanto me sinto. Mas sei que sempre vou sentir uma fisgada por causa do que Ethan fez comigo. Isso sempre vai me atrapalhar.

Eu me levanto.

— Vou para casa, Ruby. Desculpe. Fique você. Divirta-se.

Ela se põe de pé e me abraça.

— Bem, é claro que eu vou me divertir. Só queria poder ajudar você a esquecer o sr. Cara-de-Merda.

Dou uma risada.

— Estou esquecendo. Juro. Já nem tenho fantasias esmurrando ou trepando com ele há semanas.

Ela me puxa para perto e olha para meu rosto, chocada.

— Sério?

— É.

Ela alisa meu rosto e fala, imitando bebê:

— *Ohhh, tô tão ogulhosa di voxê.*

Afasto sua mão com um tapa e a abraço outra vez. Ela realmente dá os melhores abraços do mundo.

Chamo um táxi e vou até a porta. Antes de chegar lá, logo vejo uma silhueta conhecida recortada pela luz do corredor; alguém alto e magro, com cabelo caótico. Começo a caminhar mais devagar e me apoio na parede enquanto planejo como passar por ele. Para meu alívio, quando ele se vira percebo que não é o Holt. É um cara que eu nunca vi antes. Cabelo escuro. Olhos escuros. Meio que maravilhoso. Ele me dá um sorriso e se encosta na parede para me deixar passar.

— Por favor, diga que você não está indo embora — diz ele, obviamente um pouco bêbado. — Seria um crime se a garota mais linda dessa festa fosse embora antes que eu tivesse uma chance de conversar com ela.

Eu dou de ombros.

— Sinto muito. Tenho um compromisso muito importante com meu sofá. Não posso desperdiçar a noite inteira festando.

Ele estende a mão.

— Eu sou Nick, aliás. Terceiro ano de artes visuais.

Ponho minha mão na dele, e quando nos cumprimentamos, fico surpresa ao ver que o toque me dá uma leve animada.

— Cassie. Atriz, primeiro ano.

— Muito prazer em conhecê-la, Cassie.

— Digo o mesmo, Nick.

Ele não solta minha mão, e eu não a retiro. Há algo no jeito como ele me olha que me faz me sentir menos vazia. Sei que estamos ambos meio embriagados, mas é legal saber que alguém me acha desejável.

— BEIJE LOGO! — grita Ruby lá de longe.

Eu cubro o rosto com minha mão livre.

Nick olha para Ruby, confuso.

— Hã... ela é sua amiga?

— Não mais.

Ele ri.

— Ela sempre grita com você para beijar alguém que acabou de conhecer?

— É. Mais frequentemente do que eu gostaria.

Ele dá um passo à frente.

— Bem, ela parece legal. Odiaria desapontá-la.

Antes que eu perceba o que está acontecendo, ele se inclina e pressiona os lábios contra meu rosto. Minha pele formiga de modo nada desagradável, e instintivamente agarro sua camisa. Ele se afasta e sorri.

— Espero que isso não tenha sido um problema.

— Ah... — digo, meio tonta —, isso foi bom.

Espero que a culpa me atinja, mas, quando ela chega, é bem menos potente do que eu esperava.

Talvez eu esteja superando Holt, afinal.

Ou talvez seja só a tequila.

Seja qual for o motivo, quando meu táxi chega e toca a buzina, me despeço de Nick me sentindo bem mais confiante a respeito de meu futuro romântico do que quando cheguei.

Sentir alguma atração por alguém significa que estou a ponto de ser completamente indiferente a Ethan, certo?

Estou na sala de figurino, no subsolo do prédio da faculdade de drama. É atulhado e empoeirado, e inúmeros figurinos de centenas de produções estão espremidos em fileira atrás de fileira de araras e prateleiras, do teto ao chão. Os alunos podem pegá-los emprestados com a permissão do coordenador, mas encontrar exatamente o que se quer é sempre difícil. Estou procurando há quase uma hora por algo para meu monólogo de *Noite de reis*, e o ar abafado está me deixando meio zonza.

Quando todos os cabelos da minha nuca se arrepiam, sei que não estou sozinha. Assim que me viro, encontro Ethan me observando.

— Eu não sabia que você estava aqui — diz ele, parecendo chateado.

Meu coração bate mais rápido.

— Pois é, estou.

Pare com isso. Você está indiferente, lembra? Ele não tem mais efeito sobre você.

Ele solta o ar e enfia as mãos nos bolsos.

— Já está acabando?

Seu tom me irrita.

— Não faço ideia. Por quê?

— Preciso de um figurino. Acho que vou esperar você sair.

Eu suspiro e me volto para a arara.

— Vai, procure a porcaria do seu figurino logo, Ethan. No momento tenho mais o que fazer que ficar evitando você.

Vou examinando uma a uma, rapidamente, as roupas penduradas, fazendo questão de ignorá-lo.

Ele diz:

— Ótimo. Como você quiser. — E desaparece da fileira onde estou. Eu o ouço a alguns metros de distância, deslizando os cabides tão agressivamente quanto eu.

Depois de mais vinte minutos de procura, encontro um vestido que acho que vai ficar bem em Viola, e me dirijo ao pequeno provador para experimentá-lo. Quando afasto a cortina, Ethan está lá, sem camisa, curvado sobre a braguilha de botões do que parecem ser calças de couro.

Ele olha para mim e cerra os dentes enquanto briga com o fecho.

— Não consigo fechar essa porra. É como tentar passar uma porcaria de uma banana por um buraco de agulha.

Eu riria se não estivesse tão arrasada por vê-lo seminu e praticamente se masturbando.

— Ah, foda-se — diz ele, abandonando os esforços para vestir a jaqueta que combina com as calças. O estilo é parte motociclista, parte gibão elisabetano. O resultado é totalmente sexy.

Ele sai do provador e sinaliza para que eu entre.

— Pode entrar. Consigo brigar com essa porra de figurino idiota aqui fora.

Entro e fecho a cortina. Eu estaria mentindo se dissesse que não espiei pela fresta para ver seu peitoral flexionar enquanto ele lutava para abotoar a jaqueta.

Você é total e completamente indiferente, caramba!

— Que monólogo você está fazendo, afinal? — pergunto enquanto desvio minha atenção dele e arranco minha camiseta e sutiã.

Ele grunhe de frustração.

— Hamlet. Juro por Deus, esses botões não cabem nessas casas. Será que eu preciso de um diploma de engenharia para conseguir fechar essa porcaria?

Levo um minuto para perceber que conversamos quase que normalmente. É estranho, mas também meio legal. Talvez algum dia a gente consiga mesmo ser amigos.

Puxo o vestido pela cabeça e tento alcançar o zíper.

— Hamlet é uma escolha meio óbvia para você, não? Mal-humorado. Atormentado. Autodestrutivo.

— É, bem, realmente não estou no estado de espírito ideal agora para interpretar alguém leve e fofinho.

— E já esteve alguma vez?

Ele para.

— O que você quer dizer?

Eu me contorço toda e tento puxar o zíper para cima, mas ele não está cooperando.

— Mas que saco.

— Me deixe adivinhar, você não consegue fechar o zíper da sua roupa.

As cortinas se afastam e ali está ele — jaqueta aberta, peito nu, calças semiabotoadas. Seus olhos se arregalam quando ele registra o tamanho do decote do meu vestido.

— Hã... você quer que eu...? — Ele gesticula, obviamente tentando trazer sua atenção para cima, para meu rosto. Ele consegue por cerca de meio segundo, antes de voltar a olhar para meu decote. — Hã... ajude com o... hã...

— Zíper?

— É. Isso. Eu te ajudo se você me ajudar.

Eu me viro e o sinto se aproximar. Ele puxa o zíper para cima, até o meio das minhas costas, e então dedos mornos roçam meu pescoço enquanto ele joga meu cabelo para a frente. Acho que o ouço engolir em seco. O zíper protesta enquanto ele o puxa até em cima, mas ele consegue fechá-lo. O corpete é tão justo que mal consigo respirar. Com fôlego curto, eu me viro e ponho as mãos na cintura.

— Minha nossa, como as mulheres usavam essas coisas todo dia? Sinto como se todos os meus órgãos internos fossem se fundir em um gigantesco manjar nojento.

Silêncio.

Quando levanto os olhos, Ethan está me olhando fixamente. O desejo em sua expressão me faz estremecer.

— Aham.

Ele chega mais perto, e agora não é o vestido que está dificultando minha respiração. Olho para seu pescoço, porque realmente não posso olhar para seu rosto. Estudo o padrão de sua barba por fazer e a fronteira entre ela e a pele lisa. Mesmo depois de todos esses meses, até hoje me lembro muito claramente do gosto dessa pele. De como ele costumava gemer quando eu dava mordidinhas nela.

— Cassie?

— Hmmm?

— Os botões? Seus dedos talvez sejam mais jeitosos que os meus.

— Oh. Certo.

Aproximo os dois lados da jaqueta. Seu peito é muito largo, então não é fácil, e ele tem razão: os botões parecem mesmo grandes demais para as casas. Brigo com o tecido grosso, mas tenho sucesso com os poucos botões da parte de baixo antes de ter problemas.

— Você ganhou peso?

— Um pouco. Eu tenho treinado.

— Boxe?

Ele faz uma pausa.

— É. Como você sabe?

Dou de ombros.

— Palpite.

Puxo outra vez, mas o botão não ajuda.

— Não consigo.

— Deixe, então — diz ele, sua voz abafada. — Tudo bem.

Mais uma vez o botão pula para fora da casa.

— Que droga!

— Taylor... — Ele põe a mão sobre as minhas. — Pelo amor de Deus, simplesmente... pare, porra.

Fico paralisada. O tempo para.

Ele está me tocando.

O efeito é instantâneo e debilitante. Meu coração dispara quando ele solta um gemido. Olho para sua mão cobrindo a minha. Tão estranho. Tão familiar. O errado e o certo girando à volta um do outro e fazendo meu estômago girar também.

Observo, fascinada, enquanto ele passa o polegar pelos meus dedos, em câmera lenta. Quero recuar, mas estou congelada. Não posso olhar para ele, com medo do que possa fazer. Ou do que vá fazer. Mesmo através do couro espesso da jaqueta consigo sentir seu coração batendo forte, mais rápido que o meu. Seu peito sobe e desce depressa, e sei que, seja lá o que aconteça nos próximos segundos, isso pode muito bem desfazer os oito meses que passei cultivando minha indiferença.

— Cassie — geme ele.

Ele aperta minhas mãos com mais força contra seu peito, e minha decisão fica abalada. Quero abrir a jaqueta e encostar a boca em sua pele. Sentir o calor e o sabor dali, antes de subir para seu pescoço. Ele parece querer o mesmo, porque agarra minhas mãos e as coloca sob o tecido. Quando minhas palmas tocam sua pele nua, ele puxa o ar com força como se estivesse com dor.

Fecho os olhos e busco força para parar. Preciso fazê-lo. Eu não posso ser assim outra vez, desesperada e carente. Os obstáculos que nos mantêm separados não mudaram. Principalmente, ele não mudou.

Abro os olhos para encontrar seu olhar. É abrasador. Escuro, intenso e persuasivo demais.

Firmeza, onde você está quando eu preciso de você?

Isso não é ele me querendo de volta. É só ele me querendo. E eu a ele. Corações acelerados e hormônios gritando conosco.

Movo minhas mãos pelo peito dele e sinto sua pulsação acelerada, procurando por um pretexto para deixar que isso aconteça. Para me permitir ter seu corpo sem precisar de nada mais. Para aliviar a dolorosa frustração sexual que me assombra desde o dia em que terminamos.

Mas não há pretexto. Não há nenhuma realidade alternativa de que isso não tornaria as coisas incomensuravelmente piores.

Enfio os dedos em seus músculos antes de voltar à realidade, num estalo. Encontrando forças que eu não sabia que tinha, me afasto, envergonhada e irritada. Odeio me sentir praticamente invertebrada de tanto desejo. Por saber que um toque rápido dele *ainda* me afete tanto.

Olho fixamente para ele e tento encontrar minha voz.

Ethan devolve o olhar, aparentemente tão chocado quanto eu.

— Que raios foi isso? — Há uma tempestade de adrenalina em minhas veias, deixando-me encalorada e trêmula.

Ele pisca algumas vezes e balança a cabeça. Zangado. Com ele mesmo ou comigo?

— Não faço ideia. — Ele tenta falar, fica cabisbaixo. — Isso foi uma puta idiotice. Eu... eu não devia...

— Não devia mesmo.

Ele ergue a cabeça de uma vez, para olhar para mim. Agora definitivamente com raiva de mim.

— Não vi você recuar tão depressa assim. Você estava tão alterada quanto eu.

— Isso não significa que você possa... que nós deveríamos... — Eu passo a mão pelos cabelos. — Que droga, Ethan, já devíamos ter superado isso a essa altura! Não devia me sentir assim quando...

— Quando o quê?

— Quando você está perto! Quando você me toca. Você não pode simplesmente... fazer isso comigo.

— Acredite em mim, conheço a sensação.

Ergo as mãos.

— Eu não fiz nada!

— Você não precisa fazer. Só o fato de existir já é o bastante para acabar completamente comigo, caralho.

A tristeza em sua voz me faz parar por um instante, mas não aplaca minha raiva.

— Deixe isso para lá — digo enquanto tento abrir o zíper do vestido. — Esqueça.

Ele tira a jaqueta e diz:

— Que merda você acha que eu tenho tentado fazer o ano inteiro?

O corpete do vestido parece me comprimir feito uma jiboia, apertando-me até quase me asfixiar.

— Tire essa coisa maldita de mim.

Eu me viro para que ele possa abrir meu zíper, e assim que ele o faz, volto para o provador. Arranco o vestido e visto meu sutiã e camiseta outra vez. Aí junto minhas coisas e abro a cortina. Ele está parado lá, olhando-me como se fosse se desculpar ou algo assim.

Eu paro. Nós nos encaramos. Nenhuma desculpa é pedida.

Claro que não.

Típico.

— Oh, e aí, gente?

Nos viramos para ver Jack Avery, segurando uma braçada de roupas.

— Oh, uau, eu interrompi alguma coisa? Vocês precisam de privacidade? Ou de camisinhas?

Faço um som enojado e passo por ele.

— Cale a boca, Jack.

Enquanto caminho para a saída, escuto Avery dizer:

— Cara, você ainda está fingindo que não está completa e totalmente na dela? Que porra de enganação é essa?

Quando chego à porta, ouço Holt dizer:

— Por uma vez na vida eu concordo com a Cassie, Avery. Cale essa merda dessa boca.

Horas mais tarde, quando chego em casa, ainda estou formigando com a lembrança de minhas mãos no peito dele. Elas anseiam por senti-lo outra vez. Querem mais pedaços dele debaixo delas.

Gemo e caio na cama, mais frustrada do que posso descrever.

Indiferença? Ah, claro.

Eu não faço a menor ideia do que essa palavra significa.

Meu único consolo é que Ethan também não.

capítulo treze
EVASÃO

Hoje
Nova York
Apartamento de Cassandra Taylor

Eu me aconchego contra o corpo quente a meu lado.

Hmmm. Homem, que pele macia. Que cheiro bom.

Ethan?

Um braço me enlaça e eu me aninho mais, revivendo a lembrança de seus lábios e língua. Eles me acordam de dentro para fora, deixando-me ansiosa por mais. Ponho a mão sobre a barriga dele. Sinto os músculos rijos ali. Tantos músculos.

Espere. Músculos demais.

Desço a mão até seu umbigo.

— Querida, se você descer muito mais, teremos de reexaminar minha sexualidade, e acho que nenhum de nós dois está pronto para isso nesse momento.

Abro os olhos. Meu colega de apartamento, Tristan, está deitado a meu lado com um dos diários de Ethan aberto na mão.

— Sabe, sempre pensei que suas histórias sobre esse cara eram aumentadas pela sua mágoa ou amargura, mas lendo isso... É um milagre ele conseguir caminhar e falar ao mesmo tempo. Tem autoflagelação grave rolando aqui. Ele tinha um chicote de verdade? Ou estava tudo na cabeça dele?

Tento agarrar o diário, mas ele me aperta mais com o braço que está à minha volta e segura o diário fora do meu alcance com a outra mão.

— Na-na-não. Eu tenho ouvido sobre as travessuras dele nos últimos três anos. Acho que mereço uma espiadinha em sua loucura. Obviamente, a pergunta mais importante é: onde você arrumou esses diários? Por favor, diga que você não os roubou como uma perseguidora enlouquecida.

Esfrego meus olhos. Está cedo demais para um dos interrogatórios de Tris.

— Ele me deu.

— Mesmo?

— É.

— No ensaio?

— Não.

— Então onde?

— No apartamento dele.

Ele faz uma pausa.

— Oh-oh. Então você foi até lá, pegou essas belezinhas e saiu, certo? Nenhum contato romântico? Nenhuma sessão de recordações sobre como você é obcecada pelo pau dele?

— Tristan...

Ele se afasta para poder me olhar feio.

— Não, não me venha com *Tristan*. Você jurou que ia devagar com esse cara, e eu chego em casa hoje de manhã e encontro sua lingerie de gatinha sexy no chão, os diários do peguete em sua mesinha de cabeceira e arranhões de barba na sua cara toda. Para mim parece que você está decidida a foder com tudo antes mesmo de começar a dar uma chance.

— Nada aconteceu.

— Eu realmente preciso pegar uma régua para ver se seu nariz cresceu, srta. Mentirosa? Porque seu rosto parece que foi esfoliado com jato de areia.

— Está bem, nada *de mais*. Nós nos beijamos.

— *Só* se beijaram?

— E... nos esfregamos contra uma parede.

Ele expira.

— Isso não é exatamente nada.

— Não é sexo.

— Também não é ir devagar.

Sei que Tristan tem razão, mas não consigo admitir.

— O que você quer que eu diga, Tris? Que foi burrice? Foi. Que eu sei que raios estou fazendo com ele? De forma alguma. Que tive sonhos altamente pornográficos com ele noite passada? Pode apostar. Fui honesta o suficiente para você?

Eu me deixo cair contra seu peito enquanto ele me abraça mais apertado e descansa a cabeça contra a minha.

— Docinho, não quero ser escroto. Só não quero que isso vá por água abaixo outra vez. Eu sei que ele provavelmente vira você do avesso, mas se você for depressa demais, cedo demais, você vai fazer a mesmíssima coisa que ele fez, surtar e fugir. Tenho certeza de que nenhum de vocês quer isso, certo?

— Certo. Mas, quando estou com Ethan, é só ele que eu consigo ver, e isso me apavora. E quando estamos separados, acho que talvez seja melhor assim, e isso também me apavora.

Ele alisa meu braço.

— Medo é natural nessa situação, mas o segredo é não deixar que o medo decida tudo. Gente assustada ou se fecha e evita aquilo que teme ou fica com raiva e ataca. As más notícias para você e Ethan são que vocês tentaram as duas opções e nenhuma delas foi bem-sucedida. A maior tragédia é que, desde que vocês se conhecem, têm estado completamente loucos de amor um pelo outro e desperdiçaram tempo demais sendo uns idiotas teimosos e negando isso.

Fecho os olhos, não gosto nem um pouco de como essa conversa está deixando meu coração apertado. Tris suspira.

— Se isso a consola — diz ele, baixinho —, a única coisa que esses diários provam é que ele sempre amou você.

Dou uma risada.

— Mesmo quando ele estava partindo meu coração?

— É. Mesmo então. Quer dizer, ouça isso, de seis anos atrás: *"Noite de réveillon. Eu quase não funciono com tantas imagens dela enchendo minha cabeça. Me sinto como se estivesse louco. Fico pensando 'E se ela tivesse conseguido me consertar?'. Se alguém pudesse, teria sido ela. Estou aterrorizado pensando no ano que vem. Vai ser uma merda de uma farsa, tendo que fingir que não a quero. Fico exausto só de pensar nisso. Eu mal consegui me segurar quando ela me mandou uma mensagem no Natal, e isso porque não foi nada além de uma porcaria de mensagem no meu telefone. Como eu vou resistir quando ela estiver bem na minha frente? Com seus olhos tristes, boca trêmula e coração partido?*

Parte de mim meio que espera que, quando eu a vir novamente, ela não aguente e me implore para ficar de novo com ela. Se ela fizesse isso, eu não teria como negar. Por favor, deixe que ela implore. Não, espere. Porra. Odeio isso. Quero arrancar minha pele. Feliz porra de Ano-Novo".

Ouvir sobre o tormento passado dele não ajuda o meu, mas de alguma forma saber que ele estava tão infeliz quanto eu é estranhamente consolador.

Tristan vira a página.

— E aqui estão suas resoluções de ano-novo: *"Parar de pensar em Cassie. Parar de sonhar com Cassie. Parar de fantasiar com Cassie quando eu me masturbar. Ser mais gentil com minha mãe e minha irmã. Tentar não imaginar que estou quebrando a cara do meu pai toda vez que ele disser algo irritante. Correr mais. Beber menos. Ser uma pessoa melhor. Para Cassie".*

Ele pousa o diário e olha para mim.

— Você tem de admitir que, apesar de seus problemas, o garoto era totalmente louco por você.

— Isso não desculpa o que ele fez.

— Não acho que ele quer que você o desculpe. Acho que quer que você entenda que ele estava confuso.

— E era um idiota.

— Bem, claro, evidentemente idiota. Quer dizer, você excita até a mim, e eu sou um genuíno adorador de piroca. Não tenho ideia de por que razão um garoto hétero de sangue quente pensou que poderia ser qualquer coisa além de obcecado por você.

Ele continua folheando o diário. Eu fico deitada e ouço sua pulsação tranquila enquanto tento entender meus sentimentos por Ethan.

— Tris?

— Hmm?

— Você acha possível que almas gêmeas que se amam não fiquem realmente juntas?

Ele para e abaixa o diário.

— Acho que uma pergunta melhor seria: *você* acha que é possível?

Não respondo, porque, se eu admitir que isso me passou pela cabeça, a pequena faísca de esperança que há dentro de mim vai se apagar e morrer.

capítulo catorze
PAIXÃO

Cinco anos antes
Westchester, Nova York
Diário de Cassandra Taylor

Querido diário,

Os seres humanos são criaturas estranhas. Nós mentimos todos os dias, de mil maneiras diferentes. A mentira mais comum é: "Eu li os termos e condições". A segunda mentira mais comum é: "Estou bem".

Algumas pessoas acreditam que atores são apenas mentirosos profissionais, pagos para criar personalidades que não são as nossas. Nós criamos personagens de nossa imaginação, interpretamos as palavras de outras pessoas, vestimos as roupas de outras, nos tornamos pessoas diferentes por horas, dias, meses. Somos bons em enganar os outros. Somos menos capazes de enganar a nós mesmos.

Os melhores atores mantêm todas as partes de si em caixinhas e as abrem em um desfile interminável de combinações diferentes.

Costumava ser bastante boa nisso, no palco e na vida, mas, desde que Ethan e eu terminamos, meus compartimentos têm estado confusos. No arquivo onde guardo meus sentimentos por ele, a gaveta com a etiqueta 'amante' agora está definitivamente trancada. A que diz 'namorado' também.

A gaveta chamada 'amigo' treme e tenta se abrir, mas está tão comprimida pelo peso de 'mágoa' e 'ressentimento' que está praticamente emperrada.

Não falo mais dele. Nem com Ruby. Nem com minha mãe. Nem mesmo com Elissa, com quem eu me confidenciei por mais tempo, porque ela sempre me procurava. Falar dele conservava pequenas rachaduras em minha decisão, e sempre me fazia me arrepiar e querê-lo.

Agora está melhor.

Tranquei minha paixão e a tirei da vista. Coloquei-a em um cofre e a cobri com concreto.

Ethan e eu vamos às aulas, fazemos nosso trabalho, evitamos um ao outro quando podemos e somos sarcásticos um com o outro quando isso não é possível. Não temos paciência para essas versões platônicas de nós mesmos. Até agora, mais de um ano depois do término, nossos corações e corpos lutam contra a distância e a repressão, mas temos sido bons em ignorá-los.

Estamos no segundo ano agora, e até aqui, não nos fizeram contracenar. Acho que Erika desistiu de tentar mediar.

Então Ethan e eu andamos na órbita um do outro. Fazemos nossas coisas. Aprendemos a arte de fingir. Aprimoramos nossa arte de mentir para os outros com tanta competência quanto mentimos para nós mesmos.

E a cada manhã, a primeira coisa que me passa pela cabeça quando eu o vejo é "Estou bem".

Erika se apoia em sua mesa.

— O trabalho de atuação deste semestre é sobre paixão. Romântica, sexual, reprimida, violenta, artística. Vou atribuir a vocês alguns trechos que escolhi para confrontá-los e desafiá-los. Alguns deles deixarão vocês pouco à vontade. Transformem esses sentimentos em algo que possam usar. Várias peças são controversas e contêm questões de natureza sensível. Espero que vocês lidem com elas com maturidade. Sr. Avery, por favor, repare que estou olhando para o senhor.

Jack faz sua melhor cara de "Quem, eu?", e todos riem.

— Vocês terão quatro semanas para ensaiar e apresentarão seus trabalhos uma semana antes do feriado da Independência. Alguma pergunta?

Jack ergue o braço.

— Sr. Avery?

— Por favor, diga que você me deu algo de *Equus*. Eu sempre tive uma queda por cavalos.

Risadas.

— Na verdade, não. Você atuará com Aiyah em uma pequena peça chamada *Soft Targets*. É bem controversa, sexualmente.

Jack esfrega as mãos.

— Uuuuh, conte mais.

Erika disfarça um sorriso.

— É sobre homens que apreciam que suas amantes os sodomizem com monstruosas *strap-ons*.

A cara de Jack se desmancha.

— O quê?

Erika distribui as listas de grupos enquanto Jack se vira para Lucas e diz com voz lamurienta:

— Ela está brincando, certo? Era uma piada, não era?

Eu pego a lista e a percorro com os olhos, procurando meu nome.

O assassinato da irmã George.

Cassie — Irmã George. Lésbica alcoólatra e fumante compulsiva. Ex-atriz de novelas. Manipuladora sádica.

Miranda — Amante de George, Childie. Passiva. Simplória.

A descrição da personagem me deixa nervosa. Gosto de pensar que consigo responder bem a desafios, mas essa personagem é tão longe da minha praia que fico em dúvida sobre minha capacidade de convencimento.

Leio a lista das outras peças. Todas elas têm alguma coisa chocante ou toca em algum tabu. E Erika não estava brincando sobre o trecho de Jack. Ele vai fazer um homem de negócios casado que regularmente paga uma dominatrix para espancá-lo, degradá-lo e sodomizá-lo. Quando olho para Jack, ele está meio verde. Aiyah, por outro lado, está sorrindo largamente, com um deleite sádico. Ela sempre diz a

Avery o quanto gostaria de lhe dar uns tapas. Agora ela vai ter sua chance.

Miranda, Troy e Angela farão algo chamado *Picture Windows*, na qual pessoas se apaixonam por objetos inanimados. Lucas e Zoe farão *Dispa-me*, uma peça que examina um casal que gosta de *cross-dressing*, e Holt está com Connor em...

Eu quase dou uma gargalhada. Já é bastante ruim que Erika tenha posto dois caras que se odeiam na mesma peça, mas para piorar tudo *Inimigo interior* é uma comovente história de amor sobre um soldado gay aprendendo a aceitar sua homossexualidade.

Ó céus.

Connor vai interpretar o soldado gay enrustido. Ethan é o seu interesse romântico, experiente e amoroso, que o convence de que amar outro homem não é pecado.

Céus, ó céus.

Acho o conceito um tanto excitante. Na verdade, acho que é um desafio dos grandes isso de Ethan conseguir convencer ser alguém amoroso e paciente. Além disso, ele sempre olha para Connor como se quisesse esmurrá-lo. Convencer uma plateia de que está atraído por ele? Erika não poderia ter criado um desafio mais difícil.

Olho para ele de relance. Ele está franzindo a testa para a folha de papel como se pudesse, caso se concentre muito, mudar o que ela diz.

Uma risada cortante me escapa. Ele tira os olhos do papel, carrancudo, então mordo a parte interna da bochecha para parar de rir.

Ah, este semestre vai ser divertido.

Erika esfrega a testa e suspira.

— Srta. Taylor, você precisa parar de rir. Estamos perdendo tempo.

— Desculpe — digo enquanto falho na tentativa de abafar minhas risadas. — Sei que não é engraçado. É que...

Estou deitada no chão e Miranda está me cavalgando, e toda vez que eu rio, ela salta para cima e para baixo, o que só me faz rir mais.

— Srta. Taylor!

As risadinhas diminuem, e eu inspiro fundo para tentar me acalmar.

— Desculpe. Estou pronta.

Miranda suspira. Ela está habituada a beijar garotas. Eu com certeza não estou.

— Certo. Vamos tentar outra vez. Lembrem-se, este é um dos momentos realmente íntimos da peça. É quando temos um rápido vislumbre do lado vulnerável de George. Quando vemos o quanto ela se importa com Childie, apesar do modo como a trata. Precisamos sentir a tensão sexual entre vocês. Está claro?

— Sim. Claro.

Isso não facilita em nada. Fazer uma cena de amor com Ethan já seria difícil. Fazer com outra garota é totalmente fora do âmbito da minha experiência. Ainda assim, é isso que o semestre todo deve nos ensinar. Que paixão é paixão, não importa quem esteja envolvido nela.

Minha paixão está meio enferrujada. Talvez seja por isso que eu esteja tendo tanta dificuldade.

— Certo. Fiquem de pé e vão para suas marcas iniciais. Parem por um instante para se centrar.

Fico de frente para Miranda e fecho os olhos. Respiro. Lembro a mim mesma de encarar isso como se fosse qualquer outra personagem. Eu me projeto na mente de George para descobrir sua motivação. Ela tem experiência com mulheres. Com Childie. Ela a ama, ainda que a atormente.

Começamos a cena. Estou agitada, mas Childie me acalma. Acaricia meu rosto. Pela primeira vez, ela toma a iniciativa. Ela me beija suavemente e depois recua, hesitante quanto à minha reação. Estou chocada com o quanto ela está decidida, e apesar de meu primeiro instinto ser puni-la, ela está olhando para mim com tanta esperança que não consigo me forçar a fazer isso.

Eu a beijo de volta, apaixonadamente. Ela é tão linda. Tão inocente quanto eu sou corrupta.

Caímos de joelhos e continuamos a nos beijar. Então, em um inédito ato de coragem, ela me empurra, até que eu me deito de costas, e ela me cavalga e se esfrega em mim enquanto enterra os dedos em meus cabelos. Abro sua camisa e agarro seus seios antes de virá-la e deitá-la de costas, e me torno a agressora novamente. Ela enrosca as pernas ao meu redor enquanto beijo seu pescoço.

Dizemos nossas últimas falas enquanto ofegamos contra a pele uma da outra.

— Bem, moças, isso foi...

— Incrivelmente *foda*! — Jack se põe de pé de um salto e aplaude loucamente. — A melhor peça *da história*!

— Sr. Avery!

— Não, sério, Erika. Será que essas garotas podem fazer essa cena pelo resto do ano? Porque... uau. Foi definitivamente... estimulante. Excitante mesmo.

— Cara — sussurra Lucas —, acho que você devia se sentar. Está meio óbvio o quanto você gostou.

Avery imediatamente cobre a virilha e se senta. Todos riem.

— Calem a boca, seus putos. Tem minas gostosas dando uns amassos na minha frente. O que vocês esperavam? Todo cara hétero nesta sala está batendo continência neste momento. Ei, Holt. Vamos ver o tamanho da sua barraca.

Ethan revira os olhos e lhe mostra o dedo médio, mas percebo que suas pernas estão cruzadas de maneira que esconde sua virilha. Ele olha para mim por um instante, antes de baixar os olhos e se remexer no assento.

A paixão que acabei de desenterrar para a cena agora serpenteia na direção dele.

Abafo a emoção. É como tentar enfiar um travesseiro em uma caixa de sapatos.

Paixão idiota.

É por isso que não somos mais amigos.

Um enorme urro de "Cuzão!" vem da sala ao lado, e Connor e eu trocamos um olhar. Nossos amigos estão jogando algum carteado estúpido, e como de hábito nessas festinhas de quarta-feira na casa de Jack, eu e Connor somos os encarregados pelos petiscos. Posso ser incapaz de cozinhar, mas consigo abrir um saco de salgadinhos como uma profissional, e Connor é o rei da pizza congelada.

Formamos uma boa dupla.

O observo enquanto desembala algumas pizzas com a sutileza de um mágico.

E me pego observando suas mãos. Ele tem mãos adoráveis. Na verdade, quase tudo nele é adorável. Cabelo castanho-claro. Olhos castanhos. Rosto bonito. Corpo legal.

O melhor de tudo é que ele é um dos homens mais doces e carinhosos que já conheci.

É uma pena que isso não seja o suficiente para mim.

— Tem alguma coisa no meu nariz?

— Hã?

Connor sorri, e de repente o ambiente todo parece mais iluminado.

— Você estava me encarando. Achei que poderia estar com caca no nariz.

Eu balanço a cabeça.

— Não. Só admirando sua beleza.

Ele dá de ombros.

— Certo. Posso viver com isso. Mas, se você acha que esses sacos de salgadinhos vão se abrir sozinhos, está dolorosamente enganada. Ao trabalho, menina.

Ele me passa uma tigela, e quando jogo os Doritos dentro dela, ele ergue uma sobrancelha.

— Você vai fazer seu famoso molho para acompanhar isso?

Eu faço que sim com a cabeça.

— Você já me conhece o bastante para não duvidar mais da minha *maravilhosidade*. — Pego um vidro de molho e abro. — *Voilà!* Gastei muitas moedas para deixá-lo assim perfeito.

Ele sorri enquanto joga um queijo extra nas pizzas.

— Você é tão talentosa.

— Eu sei, tá bom? Você também é.

Ele segura o saquinho de queijo.

— É, se eu não conseguir me estabelecer como ator, gerentes de Pizza Hut de todo o país farão fila para me contratar.

— Você fala como se isso fosse seu plano B. Posso lembrá-lo de que, mesmo que você consiga se estabelecer, ainda corre o risco de ter de arrumar um emprego como pizzaiolo? Os cachês no teatro em geral são uma porcaria.

Ele ri.

— É, mas antes de nos tornarmos estrelas de qualquer grandeza, primeiro temos de passar nas aulas de atuação deste semestre, e parece que a Erika está dificultando o máximo que pode com essas cenas de paixão.

Ele põe as pizzas no forno e ajusta o temporizador enquanto eu pego duas cervejas na geladeira e passo uma para ele.

— Bem, melhor eu começar a procurar pelo meu segundo emprego agora, porque mal consigo terminar minha cena sem rir como se estivesse chapada.

— Ah, por favor. — Ele abre a cerveja e toma um gole. — Você não tem com o que se preocupar. Sua cena com Miranda ontem foi incrível.

— Você está dizendo isso porque é um cara que curte ver duas mulheres se beijando? Ou está baseando seu comentário em nossa atuação de verdade?

Ele revira os olhos.

— Cassie, me dê algum crédito. Não sou o Jack. Sou capaz de ver duas mulheres se amassando feito demônios sem objetificá-las.

Levanto uma sobrancelha.

Ele se vira enquanto murmura:

— Não importa o quanto tenha sido um tesão.

À menção de seu nome, Jack entra na cozinha.

— Estamos falando de Miranda e Cassie de novo? Legal, porque faz um tempo que quero perguntar uma coisa para você, Cassie.

Miranda beija melhor que Holt? Lábios mais macios? Pele mais sedosa? Tenho certeza de que a resposta é sim, mas eu gostaria de ouvir com suas próprias palavras. Seja específica. — Ele vai até a geladeira, pega uma cerveja e a abre, antes de ficar me olhando, cheio de expectativa.

— Esqueça, Jack. Miranda e eu não somos de contar vantagem. — Além disso, aperfeiçoei a arte de bloquear a memória de como era beijar Ethan. Eu gostaria de dizer que o tempo atenua a lembrança de sua boca, mas isso não é verdade. — Ademais, Connor em breve poderá lhe dar um passo a passo das técnicas osculatórias do Holt. Vocês não vão ensaiar amanhã?

— Infelizmente — diz Connor, e toma um grande gole de sua cerveja.

Jack esfrega as mãos.

— Acho que Erika estava tentando obter o máximo do entretenimento para as massas quando botou vocês dois juntos. Estou aceitando apostas de que vai ser o beijo mais esquisito da história das bocas. E, então, Cassie, quer fazer uma fezinha? Quem sabe você leva o bolão todo.

— De jeito nenhum. Tenho fé em Connor, ele vai fazer dar certo.

Jack ri alto antes de voltar para a outra sala.

Connor toma outro gole de sua cerveja.

— Obrigado pelo voto de confiança, mas nós dois sabemos que Holt e eu vamos ser péssimos. Ethan nunca fez uma cena de amor que prestasse com ninguém exceto você, e se ele não consegue com as garotas da nossa turma, ele não tem a menor chance com um cara. Ainda mais com um cara que ele obviamente odeia.

— Não acho que ele odeie você.

Ele me dá uma olhada.

— Toda vez que estou a menos de dois metros de você ele me fuzila como se quisesse me arrebentar.

— É, mas isso é só porque ele não sabe que você fez doze anos de caratê para se defender de seus irmãos sacanas.

— Mesmo que soubesse, não faria diferença. Ele ainda é a fim de você, e eu tenho pena do cara com quem você namorar depois, porque Holt provavelmente vai assassiná-lo.

Eu me apoio na bancada e suspiro. Duvido que o que Connor diz seja verdade. Parece que Holt está ficando mais indiferente a cada dia.

Connor ri e eu olho para cima para vê-lo me encarando.

— O quê?

— Nada.

— Não me venha com "nada", o que é?

Ele dá de ombros.

— Só estava pensando que eu devia um dia simplesmente beijar você na frente de Ethan, só para ver se a cabeça dele ia explodir de raiva. Acho que sim.

Eu sorrio e balanço a cabeça.

— É, nunca vamos fazer isso.

Ele pousa a cerveja e apoia as mãos na bancada, comigo entre elas. Ele não é tão alto quanto Ethan, mas ainda assim preciso olhar para cima para ver seu rosto.

— Você tem razão. Mesmo com meus anos de caratê, eu correria o risco de ele me acertar em um golpe de sorte. Uma ideia melhor seria se você me beijasse. Ele nunca bateria em uma garota. Especialmente se a garota fosse você.

Ele me olha de um jeito que diz *Estou brincando, mas não muito. Me beije.*

Sou poupada da humilhação de ter de rejeitá-lo porque Jack volta atrás de mais cerveja.

— Se vocês dois forem dar uns amassos aqui, saibam que é proibido trepar na bancada da cozinha. Eu não quero minha carne em nenhum lugar onde suas carnes tenham estado, se é que vocês me entendem.

Connor pega os salgadinhos e o molho e murmura:

— Vou levar isso para os caras — ele diz antes de sair para a sala de estar.

Eu me sinto enrubescer e detesto isso.

Jack balança a cabeça enquanto tira a tampa de mais quatro cervejas.

— Caramba, Taylor. Você não se contenta em ter Holt completamente amarrado? Você precisa enfeitiçar o coitado do Connor também? O garoto está de quatro.

Eu amasso o saquinho vazio de Doritos e jogo no lixo.

— Não estou enfeitiçando ninguém, Jack. Connor me vê como amiga, só isso.

Ele dá uma risadinha curta.

— Certo. Claro que sim. E eu vejo pornô por causa do enredo.

Sei que ele tem razão, mas fico tensa pensando nisso. Desde o rompimento, Connor se tornou um dos meus amigos mais próximos, e eu o amo como amo Ruby. Mas, de vez em quando, ele me olha de um jeito que me lembra que ele quer mais que isso.

Ethan, por outro lado, ultimamente me olha cada vez com menos frequência.

Eu me envergonho em dizer que sinto falta disso.

— Certo, podem parar.

Ethan baixa a cabeça e se afasta de Connor. Eles trabalharam nessa parte da cena pelos últimos quarenta e cinco minutos e não está melhorando nada. Os dois estão fingindo a emoção.

Estão ambos frustrados, assim como Erika.

— Esta é uma lição para todos aqui — diz ela enquanto fica de pé e caminha até o palco. — Algumas vezes vocês terão de atuar com pessoas que não os atraem, mas ainda assim vocês devem encontrar um jeito de a coisa dar certo. Se vocês compartilham uma química natural, isso é ótimo, mas, se não, vocês precisam se treinar para criá-la.

— Falar é fácil — murmura Holt.

Erika o ignora.

— Esse tipo de cena é particularmente difícil para homens, porque há uma doutrinação heterossexual que insinua que ser gay significa que você não é um homem de verdade, e deixem eu lhes dizer que este não é absolutamente o caso. Essa história é sobre homens homossexuais que arriscaram suas vidas por este país. E foi escrita por um homem que viveu isso.

Ela se volta para Holt e Connor.

— Então, vocês dois precisam deixar para trás qualquer besteira machista que os esteja impedindo de serem íntimos um com o outro, e entender que às vezes vocês não podem escolher em qual corpo sua alma gêmea reside. Amor é amor. Paixão é paixão. E pessoas que têm a sorte de sentir essas coisas deveriam agarrá-las com as duas mãos. É *disso* que essa peça fala.

Holt joga o peso do corpo sobre uma das pernas e massageia a nuca. Ele parece completamente perdido a respeito de como fazer a cena funcionar. Connor também.

Erika os chama.

— Posso sugerir que vocês parem por um instante para fechar os olhos e relembrar alguém com quem vocês tenham compartilhado uma forte conexão emocional ou sexual? Tentem visualizar essa pessoa. Deixem que o modo como ela os fazia se sentir invada seus corpos, mexa com suas emoções, ferva seu sangue. — Os dois fecham os olhos e respiram. Suas posturas relaxam um pouco. — Estão sentindo?

Eles assentem.

— Mantenham-se nesse momento. Deixem que a lembrança da sensação dessa conexão preencha vocês.

Sinto a mão de alguém no meu ombro, e me viro para ver Jack se inclinando em minha direção. Ele sussurra:

— Não seria esquisito se os dois estivessem pensando em você? Tipo, de verdade?

Ele sorri e se reclina de novo no assento, e eu tento abafar o monte de borboletas em meu estômago.

É, seria esquisito demais.

Erika conversa com os garotos por mais alguns minutos, e então faz com que recomecem a cena.

Ethan fecha os olhos e respira, e quando ele os reabre, toda a sua atitude muda. Sua expressão está suave. Sua voz mais baixa. Enquanto fala, ele lentamente se aproxima de Connor.

— Você me quer, Ty. Você pode negar o quanto quiser. Não faz com que não seja verdade. — Ele está calmo. Seguro de si.

Connor contradiz sua calma com pânico mal dissimulado.

— Eu nego, sim.

— Posso ver em seus olhos.

Enquanto Ethan se aproxima, Connor cruza o palco para aumentar a distância entre eles.

— Nós não somos apenas animais irracionais. Nós controlamos nossas ações, não são elas que nos controlam.

Isso não detém Holt. Ele continua em sua lenta perseguição.

— Você pode dizer isso a si mesmo, mas não altera o fato de que você está sempre me olhando.

Mesmo agora, Connor o observa, mesmerizado.

— Não é verdade.

— Tudo em mim excita você. Isso o assusta pra caramba, então você grita, e se enfurece, e me empurra para longe, mas isso não muda nada. Você poderia viver cem vidas e ainda assim não entenderia o que tem comigo.

Eles estão realmente dentro da cena, encarnando os personagens. Ethan está transformado. Está incandescente. A cena é boa. Tão boa que toda uma bagunça de emoções que não consigo definir nem abafar vem à tona. Meu coração dispara, e há um rugido em meus ouvidos.

— Se enfureça o quanto quiser — diz Ethan —, maldiga meu nome. Finja que toda essa paixão vem do ódio, mas eu sei que é mentira. Sua paixão por mim o está sufocando, dizendo-lhe que você é alguém diferente do que pensava. Incitando você a ser maior e mais corajoso do que essa caixinha minúscula em que você tem se mantido todos esses anos.

Então ele toca em Connor. Amorosamente. Reverentemente. Connor está vibrando com a hesitação. Aterrorizado pela óbvia conexão entre eles.

O jeito como Ethan age, as palavras que está dizendo... é demais para mim. Alguma coisa primitiva se move dentro de mim, rosnando baixinho. E ela deseja o que vê. *Aquele* Ethan. O forte e corajoso. O que está olhando fixo para Connor e dizendo palavras que ressoam por todas as minhas camadas.

— Não está funcionando, está? — diz ele, enquanto acaricia o rosto de Connor. — Você está infeliz. Frustrado. Vazio, e ansiando pela única coisa que vai fazer com que todos os sussurros de desejo se calem, de uma vez por todas. Eu.

— Não... — Ethan toca os lábios de Connor, que fecha os olhos e suspira.

— Sim. E o mais triste é que você sabe que quanto mais nega, mais infeliz fica, e mesmo assim você está desesperado para continuar fingindo.

— Mark...

Então Ethan avança e pega o rosto de Connor nas mãos antes de se inclinar, de forma que seus lábios quase se tocam.

Não consigo respirar. O ciúme queima dentro de mim, se espalhando, até que uma tempestade de fogo se irrompe sob minha pele.

— Ty, o que sentimos um pelo outro não está contra nós. Por que você insiste em continuar lutando contra isso?

— O que sei é lutar. Venho fazendo isso a vida inteira.

— E não é hora de você ter alguma paz?

— Eu...

Ethan chega mais perto.

— Vou beijá-lo agora. Se você não quiser que eu faça isso, diga-me para parar.

— Este não sou eu. — Connor fecha os olhos com força.

— Sem desculpas. Só uma palavra.

— Você está pedindo demais.

— Você está esperando muito pouco. Diga.

— Eu... não consigo.

— Bom.

Eles parecem se mover em câmera lenta enquanto se aproximam, agarrados um ao outro. Então Ethan beija Connor. Os dois inspiram, e eu quero afastar o olhar, mas não posso. A mandíbula de Ethan fica tensa enquanto ele beija Connor novamente, e meus pulmões estão queimando pela falta de oxigênio.

Aperto os braços da cadeira até minhas mãos doerem. Não posso ver isso. Realmente, realmente não posso.

Fico de pé e cambaleio pelo corredor. As pessoas me xingam e me mandam ficar quieta enquanto me espremo para passar, mas eu as ignoro.

Quase corro para a saída, e quando abro a porta com um safanão, a classe explode em aplausos. Posso ouvir os gritos e assovios enquanto disparo rumo ao banheiro.

A música batuca direto nos meus ossos enquanto mando a dose para dentro e bato o copo na mesa.

— Mais um!

Normalmente, nessas festas de fim de semana na casa de Jack, eu passo a noite evitando ficar bêbada. Mas, nesta noite, me embebedar é tudo o que desejo.

Ruby tira a garrafa de tequila do meu alcance.

— Cassie...

— Cale a boca, Ruby. Você está sempre tentando me deixar bêbada e animadinha, e na única noite em que eu quero fazer isso, você me manda pegar leve? Sirva logo outra porcaria de dose.

Ela balança a cabeça, mas obedece.

— Você vai se arrepender disso amanhã. Você sabe, não sabe?

Eu bebo a dose e respiro enquanto ela queima minha garganta.

— Nem ligo. Vale a pena. Mais.

Ela cede.

— O que aconteceu com você hoje? Zoe disse que você saiu disparada da aula de atuação. Teve algo a ver com o Holt beijar um cara?

Ela está falando demais, então pego a garrafa e bebo direto no gargalo.

— Não quero falar nisso. Mais bebida.

— Não. — Ela me toma a garrafa e a afasta de mim.

— Ruby!

— Não vou deixá-la beber mais até que me conte.

Eu abano a mão.

— Tanto faz. Vou dançar.

Cambaleio até a pista. A música é alta e grave, então fecho os olhos e ondulo no ritmo. Há pessoas à minha volta. Não sei quem são. Nem ligo. Só quero me sentir parte disso. De alguma coisa.

A batida ecoa dentro de mim. Claro. O som reverbera melhor em grandes espaços vazios.

Uma música se funde com outra. Braços me envolvem. Alguém passa o nariz em meu pescoço.

— Ei, linda.

Abro os olhos. É Nick. Flertamos por um tempo. Saímos algumas vezes. Compartilhamos alguns beijos medíocres e uns amassos de leve.

Nunca passa disso. Minha escolha, não a dele.

Por que ele continua voltando? Será que não entendeu ainda?

Mesmo assim, ele cheira bem e me mantém de pé, então danço com ele.

Ele beija meu pescoço. Estremeço, mas não de um jeito bom. Quando me viro, ele segura meu rosto e me beija. Eu fico levemente nauseada. Não por causa dele, mas porque a sala está girando.

Eu me afasto e fecho os olhos. Não ajuda nada.

— Cassie?

— Estou bem.

— Mesmo? Porque você parece estar passando mal.

— Estou bem.

— Quer que eu a leve para casa?

— Não. Vai dançar, divirta-se. Vou ao banheiro.

— Você precisa de ajuda?

— Não. Estou bem.

Atravesso a multidão e vou rumo ao corredor, mas paro ao ver Ethan lá, de cara fechada.

Ele tem ido a cada vez mais festas ultimamente. Claro que estaria aqui hoje. Na única noite em que eu realmente não queria vê-lo.

Todos os meus sistemas de controle estão confusos, não funcionam direito, e tê-lo aqui não ajuda. Passo por ele e cambaleio até o banheiro. Lá dentro, só tenho tempo de chegar ao vaso antes que a maior parte da tequila suba de volta por onde desceu.

Dez minutos depois, saio do banheiro, ainda bêbada, mas mais controlada. Ethan desapareceu. Apesar de não querer de fato ficar só, não me sinto bem, então encontro Ruby e lhe digo que estou indo embora.

— Quer que eu a leve de carro?

— Não. Vou andando.

— Mesmo? Está frio lá fora.

— Preciso de ar fresco. Arejar a cabeça.

— Certeza? — pergunta Ruby. — Você vai levar quase uma hora caminhando.

— Eu não tenho que estar em nenhum outro lugar mesmo. — Nem com ninguém.

— Está bem, mas fique com o telefone na mão e me ligue quando chegar em casa.

— Tudo bem. Nos vemos depois?

— Provavelmente não. Está vendo aquele cara grandão no canto? Ele ainda não sabe, mas vai me levar para casa esta noite.

— Você já não dormiu com ele antes?

— Já. Mas ele definitivamente merece um bis. Bem-dotado feito um cavalo, e sabe montar.

Eu rio e pego minha bolsa.

— Nesse caso, vejo você amanhã.

— Provavelmente.

Estou quase na porta da frente quando a mão de alguém se fecha em torno do meu pulso.

— Ei, você não está indo embora, está? — Nick põe os braços à minha volta, e eu sinto o álcool em seu hálito. — Por que você sempre foge de mim, Cassie Taylor?

Eu suspiro, cansada demais para fingir.

— Não estou fugindo. Só indo para casa.

— Me deixe levá-la. Eu poderia... entrar. Pôr você na cama.

Seu tom sugere mais que apenas me pôr na cama, ainda que certamente tenha cama envolvida nisso.

— Esta noite não, Nick. — Nem nunca. Apesar de sua forma física, estou completamente desinteressada. — Estou exausta. Sério.

Ele suspira e encosta a cabeça na minha.

— Certo, tudo bem. Mas pelo menos me dê um beijo de boa-noite.

— Provavelmente não é boa ideia. Vomitei não faz muito tempo.

— Seu hálito está mentolado.

— É, bem, eu enxaguei a boca, mas ainda assim...

— Está bom o suficiente para mim.

Ele me beija, e mesmo não estando muito a fim, tento corresponder. Eu realmente não entendo por que ele não me excita. Ele é legal. Bonito. Beija bem. Tem senso de humor. Mas não importa o quanto eu tente sentir algo, simplesmente não há nada lá.

Quando estou com Nick, é sempre como se houvesse um minúsculo Ethan sentado no meu ombro, sussurrando: *Não importa o quanto somos parecidos, ele não sou eu. Ele nunca vai se comparar a mim. Desista agora e aceite que, pelo resto de sua vida amorosa, ninguém jamais vai chegar perto de fazê-la sentir o que eu fazia.* O mais triste é que eu sei que esse minúsculo Satã-Holt sentado no meu ombro tem razão. E isso me deixa deprimida pra caramba.

Eu devia simplesmente dizer a Nick que nós não vamos dar certo, para que ele possa seguir em frente e arrumar outra pessoa. Ele merece paixão. A minha está indisponível no momento.

Antes que eu possa dizer alguma coisa, ele enfia a língua na minha boca e me prensa contra a parede. Recuo, mas ele segura meu rosto e me beija outra vez.

— Vamos lá, Cassie — diz ele, enquanto se esfrega contra meus quadris. — Estamos fazendo esse joguinho há meses. Me deixe fazê-la se sentir bem.

— Nick, pare...

Ele empurra minha mão entre nós dois e se encosta nela.

— Só me toque. Por favor. Droga, eu estou de pau duro por você desde a primeira vez que nos vimos.

— Nick...

A mão de alguém se fecha no ombro de Nick e o afasta de mim.

— Ela mandou parar, babaca. Você é surdo, porra?

Ethan está lá, zangado. Ele fica entre nós dois e olha feio para Nick, que está confuso.

— Quem é você?

— Alguém que consegue ver lá do outro lado da sala que ela não está a fim. Respeite a garota, cacete.

— Ethan, eu estou bem.

Nick ri.

— Então um cara não pode beijar a namorada com você por perto?

Ethan e eu reagimos em perfeito uníssono.

— O quê?!

Ethan se vira para mim.

— Você é *namorada* dele?

— Nick, eu não sou sua namorada.

— Cassie, qual é. Nós estamos namorando.

— Não exatamente — digo. — Quer dizer, nós saímos algumas vezes, mas foi só.

— Bem, eu acho que nosso relacionamento é um pouco mais significativo que isso.

Holt fecha a cara.

— Você está em um relacionamento com esse babaca?

— Não.

Nick ergue as mãos.

— Cassie, você pode me dizer o que está acontecendo aqui? Quem é esse cara?

— Ele é... meu ex. — A palavra ainda me soa errada.

— Mesmo? Ele não está agindo muito como um ex. — Nick encara Ethan. Eles têm a mesma altura e compleição. Em uma briga, você esperaria que os dois tivessem a mesma chance, mas, para mim, não há competição possível.

E esse é o problema.

Ethan chega mais perto.

— Nick, não é? — Ele faz o nome soar como algo em que tivesse acabado de pisar. — Você estava apalpando a Cassie feito um tarado. Aprenda a escutar um não como uma porra de resposta.

Nick se empertiga em toda a sua altura.

— Você costuma andar por aí vigiando todas as suas ex-namoradas ou só esta?

— Você a estava agarrando em público. Qual é seu problema, cara?

— Qual é o *seu* problema? Não consegue aceitar que ela foi em frente com outra pessoa?

Eu suspiro. Tudo que eu queria esta noite era me embebedar e esquecer minhas emoções idiotas. Agora estou presa no meio de algum tipo de disputa para ver quem é mais macho.

Passo entre os dois, que ainda olham feio um para o outro.

— Estou indo embora, mas, por favor, continuem discutindo. Vocês parecem estar se divertindo bastante.

Nick agarra minha mão.

— Espere, Cassie. Por favor. Eu a levo até sua casa.

Ethan se eriça todo.

— Leva o caralho.

— Não, Nick — digo, e me viro para encará-lo. — Você está bêbado, e eu vou caminhando. Além do mais, não acho que devíamos nos ver mais. A verdade é que você me apalpou feito um tarado mesmo, e eu não achei legal.

Nick franze a testa, mas não larga minha mão.

— Não podemos ir a algum lugar e conversar sobre isso?

— Não. Agora me deixe ir, ou eu vou deixar Ethan machucá-lo, e você realmente não quer isso. Ele é bom em causar dor.

Não consigo não ver a expressão que isso provoca no rosto de Ethan.

Quando Nick solta minha mão, caminho até uma pilha de casacos perto da porta da frente e escavo ali até encontrar o meu. Aí eu o visto e saio.

Assim que fecho a porta às minhas costas, o frio atinge meu rosto. Quando expiro, uma nuvem de vapor sai da minha boca.

Eu realmente só quero ir para a cama e esquecer o dia de hoje. Talvez amanhã seja melhor.

Eu mal chego à calçada antes de ouvir passos atrás de mim.

— Cassie, espere.

Eu continuo andando. Depois de todo esse tempo, por que Ethan escolhe justo esta noite para quebrar nossa regra tácita de nos mantermos longe um do outro?

— Ei. Pare.

Ele segura meu braço e eu enfio as mãos nos bolsos enquanto ele se posiciona na minha frente.

— Está frio pra caralho aqui fora — diz ele —, me deixa levá-la de carro.

— Estou bem.

— Você está tremendo.

— Você também.

— É, mas eu estou a ponto de entrar em meu carro quentinho e agradável, e você está a ponto de congelar sua bunda. Vamos lá, deixo você em casa em vinte minutos. Não seja teimosa.

— Ah! *Você* chamando *a mim* de teimosa?

— Bem, eu podia ter dito "teimosa da porra", mas estou tentando parar com essa merda de ficar xingando pra caralho, porra.

— Engraçadinho. Por que você continua surgindo do nada e por que tentou me salvar esta noite? Eu não preciso de você.

A boca dele se contorce.

— Oh, eu já percebi. Neste último ano você deixou isso muito claro.

— Então por que você está se dando ao trabalho?

Ele fecha mais a jaqueta e olha para o chão.

— Não sei. Só acho que já estava na hora de começarmos a ser educados um com o outro. Você parecia nervosa hoje, e mais do que levemente embriagada. Se você ficar aqui fora, pode morrer congelada. Ou pior, encontrar algum bêbado babaca igual ao Nick. Eu estou indo embora de qualquer forma. Por que não me deixa levá-la?

Posso pensar em uns mil motivos, mas ele tem razão. Minha bunda está congelando. Ainda assim, a ideia de passar algum tempo com

Ethan envia um indesejado arrepio de expectativa pelo meu corpo. Eu inspiro o ar gelado para apagar esse fogo.

— Tanto faz. Me leve então para casa.

Ele dá o sorriso mais verdadeiro que não via nele há muito tempo.

O fogo dentro de mim aumenta.

Má ideia. Que ideia péssima.

Seu carro é como uma câmara estanque de *Ethanessência*. Estou sóbria o bastante para saber o quanto isso me afeta, mas bêbada o suficiente para não me importar de verdade. Eu inclino a cabeça para trás.

Inspiro.

Estremeço.

Expiro.

Resisto ao impulso de observá-lo dirigindo.

— Você está bem? — pergunta ele.

— Ótima.

— Você parece... quente.

Eu me viro para ele.

Ele pisca e olha para o outro lado.

— Estou falando da temperatura, não... — ele balança a cabeça. — Não importa.

Ele agarra o volante com mais força. Fecho os olhos para evitar olhar para suas mãos. Ou coxas. Ou queixo. Ou lábios.

Tequila idiota. Destruindo minhas defesas. E me deixando com tesão.

Seguimos em silêncio. É desconfortável. E excitante. Não ficamos próximos assim há tempos. De um modo estranhamente masoquista, isso satisfaz algo em mim de que tenho sentido muita falta.

Quando paramos na porta do meu prédio, eu quase não quero sair. Há uma energia queimando entre nós. Do tipo que nós dois estamos reprimindo há muito tempo. Treinei tanto nos últimos meses para ficar entorpecida que comecei a me preocupar de nunca mais deixar de ser assim. É um alívio sentir esse calor lúbrico; é como alguém que temia nunca mais andar sentindo um inesperado formigamento nos dedos do pé.

Estou a ponto de sair do carro, relutantemente, quando Holt desliga o motor.

Olho para ele. Ele ainda está segurando firme no volante e olhando direto para a frente. A tensão sempre o deixou sexy.

Ele se vira em minha direção sem realmente olhar para mim.

— Então, você andou saindo com o tal do Nick?

— Mais ou menos.

— Eu não sabia.

— E como poderia? Nós não conversamos.

Ele se reclina em seu assento, e olha para o relógio no painel.

— Você dormiu com ele?

Levo um instante para entender o que ele acaba de perguntar, mas, quando o faço, minhas mãos se fecham em punhos.

— Com quem eu durmo não é da sua conta.

— Eu sei disso, mas...

— Era isso que estava acontecendo hoje? Você estava empatando o cara?

Ele se vira para mim.

— Você acredita mesmo que eu seja tão mesquinho? Tentei *protegê-la*, ou você estava achando legal ele enfiar a sua mão nas calças dele e ignorar quando você pediu que ele parasse?

Mexo nos botões do meu casaco, sabendo muito bem que ele estava cuidando de mim. É que prefiro vê-lo como o cara malvado. Assim é mais fácil ignorar seja lá o que for que esteja acontecendo entre nós dois.

Ele suspira e estala os nós dos dedos.

— Esqueça. Você não precisa me dizer nada. O que você faz é assunto seu. Foi burrice minha perguntar.

Ele não diz "desculpe", mas seu tom é arrependido o suficiente para me persuadir a lhe dizer a verdade.

— Eu não dormi com ele.

Ele relaxa só um pouquinho, e a expressão de alívio em seu rosto é quase risível.

— Legal. Ele parecia um escroto. Melhor o celibato do que dormir com alguém que não vale a pena.

— Eu não disse que estava celibatária.

Ele pisca.

— O quê?

— Você perguntou se eu estava dormindo com ele. Não estou. Mas não estou celibatária.

Ele enruga a testa.

— Como assim? Você está dormindo com outro cara?

— Bem, não dá para chamar o que fazemos de dormir. — Eu não devia torturá-lo com os detalhes, mas quero muito fazer isso.

O silêncio paira entre nós durante alguns segundos.

— Quem?

— O nome dele é Alex. Ele me fode até eu ficar exausta várias vezes por semana. Às vezes até mais de uma vez por dia.

Mesmo à fraca luz da rua, eu o vejo empalidecer. Ele aperta o volante com mais força.

— É aluno aqui?

— Não.

— Há quanto tempo você o... vê?

— Há uns oito meses.

Os músculos em sua mandíbula ficam doidos.

— Que droga, Cassie! Você estava trepando com esse babaca desse Alex enquanto saía com o namoradinho-estuprador Nick?

— Sim, claro. Quer dizer, Nick era legal, mas entre mim e Alex o negócio é só sexo. — Eu tento não rir.

Ethan encosta a cabeça no volante.

— Meu Deus.

— Você não quer saber como nos conhecemos?

— Não.

— Ruby nos apresentou. Em uma sex shop.

— Por favor, pare de falar.

— Ela soube só de olhar para ele que Alex seria capaz de me fazer gozar.

Ethan se irrita.

— Porra... Cassie. Por favor...

— Durante um tempo pensei que você era o único que podia fazer isso comigo.

— ... pare...

— Mas, assim que percebi que Alex tinha um seletor com múltiplas velocidades, ele me fez ver estrelas, e eu tenho me devotado a ele desde então.

— Você está sendo indiscreta pra caralho. Literalmente. — Aí ele para e se vira para mim. — Espere... seletor de velocidades?

Eu preciso sorrir.

— É.

Ele me encara.

— Então Alex é o seu... hã...

— Vibrador. Seu nome completo é Alexandre, o Grande. Os melhores orgasmos que o dinheiro pode comprar.

Ele fecha os olhos.

— É, seria de esperar que isso fizesse me sentir melhor do que se você estivesse trepando com outro cara, mas na verdade não faz. Você tem gozado... com um vibrador. Eu não posso nem... Deus...

Eu estaria mentindo se dissesse que não estava curtindo seu desconforto.

— Já que estamos tão falantes hoje... e você?

Ethan esfrega os olhos.

— Eu não tenho um vibrador.

— Você sabe do que estou falando. Você está dormindo com alguém?

— Não.

— Saindo com alguém?

Ele faz um ruído que é quase uma risada, mas não chega a tanto.

— Não.

— Por que não?

— Porque, se eu fosse capaz de namorar com alguém, por que caralhos eu teria terminado com você?

O silêncio entre nós fica sólido. Parece que temos muito a dizer desde que paramos de nos falar, mas nenhum dos dois sabe por onde começar.

Finalmente Ethan arranja algo que parece apropriado.

— Você tem alguma bebida em seu apartamento?

— Tenho. Tequila. Ou vinho.

— Posso subir? Eu preciso de um drinque. Além do mais, realmente não estou a fim de ir para casa. Se tiver que passar outra noite sozinho em meu apartamento, eu vou... — Ethan balança a cabeça. — Se você não quiser que eu suba, tudo bem.

Penso em todos os dias em que ele se senta sozinho para almoçar. No jeito como se mantém à parte na maioria das situações sociais. Mesmo depois que voltou a aparecer nas festas, ele continua sozinho. Será que ele só vai para escapar da solidão?

Ao longo de toda essa nossa história, eu pelo menos tive pessoas para me apoiar. Ruby, mamãe, meus amigos. Porra, até a irmã do Ethan.

Mas quem esteve ao lado dele?

Meu orgulho está com raiva de mim por ter pena dele, mas não consigo evitar.

— Eu gostaria de beber algo também. Se você quiser, pode subir. Acho.

Ethan faz que sim com a cabeça e tenta esconder um meio sorriso.

— Tudo bem, eu subo, mas, por favor, pare de implorar. Está ficando embaraçoso.

— O que eu posso dizer? Não gosto de beber sozinha.

Ele se vira para mim, seus olhos quase negros nas sombras do carro.

— Nem eu.

O ar entre nós fica abafado. Loucamente espesso.

Ele expira antes de dizer:

— Uma bebida, e aí eu vou embora.

Borboletas fazem cócegas no meu estômago, e aí se movem mais para baixo.

— Está bem.

* * *

Estou rindo tanto que mal posso respirar. Ethan também. Ele está arquejando feito uma personagem de desenho animado. Eu nem sei mais do que estamos rindo. Isto é surreal. Depois de mais de um ano de amargura e sarcasmo, como viemos parar aqui?

Eu caio para o lado e me choco com o ombro dele. Ethan se reclina no sofá, e fico tão ocupada em me encantar com o quanto ele é estonteante quando está feliz que minha cabeça escorrega pelo seu braço e pousa em seu colo. Continuamos rindo. Minha cabeça quica em sua barriga. Isso nos faz rir ainda mais. Gargalho feito uma pessoa perturbada.

Ele derrama um pouco de sua bebida e lambe o líquido dos dedos e antebraço para impedir que pingue no carpete. Estou mesmerizada pelos movimentos de sua língua. Quero descobrir se ela está com gosto de tequila.

Ele deixa a cabeça cair para trás e diz:

— Acho que estamos bêbados.

— Acho que você tem razão.

Gradualmente, nossas risadas se acalmam até acabar, e eu me viro de costas e deixo minha cabeça se aninhar em seu colo. É estranho estar com ele assim. Como se estas fossem versões de nós dois em algum universo alternativo no qual as coisas são totalmente diferentes e nós estamos felizes. Tocá-lo com tanta tranquilidade depois de todo esse tempo se parece mais com déjà-vu do que com algo que eu já fiz antes.

Fecho os olhos e me permito apreciar o momento. Sei que é um instante roubado, mas é exatamente disso que eu preciso agora.

Sinto dedos em minha testa enquanto ele afasta o cabelo do meu rosto, e abro os olhos para vê-lo me olhando atentamente. Todo o riso abandonou seu semblante. Há uma intensidade em sua expressão que faz arrepios percorrerem minha pele. Ele passa os dedos pelo meu cabelo, e tudo parece ficar mais lento. Como se o ar estivesse carregado com gravidade extra.

Inspiro com dificuldade.

Em três segundos, a ponta de seus dedos me excitou mais do que Nick conseguiu em três meses.

A caixinha em que tranquei minha paixão se abre com uma explosão.

Ethan umedece os lábios.

— Estou começando a achar que isso provavelmente foi uma má ideia. Ficar sozinho com você.

Estou hipnotizada pelo movimento que sua boca faz quando ele fala.

— É. Provavelmente.

— É mais fácil quando há outras pessoas por perto. Elas me distraem, sabe? Quando estamos só os dois... é...

— Mais difícil.

Sua expressão se suaviza. Os dedos percorrem meu rosto.

— Você é tão linda, porra — sussurra ele, como se tivesse medo de que eu o ouvisse. — Todo dia penso nisso, mas nunca posso lhe dizer.

Seu toque é leve como uma pluma, mas cada carícia chega até meus ossos. E os deixa em brasa.

— Por que me diz agora?

— Porque estou bêbado demais para parar. E porque provavelmente nenhum de nós vai se lembrar disso amanhã.

Seu peito sobe e desce, sua respiração é rápida e superficial. Suas pálpebras estão pesadas. Olhos profundos e carentes.

Solitário.

Triste.

— Sinto saudade, Cassie.

Meu coração dispara. Quis ouvir isso tantas vezes, mas, agora que ele disse, não faço ideia de como responder.

Ele ainda está acariciando meu rosto. Está me estudando. Tentando se manter sob controle.

Vê-lo assim me destrói instantaneamente.

Olho para o outro lado.

Ethan suspira.

— Em uma escala de zero a quero-chutar-seus-ovos, quanto você me odeia por ter terminado com você? Seja sincera.

Cutuco a costura lateral de seu jeans.

— Alguns dias, eu o odeio muito. Na maior parte deles, para falar a verdade.

— E nos outros dias?

Passo a unha pela costura, ignorando o quanto sua coxa está tensa sob minha cabeça.

— Alguns dias, eu... — Ele roça as unhas pela minha nuca e depois sobe de novo pela minha cabeça. Isso faz com que um terremoto de arrepios me percorra. — Algumas vezes eu não tenho vontade nenhuma de chutar seus ovos.

— E agora?

Eu me viro para olhá-lo de frente enquanto luto contra o fogo que sobe pelo meu peito e pescoço, e a dor faminta que lateja mais embaixo.

— Agora eu não tenho ideia de como me sinto.

Ethan me encara por um longo tempo, então concorda com um gesto de cabeça e toma um gole de bebida. Faz careta para o copo.

Eu me sento e espero que ele diga algo. Ele não diz nada.

Os nós de seus dedos ficam brancos enquanto ele se agarra ao seu copo.

— O que você está pensando?

Ele balança a cabeça.

— Estou pensando que quero muito beijá-la, mas não posso. — Ele dá uma risada curta. — Já que estou admitindo certas coisas, vou lhe dizer que isso é o que eu penso praticamente todos os dias. É patética a frequência com que fantasio com essa merda. Pensei que a essa altura eu já teria superado você. Mas não superei.

Suas palavras acabam comigo. Tão honestas e inesperadas. Tão parecidas com coisas que eu mesma tento evitar pensar.

Não consigo dizer nada. Uma vez na vida ele foi mais corajoso que eu.

Ele bebe outra vez e parece estar esperando por uma resposta. Ele vai ficar bem decepcionado.

Finalmente ele desiste.

— Então, está a fim de me contar por que você abandonou a aula de atuação hoje?

A pergunta me pega de surpresa.

— Na verdade, não.

— No fim achei que fomos bastante bem.

— Foram, sim. Você foi incrível.

— Então, por que você saiu? Você parecia puta da vida.

Paro e penso a respeito. A resposta não é tão fácil de explicar, mas, quando eu o faço, é tão óbvia.

— Durante muito tempo tentei me convencer de que nós terminamos porque você era incapaz de ser realmente íntimo de alguém. De baixar a guarda. Mas hoje... naquela cena com Connor, você fez isso. Você foi tudo o que eu sabia que poderia ser e mais um pouco. Apaixonado. Corajoso. Amoroso. Paciente. Tão aberto e forte. E fiquei tão... enciumada. E com raiva. Eu não consegui lidar com a situação. Fiquei com mais raiva ainda porque você pôde ser assim com um *cara* que você *odeia*, mas não conseguiu ser comigo.

— Cassie, eu estava representando.

— Não. Você estava vivendo. Você acha que eu não sei a diferença? Eu vi você se preservar em cada aula de atuação desde que terminamos. Hoje foi diferente. Você superou algum obstáculo. Um dos grandes.

Ethan entorna o resto da bebida, puxa as pernas para cima e as cruza à sua frente. Então, ele me encara com o olhar mais honesto que já me dirigiu.

— Você quer saber por que aquela cena funcionou tão bem hoje? Eu estava... — Ethan balança a cabeça. — Deus, se eu não estivesse bêbado, ninguém me faria lhe dizer isso. — Ele toma fôlego. — Ela funcionou porque imaginei que eu fosse você falando comigo.

Levo um instante para entender o que ele disse, e mesmo quando isso acontece, acho que entendi errado.

— Como?

Ethan puxa os cabelos.

— Pensei em todas aquelas vezes em que você me ajudou, conversando comigo. Em que tentou me ajudar a ser forte. Pareceu apropriado, considerando o texto que eu tinha. Se você acha que fui incrível hoje, foi porque eu estava fingindo ser você.

Ele balança a cabeça e mexe na barra da calça.

— O engraçado é que nunca pensei que teria colhões para ser assim. Para me abrir, arriscando-me a ser magoado, e não dando a mínima. Mas quando eu fiz isso hoje... — Ele lentamente ergue a cabeça e me olha nos olhos. — Consegui ver como as coisas seriam para mim se eu o fizesse. Como tudo seria melhor.

Ethan não diz "com você", mas juro por Deus que escuto isso em minha cabeça.

— Eu quero ser assim — diz ele, baixinho. — Quero ser mais forte. Tenho vergonha pra caralho de ser tão fraco. Em tantas coisas.

Estou tão perplexa que não consigo falar. Meu coração bate forte e minha respiração está acelerada. Ele me olha atentamente. Esperando por uma reação. Ethan está tão perto, mas eu o quero mais perto ainda.

Os segundos passam. O tempo se estica à nossa volta.

Ethan se inclina para a frente. Nossas pernas se tocam. Duas camadas de brim não são nada para me isolar do efeito de seu corpo junto do meu. Nossos rostos estão próximos. Seria tão fácil eu me aproximar. Roçar seus lábios. Ver se eles ainda são tão doces quanto eu me lembro.

— Cassie... — algo em sua voz não me ajuda a manter minha firmeza. É como se ele estivesse se afogando e me pedindo para salvá-lo.

Tomo fôlego e busco minha força.

— Estou achando que um de nós provavelmente deveria sair da sala antes que façamos algo idiota.

Ele se inclina para a frente mais alguns milímetros, e então inspira. Depois fecha os olhos por um instante e diz:

— É. Acho que você tem razão.

Com um grunhido de frustração, ele se afasta, fica de pé e caminha meio cambaleante até a mesa. Ali ele deixa seu copo ao lado da garrafa de tequila. Quando me levanto e o sigo, preciso me apoiar nas costas de uma cadeira para manter o equilíbrio. Ficar agarrada ali também ajuda a me impedir de me jogar em cima do maravilhoso homem a meu lado.

Ethan me olha por um momento antes de suspirar e passar a mão pelos cabelos.

— Não posso dirigir. Tudo bem se eu dormir no sofá?

Não. Saia daqui antes que eu monte em você.

— Claro.

Vou até o armário de roupas de cama e pego cobertores e travesseiros e jogo tudo no sofá. Ele me agradece.

— Sem problema.

Ficamos parados ali por um instante, sem saber o que fazer. Nós dois sabemos que isso é uma má ideia. O que estamos sentindo? Essa atração quase irresistível que nos arrasta um para o outro? Este é o motivo pelo qual viemos nos evitando desde que terminamos. Claro, agora somos especialistas em ignorar nosso desejo, mas viver constantemente assim é exaustivo.

Destrói nossas almas.

Apesar de esta noite ter se equilibrado na corda bamba entre excitação e desastre, o potencial disso tudo ir para o inferno ainda é bastante presente. Está em cada olhar prolongado, cada toque, cada dor e puxão do coração e do corpo de cada um de nós.

Meu medo me diz para correr antes que seja tarde, mas parte de mim está viajando na sensação. A adrenalina que ele faz correr em mim me deixa mais viva do que tenho sido há meses. O perigo que ele representa é parte disso. É por isso que as pessoas pulam de aviões e nadam com tubarões. Para sentir esse turbilhão que faz tremer os músculos.

A julgar pelo modo como Ethan me olha, ele sente o mesmo.

— Eu devia ir para a cama — digo, em uma voz que mal chega a ser um sussurro.

Ele concorda, mas não desvia o olhar.

— É. Está tarde.

— É. Então... durma bem.

— Você também.

Eu dou apenas três passos antes que a mão de alguém segure a minha.

— Cassie...

Ele a puxa de leve. Mal há alguma pressão, mas eu me movo como se ele estivesse me puxando com um cabo de aço. Caminho para dentro de seus braços, e quando Ethan me envolve com eles, pressiono o rosto contra seu peito.

Sua respiração está alterada e trêmula enquanto ele enterra o rosto em meu pescoço e se afunda em mim feito mel em uma torrada quente.

Tão quente que ele me derrete.

Nossos corações trovejam um contra o outro e, neste momento, há apenas um pensamento tomando toda a minha cabeça.

Ethan.

Ethan filho da puta. Lindo Ethan.

Meu Ethan.

Para sempre meu, estejamos juntos ou não.

— Você acha que já estamos prontos para sermos amigos?

— Não. — O que eu sinto por ele está a um universo de distância de amizade.

— Nem eu.

— Algum dia?

— Coisas estranhas acontecem.

— Mesmo?

Ele ri.

— Não. É improvável pra caralho.

— Nós poderíamos fingir — digo, sem querer me soltar.

Ele roça o nariz na minha orelha.

— O que você acha que estivemos fazendo todo esse tempo?

Eu concordo.

Ethan acaricia minhas costas. Respira contra meu pescoço.

— Tenho pensado um bocado em abraçá-la nos últimos tempos. Achei que de alguma forma eu me sentiria diferente do que costumava, mas não me sinto. Você parece exatamente a mesma.

— Não sou.

Posso sentir o peso de sua culpa quando ele diz:

— Eu sei.

Passo as mãos pelo peito dele.

— Você parece diferente. Duro.

— É, ignore. Tenho estado assim desde que você e Miranda se pegaram na aula de atuação na segunda-feira.

Eu rio.

— Eu estava me referindo a seus novos músculos de boxeador.

Ethan faz uma pausa.

—Ah. Claro que estava. Esqueça que eu mencionei o lesbianismo excitante.

— Você gostou daquilo?

— Não, eu *gosto* de torta. *Aquilo* foi tipo uma experiência religiosa. Foi dos raros casos em que concordei completamente com Avery. Vocês duas realmente deveriam se beijar com mais frequência.

Ele me solta, e quando dou um passo para trás, imediatamente quero abraçá-lo outra vez.

— Não vá para a cama — diz Ethan, e pega minha mão. — Fique para mais um drinque. Por favor. Estou agitado demais para dormir. Prometo guardar minhas mãos para mim mesmo e me sentar no extremo oposto do sofá.

Eu pego a garrafa e nossos copos de cima da mesa.

— Acho que tudo bem tomar mais um. Nós já estamos bêbados mesmo. Qual a pior coisa que poderia acontecer?

Mesmo antes de abrir os olhos, posso senti-los doendo. Eles latejam lentamente por trás de minhas pálpebras. Meu estômago reclama e eu o pressiono contra algo quente que estou segurando, procurando um alívio.

A coisa quente geme.

Eu paro de respirar.

Quente.

Grande.

Alqueires inteiros de pele masculina.

Definitivamente nu.

Abro os olhos e vejo Ethan, inconsciente e vulnerável, os dois braços à minha volta, as pernas enroscadas nas minhas, partes de seu corpo já acordadas e atentas, mesmo enquanto ele dorme.

Não.

Deus, não.

Nós não fizemos isso.

Nós não somos tão idiotas.

Era tequila, não uma lobotomia completa.

Eu nunca teria...

E ele *definitivamente* nunca teria...

Ethan geme outra vez e esfrega sua ereção em mim.

— Hmmmm. Cassie.

Não, não, não, não.

Tento não embarcar em um ataque de pânico absoluto.

Devo estar sonhando ainda.

Fecho os olhos e respiro. Não adianta.

A sala tem o cheiro dele. E o meu. E cheira a sexo.

Muito, muito sexo.

Imagens da noite passada voltam à minha cabeça.

Escuridão e luz. Longas piscadas e toques suaves. Dedos. Mãos. Tão suaves. Hesitantes e surreais.

Cabelos entre meus dedos. Hálito quente no meu pescoço. E então sua boca.

Oh, minha nossa. Sua boca doce e talentosa. Lábios de seda. Tão macios a princípio, e depois famintos. Limpando todas as palavras amargas da minha língua. Exorcizando cada fiapo de autocontrole até que tudo o que resta de nós é primitivo, desesperado e agitado.

Sua coxa pressiona o local entre minhas pernas e eu me esfrego... e esfrego... e esfrego. Todo ele duro e intumescido.

Flutuando. Alta com o álcool e as sensações. Mais pele sendo revelada. Roupas sendo tiradas. Cambaleios seminus.

Respiração ofegante contra minha orelha, implorando-me para lhe dizer que pare. Suplicando para ter forças. Rezando para estar dentro de mim.

O peso dele, pesado e elétrico. Acionando todas as minhas sinapses. Transformando tudo o que ele toca em carne insaciável. Boca e dedos, sobre mim, por todo lado. Deixando-me tonta. Louca. Um frenesi de erros e de "Deus, sim", e por favor, por favor, por favor.

E então ele está dentro de mim.

Eu mal consigo abarcar o prazer.

Falo com Deus. Digo seu nome repetidamente. Suspiro e ofego e chego muito perto de chorar.

Ele é suave. Fica quieto e xinga. Também fala com Deus. Dizendo a Ele o quanto sou gostosa.

Ele reza através da minha pele. Morde meu ombro e o beija para sarar. Geme como se estivesse indo, montado em um anjo, rumo às profundezas do inferno.

Nada é suficiente para mim.

Deus, por favor, Ethan, mais.

Estocada.

Deixe-me sentir sua profundidade perfeita. Deslizando até o fim e quebrando sobre mim, como ondas.

Há braços fortes e gemidos graves, e como ele pode ser tão incrível depois de todo esse tempo? Ele se encaixa com perfeição em meu corpo. Conhece seu ritmo. Acerta cada compasso até que tudo está afinado e cantando.

O sofá, o chão, o corredor, a parede, a cama. Uma e outra vez ele me preenche. Me guia através de todo tipo de êxtase que existe. Me mostra todas as formas de perder o fôlego. Quando acho que acabamos, ele me toca novamente e o fogo volta a rugir.

No final, nós caímos, exaustos. Eu caio no sono, sorrindo. Me recusando a pensar no que a manhã vai trazer.

Abro os olhos e olho fixamente para Ethan.

Meu coração já está apertado.

O que fizemos... o que compartilhamos a noite passada não conserta nada. Nenhum dos problemas dele.

Se faz alguma coisa, é só complicar tudo ainda mais.

Tentamos reprimir nossa paixão, mas no final ela acabou fazendo de nós seus escravos. Ela esperou até que estivéssemos vulneráveis. Nos seguiu com passos de ninja. Abriu nossas defesas com saudade e solidão. Nos despiu de nossa raiva e bom senso e nos mergulhou no desejo.

Aí ela acendeu um fósforo e dançou enquanto nós queimávamos.

Mesmo agora todo lugar que ele toca se acende e volta à vida. Eu deveria sair da cama e lavar cada rastro dele. Tentar esquecer como ele foi incrível.

Mas não consigo me mover. Não consigo suportar a ideia de me arrastar para longe.

Então Ethan abre os olhos e olha para mim. O pânico se acende em seu rosto. Ele olha para si mesmo, nu e ereto, depois repara na catástrofe de roupas cobrindo o chão e a cama, e franze a testa quando vê a quantidade de embalagens abertas de preservativos espalhada pela mesinha de cabeceira. Ele olha para tudo por um longo tempo antes que a realidade e a dificuldade em acreditar nela apareçam em seus olhos vermelhos.

— Porra, Cassie.

— É, parece que rolou um bocado disso, sim. E agora?

capítulo quinze
APENAS SEXO

Sexo.

É um instinto antigo e primitivo, gravado em cada canto do nosso DNA. Precisamos transar para sobreviver.

Mas sexo é ganancioso. Viciante.

É um apetite infinito e dolorido que nos reduz a impulsos básicos, capazes de obscurecer toda razão e lógica.

É instintivo.

Simples.

A não ser quando é complicado.

Depois que o choque inicial de acordarmos juntos na cama passa, Ethan e eu conversamos. Concordamos que foi um erro. Que não podíamos e não devíamos repetir. Nunca mais.

Então transamos mais duas vezes e adormecemos nos braços um do outro.

Sim.

Simples, isso não é.

* * *

— Então...

— É. Então...

Conseguimos chegar até a porta da frente. Depois de várias tentativas malsucedidas, Ethan está vestido e eu estou de robe. O cabelo dele está ridículo. O meu está ainda mais. Pareço Hagrid, caso ele tivesse sido eletrocutado em um túnel de vento. Ethan está olhando para mim como se estivesse com vontade de fazer coisas muito feias com Hagrid.

A vontade de tocá-lo outra vez, com urgência, está crescendo em mim como a maré na lua cheia. É meio ridículo.

— Melhor eu ir.

— É.

Ele não se move. Nem eu. Sabemos que é preciso. Não podemos repetir isso. Tudo em mim dói. Ele arranhou cada centímetro exposto da minha pele com sua barba, e alguns lugares não expostos também.

— Certo.

— Certo.

Quinze minutos antes estávamos criando um encaixe que era a exata definição de "perfeito", nos agarrando através de incontáveis camadas de prazer. Mas agora? Aí vem a parte desajeitada. A separação.

Muros e máscaras e placas tectônicas de emoção deslizam de volta para lugares seguros. Nos colocam de pé. Nos afastam um do outro mais uma vez.

Sussurram para nós que foi apenas sexo.

Apenas sexo.

Ele abre a porta e faz uma pausa.

— Então... as coisas vão ficar esquisitas entre nós?

— Você quer dizer mais esquisitas? Não.

Ethan assente.

— Não. Exatamente. Quer dizer, foi só sexo de rompimento, certo? Todo mundo faz isso.

— Certo. — *Apenas sexo.* — A gente, talvez, tenha esperado um pouco mais do que a maioria das pessoas, mas é totalmente normal.

— Já tiramos isso dos nossos sistemas, então agora podemos... sabe como é... seguir em frente.

— É. Claro. Seguir em frente.

Ele inspira e olha para a parte de mim que meu robe revela.

Ele diz aos meus peitos:

— Nos vemos na segunda-feira? — Finalmente ele consegue olhar para meu rosto.

Quero dizer a ele que pare. A saudade que ele está deixando transparecer. É excessivo. Foi *apenas sexo*.

— É. Nos vemos.

Ele hesita, e por um instante acho que ele vai me beijar, mas em vez disso ele me abraça e enterra a cabeça em meu pescoço. Não tenho certeza do que ele está pensando, mas parece *obrigado* e *sinto muito*, tudo misturado.

Isso me faz sentir coisas. Coisas amarradas e enterradas.

Eu o afasto. Não quero que ele vá, mas preciso, sim, que ele vá.

Ele parece compreender. Enfia as mãos nos bolsos e deixa escapar um suspiro incrédulo.

— Você está cheirando a mim. A mim e a... sexo.

Ele brinca com o cinto do meu robe.

— Quer dizer, você sempre cheirou a sexo para mim, mas hoje... você cheira como a exata definição de sexo incrível, de mover o chão e ver a face de Deus.

Este homem. Sempre tirando meu fôlego.

Temos um momento de *talvez só mais uma vez* antes de percebermos que não tem como. Nossos corpos não aguentam mais.

Eu o empurro porta afora.

— Saia enquanto pode. Obrigada por todo aquele sexo.

Todo o *apenas sexo*.

— Certo. Tudo bem. Tchau.

— Tchau.

Depois de fechá-la, eu me apoio na porta, sem ar e dolorida. Espero o arrependimento e a amargura me envolverem, mas estranhamente isso não acontece. Em vez disso, estou sorrindo.

Consegui. Trepei com Ethan Holt e sobrevivi. Floresci, na verdade. E agora estou satisfeita demais para lamentar o que fizemos.

Mais tarde eu me sinto mal quando tomo banho e mudo meus lençóis, mas é só porque não consigo mais sentir o cheiro dele em mim.

É nesse momento que um tique-taque abafado começa a soar dentro de mim. Ele pulsa em meu sangue, no ritmo do meu coração. Quando penso em Ethan, ele acelera.

Uma contagem regressiva. Um detonador lento.

Marcando os segundos até me fazer explodir outra vez.

Quando Ruby chega em casa, no meio da tarde, ela desaba a meu lado no sofá.

— Oi.

Ela também está com cabelo de Hagrid e um sorriso satisfeito. Parece que sexo bom tem o mesmo efeito em todo mundo.

Meu cabelo foi lavado. Eu desembaracei os nós do sexo.

Ninguém jamais diria que, apenas cinco horas antes, Holt enroscara as mãos nele enquanto me pegava por trás.

— Oi — digo, e afasto a imagem. — Teve uma boa noite?

Ela se espreguiça.

— Oh, sim. Deus, não há nada... estou dizendo, *nada* melhor para aliviar as tensões que cavalgar um bom e quente pedaço de carne masculina a noite toda. É tipo uma massagem no corpo inteiro, de dentro para fora. Você realmente precisa tentar um dia desses. Sei que você acha que Buzz é tudo de que você precisa agora, mas querida... há um limite para a quantidade de pau de mentira que uma garota pode aguentar antes que precise dar uma volta com um de verdade.

Ele puxa minha cabeça para trás e agarra meus quadris para me manter no lugar enquanto dá estocadas fortes e profundas. Ele atinge lugares inesperados dentro de mim. Beija meu ombro enquanto falo bobagens e grito seu nome.

Eu como uma colherada de iogurte e tento manter meu rosto impassível.

— Aham.

Ela se apoia em mim.

— E então, o que você aprontou depois da festa? O de sempre? Livro e cama?

Faço que sim.

— É. Você me conhece. A velha e aborrecida Cassie.

Eu me abaixo até me encaixar nele, orgulhosa ao ver seus olhos se revirarem. Meu corpo treme com o esforço de conter seu poder. Dessa versão magnífica e autoconfiante de mim. Cassie, a deusa do sexo. Eu o cavalgo lentamente, o arrasto até a beirada do prazer tantas vezes que ele começa a implorar. Eu o estou punindo, usando seu prazer como arma. Recompensando-o ao deixar que ele veja o meu. Uma e outra vez.

— Coitadinha — diz Ruby, aninhando-se contra mim. — Você precisa de sexo.

Eu me abano. Meu sangue está bombeando depressa demais. Muito próximo à superfície. Quente e exigente.

— É, bem. Talvez um dia.

Não sei por que não conto a ela. Talvez porque Ruby fosse entender errado e achar que eu e Ethan vamos voltar, quando definitivamente não vamos. Ou talvez porque ela confirmaria que era a pior coisa que eu poderia ter feito.

Seja qual for sua reação, não quero isso agora. Só quero curtir essa sensação de relativa felicidade. Antes de o Ethan me trazer em casa ontem, eu estava infeliz e solitária, e hoje me sinto... poderosa. Como um gênio sexual. Eu fiz coisas com Ethan com as quais só tinha sonhado. Eu o fiz estremecer. Gemer e suplicar. Eu o dominei e deixei que ele me dominasse. Fui capaz de lhe dar prazer como ninguém mais fez antes. E então eu o fiz admitir que o deixei completamente descontrolado.

Depois de tanto tempo sem nenhum poder, finalmente me sinto no controle.

E o que é mais importante, consegui tê-lo sem me afogar em emoções indesejadas. Eu me mantive protegida, até mesmo enquanto ele me preenchia como nenhum outro homem jamais fará.

Catarse sexual? Será que isso existe?

Se existir, foi isso que eu e Ethan tivemos.

Eu só me pergunto quanto tempo vai levar até que nós dois precisemos purgar novamente.

Segunda-feira de manhã. Vou para a aula me sentindo com mil metros de altura. Ainda estou dolorida, mas isso só serve para me lembrar do meu poder. Eu sou Afrodite. Uma força da natureza, pronta para ser idolatrada.

Eu deveria estar nervosa porque veria Ethan, mas não estou. Aconteça o que acontecer, conseguirei lidar. Eu vou sorrir se ele me ignorar, porque sei que ele não será capaz de resistir a mim por muito tempo. Eu sou dona dele. E ele sabe.

Entro na sala e imediatamente o sinto me encarando. Ethan parece zangado.

Espere, não é zangado.

É faminto.

Ele desvia o olhar, mas não leva mais que alguns segundos para voltar. Surpreso. Encantado.

O *tique-taque* dentro de mim acelera e me dá uma sensação poderosa. Eu meio que esperava que Ethan voltasse à sua concha de distanciamento emocional, mas por uma vez na vida ele não está sendo totalmente previsível.

Gosto disso.

Com apenas um fiapo do medo que é sua marca registrada, ele me dá um meio sorriso cheio de desejo. Eu retribuo. Sinto como se partilhássemos uma piada interna. Ninguém tem a menor ideia do que houve entre nós, mas, se ele continuar me olhando assim, eles vão perceber rapidinho.

Passo por ele e sussurro:

— Pare de me despir com os olhos.

Ethan sussurra de volta:

— Você prefere que eu o faça com as mãos? Ou com os dentes?

Oh, isso é interessante. Ele quer brincar? Tudo bem. Pois dessa vez estou confiante de que vou vencer.

— Como está seu pênis?

— Você não sabe ainda? Magnífico.

— Tão convencido. Eu quis dizer, está dolorido?

— Ah. Sim. Definitivamente... assado. Ele está exausto, para falar a verdade. Duvido que vá subir de novo algum dia.

Eu lhe dou um sorriso lento.

— Isso parece um desafio.

— Não mesmo.

Sem querer querendo, deixo cair meu livro e me abaixo para pegá-lo, bem na frente dele.

Então olho rapidamente para trás, para vê-lo fazendo uma careta e ajeitando a braguilha.

Meu trabalho está feito.

O resto da turma conversa e se move ao nosso redor, indiferente. Nós mal aparecemos no radar deles a essa altura. Somos notícia antiga.

Se eles soubessem...

Eu me sento, e quando olho para trás, para Ethan, ele está de pernas cruzadas e olhando para os sapatos, seu rosto ainda exibindo desconforto. E excitação.

Ele fica bonito assim.

— Achei que nós havíamos concordado que foi um erro — diz ele, sem olhar para mim.

— Concordamos.

— Então por que estou com a impressão de que você gostaria de repetir? Agora mesmo.

— Mesmo que seja verdade, isso não significa que eu vá fazer isso. Eu não sou tão idiota.

— Oh.

174 Leisa Rayven

— Você parece decepcionado.

— Não. Só... sabe como é. Aliviado.

Eu me inclino de tal forma que minha boca fica bem próxima de sua orelha. Sei o que estou fazendo. Se isso fosse xadrez, eu estaria acabando com sua rainha agora mesmo.

—Aliviado por que eu não vou colocá-lo em minha boca outra vez? Montar em você? Arranhar suas costas com as unhas enquanto gozo?

No passado, nunca havia realmente entendido por que as garotas fazem joguinhos e usam seu gênero e apelo sexual para conseguir o que querem.

Agora eu entendo.

Às vezes o sexo é a única coisa capaz de pôr um homem de joelhos.

E às vezes faz bem a uma garota saber que, depois de perder tanto, de vez em quando ela pode vencer.

Depois de ver o quanto Holt é afetado por minhas palavras, me recosto no meu assento, triunfante.

Ele fecha os olhos. E ajeita a calça na virilha outra vez.

— É. Definitivamente aliviado que nada disso vá acontecer outra vez. Super... feliz... com isso.

— Bom.

Xeque-mate.

Não escapa à minha atenção o fato de que ele permanece ereto durante quase a aula inteira.

capítulo dezesseis
PEQUENA DOR

Hoje
Nova York
Apartamento de Cassandra Taylor

Sento na cama e ponho a mão sobre o coração enquanto transpiro e sinto os restos excessivamente reais de suas mãos de sonho fazendo minha pele formigar. Meu coração está batendo forte. Isso faz com que todos os lugares errados clamem por ele.

É a lembrança de Ethan que realmente deixa minhas terminações nervosas hiperativas. O roçar de seus dedos-fantasma. O peso imaterial de seus quadris pressionando minhas coxas. Os sons suaves enquanto ele se movia e me preenchia e me fazia explodir.

Alguém ainda se surpreende que eu tenha dificuldade em ir devagar com ele, já que Ethan me afeta dessa forma?

Depois de uma ducha rápida para me refrescar, pego outro de seus diários. Estou cansada e meus olhos parecem cheios de areia, mas não consigo parar de ler. Entrar em sua cabeça é como usar drogas.

Falei com Ethan pelo telefone a noite passada. É mais fácil lidar com ele quando não estamos frente a frente. Quando estamos juntos, ele tem esse jeito de me olhar que quase me convence de que consegue desintegrar minhas roupas com o poder da mente. Isso me deixa louca. Pelo menos ao telefone tenho alguma proteção. Além do mais, se a voz dele for muito difícil de resistir, sempre posso me esfregar em meu travesseiro, e ele nem vai saber.

Não que eu fizesse algo assim.

Com muita frequência.

Nós não conversamos por muito tempo. Ele queria ver como eu estava e se desculpar por me importunar durante o jantar na noite de sábado. Eu lhe disse que a culpa não foi toda dele. Ele prometeu tentar manter suas mãos sob controle. Certas partes de mim o vaiaram em silêncio.

Ethan perguntou sobre os diários. Eu lhe disse que havia quase chegado ao final do nosso primeiro ano na Grove, então ambos ficamos calados, como se tivéssemos mergulhado em nossos próprios pensamentos e lembranças daquela época.

Esta manhã encontrei todos os diários de nosso segundo e terceiro anos na porta da minha casa, junto com um frasco de Valium. Acho que ele pensa que isso é uma piada. Se eu não tivesse me sentido tão enjoada, talvez tivesse rido.

A situação agora é que estou avançando com dificuldade por entre anotações que fazem com que me sinta chorosa e com tesão ao mesmo tempo. Talvez eu tenha tacado algo na parede há mais ou menos uma hora. Tristan tem, compreensivelmente, me evitado.

Até agora, as anotações de nosso segundo ano têm sido poucas e espaçadas. Lacônicas. Quase tediosas. Eu esperava longas passagens sobre como ele sentiu minha falta enquanto estávamos separados, mas foi o contrário. Como se ele tivesse se fechado.

Então vejo a anotação do dia seguinte à noite que mudou tudo.

11 de fevereiro

A noite passada. Deus.

Como eu posso tentar descrever?

Idiotice? Sim.

Muito mais que incrível? Porra, sim.

A melhor noite da minha vida? Certamente.

Gostaria de poder dizer que não tenho ideia de como aconteceu, mas não é verdade. Eu sabia o que estava fazendo quando me sentei ao lado dela. Sabia quando toquei seu rosto. Quando me inclinei para provar aqueles lábios incríveis, para os quais eu olhei a porra da noite toda.

Quando ela começou a corresponder ao beijo... foi aí que eu soube que não conseguiria parar. Nenhuma lógica ou medo poderiam ter me impedido naquele momento. A tequila foi uma boa desculpa, mas a verdade é que eu queria aquilo. Mais do qualquer outra coisa na minha vida inteira.

Sorte minha que ela também queria.

Não tenho palavras para explicar a sensação de finalmente tocar nela de novo. Eu já fantasiei a respeito tantas vezes que perdi a conta, e então aconteceu e eu me perdi na sensação, depois de não sentir nada por tempo demais.

Nada nunca me fez sentir tão no lugar certo como quando eu estava dentro dela. No momento em que me afundei dentro dela... porra. Parecia que meu coração ia explodir. Emoção demais. Amor demais.

Tudo demais.

Tentei dizer a mim mesmo que era só uma trepada, mas eu sabia que não era. Com ela, nunca seria só isso. Não importa o quanto eu queira pensar que estou me dessensibilizando para o modo como ela me afeta, eu sei que é conversa fiada. Eu só consigo ser insensível desde que ela não me toque. Nem olhe para mim. Do contrário, quero me atirar do outro lado da sala e pular em cima dela. Beijá-la até que ela não consiga ficar de pé. Fazer amor com ela até que ela não consiga se sentar.

Tenho quase certeza de que atingi as duas metas na sexta-feira à noite. E outra vez hoje de manhã.

Meu lado filho da puta espera que ela esteja dolorida e que, toda vez que fizer uma careta de dor, se lembre da sensação de ter a mim profundamente dentro dela.

Caralho.

Agora estou de pau duro de novo.

Não posso me masturbar. Sério, não posso. Além do fato de que eu provavelmente iria gritar de dor se eu sequer olhasse muito para meu pau *agora, simplesmente não conseguiria voltar a transar com minha mão depois de me lembrar da perfeição que é estar dentro dela. Não tem como.*

Eu sei que nós concordamos que foi idiotice e que não devemos fazer isso de novo, mas eu quero.

Se eu não fosse tão covarde, pediria a ela para tentarmos outra vez, mas sei que não tenho essa opção. Eu fodi com as coisas entre nós de tal maneira que não creio que elas um dia se ajeitem, não importa o quanto eu queira. Além do mais, independente do quanto nossa maratona sexual tenha sido incrível, ela não muda o funcionamento do meu cérebro. Ela só lhe deu algo mais prazeroso em que se concentrar do que nas mil maneiras com as quais o universo pode me foder.

Ainda assim, a distração é viciante. Se eu tivesse sexo com ela com frequência suficiente, será que eu me sentiria capaz de fazer as coisas funcionarem entre nós?

É tão tentador querer descobrir.

Tão tentador.

13 de fevereiro

É, estou com um problema. Não estou certo sobre o que pensei que fosse acontecer quando eu a visse hoje, mas não esperava que ela se transformasse em alguém que deixa meu pau ainda mais duro. Ela entrou na sala como se fosse a dona de tudo ali e me olhou de um jeito tão sensual que acho que nunca mais vou ficar mole de novo. Quer dizer, ela sempre foi quente, mas hoje... não sei. É como se a noite de sexta tivesse despertado algo dentro dela. Algo poderoso. Assim que ela pisou na sala, não conseguia afastar os olhos dela. Ela estava vibrando de energia. Confiança sexual.

Foi hipnótico pra caralho.

Não sei como lidar com isso. É como se ela agora fosse uma supernova — brilhante e letal — e mesmo sabendo que ela vai me deixar cego, não consigo desviar o olhar.

Ela flertou comigo, e o mais estranho é que flertei de volta. Que porra está acontecendo?

Será possível que uma noite incrível possa consertar as coisas entre nós? Ultrapassar tantos dos nossos problemas? Não parece muito provável.

Acho que só estamos um pouco chapados com a experiência, mas estou certo de que, quando o barato evaporar, vou perceber que ela é boa demais para mim e ela vai lembrar que me odeia, e nós vamos voltar a ser disfuncionais e distantes.

Para ser sincero, espero que seja isso que aconteça, porque essa nova Cassie... se eu não tomar cuidado, ela vai me estragar para sempre. E Deus me ajude, eu vou adorar cada minuto.

Eu a surpreendi me encarando hoje, e dava para perceber que ela sabia. É como um jogo para ela, e goste ou não, estou deixando que ela vença. Vê-la assim, toda confiante e poderosa, quase faz com que a enorme dor em meus ovos valha a pena.

Na verdade, não. Não mesmo. Eu preciso transar com ela outra vez. Agora.

Durante tanto tempo, eu ditei como nosso relacionamento deveria ser. Tentei controlar tudo, assim como meu sentimento por ela. Agora ela está no banco do motorista e, apesar de eu ter certeza de que ela vai nos jogar de frente em uma porra de um muro maciço, sei que, se ela me quiser outra vez, eu irei correndo. Dependendo do tanto de tesão que eu estiver no momento, talvez não dê nem tempo de tirar a roupa.

Dou uma risada. Ele é bem preciso em sua avaliação.

Naquela época, provocá-lo era sempre um dos meus jeitos favoritos de exercer controle. Não era algo de que me orgulhasse, mas sempre foi viciante. O poder. A intimidade temporária.

Pouso o diário e ignoro o formigamento entre minhas pernas. Essa dorzinha faminta causou tantos problemas naquela época. Ela me convenceu de que eu poderia tê-lo fisicamente sem querer nada além disso. Exigiu que eu o tivesse, uma e outra vez. Fez meu coração se calar quando ele reclamou que estávamos ficando próximos demais.

Ela só *queria*, e não importava quantos limites fossem rompidos no processo.

Fecho os olhos e a ignoro enquanto abraço meu travesseiro e resisto aos sussurros hipnóticos de minha libido hipnótica e sedenta de poder.

capítulo dezessete
ROTA DE COLISÃO

Cinco anos antes
Westchester, Nova York
Grove

Enquanto o inverno se derrete e se transforma em primavera, as órbitas distantes nas quais Ethan e eu giramos em torno um do outro mudam e se metamorfoseiam em uma coisa nova. Uma espiral elíptica de calor e frustração sexual com subtons bem definidos de catástrofe, mas que nenhum dos dois parece inclinado a evitar.

Na verdade, Ethan tem procurado por mim ativamente. Nas últimas semanas, ele tem aparecido mais. Em vez de sair das aulas e ir embora sozinho, ele tem se demorado mais, ocasionalmente se juntando a nós nas brincadeiras e conversas; não só comigo, mas com os nossos amigos também. Quando Ethan começou a se juntar a nós para almoçar, Avery encheu o saco dele, dizendo que ele estava se dignando a comer junto com os plebeus. Holt o mandou se foder, mas sorriu enquanto dizia isso.

Ethan tem até mesmo tolerado o Connor. Bem, exceto nos momentos em que Connor encosta em mim — aí Ethan faz uma cara como se estivesse tentando encontrar uma forma de assassiná-lo e esconder seu corpo em algum lugar onde nunca fosse encontrado.

Seu ciúme é estranhamente tranquilizador, mas tento não pensar demais nisso.

De vez em quando, olho para ele e fantasio. Revisito todas as formas pelas quais ele me deixou excitada naquela noite incrível.

Nesses momentos acho uma tragédia que isso não aconteça de novo.

Quando Ethan me pega olhando para ele, sei que ele sente o mesmo. O relógio que marca minha contagem regressiva fica mais barulhento. Isso me deixa inquieta e impaciente.

E com tesão.

Oh, com tanto tesão.

Será que mudaria alguma coisa se fizéssemos de novo? Sobrevivemos uma vez, não foi? No fim das contas, é apenas sexo.

Certo?

Balanço as pernas enquanto observo Holt e Avery discutindo do outro lado da mesa, na cantina. Ele é tão sensual quando está discutindo. Quero lamber o veneno diretamente de sua língua.

— Vá se foder, Avery. Em 2006, *Crash* mereceu o Melhor Filme. Sem dúvida.

— Qual é, cara. *Brokeback Mountain* devia ter ganhado. Você está brincando comigo? Dois caras héteros interpretando gays? Você só precisava ouvir Erika se desmanchando por causa de você e Connor para saber o quanto as pessoas adoram essa merda.

— Erika adorou porque fomos impecáveis, porra. Não é minha culpa que você não conseguiu fingir que gostava de ser sodomizado. Talvez você precise praticar mais.

— Por que você não me ensina? Connor diz que você é um amante sensível. O melhor que ele já teve.

— É verdade. Usei até o lubrificante que esquenta na pele.

Ele está falando sobre sexo. Por que ele acha que isso é aceitável? Apesar de ele estar brincando, minha imaginação está explodindo em imagens. Em todas elas, lubrificante é desnecessário.

— Algum comentário, Taylor?

— Hã... o quê?

Avery sorri para mim. Ele está procurando encrenca.

— Você teve a experiência em primeira mão, certo? Holt é bom de cama? Ou era tudo uma grande atuação? Vamos lá, seja sincera. Ele não conseguiu achar seu ponto G nem com as duas mãos e um GPS, não foi?

— Cale a boca, Jack — diz Ethan, seu sorriso desaparecendo.

Avery ri e dá um tapa na mesa.

— Ah, vamos lá! Vocês já terminaram faz um milhão de anos. Claro que podemos falar disso agora sem explodir a cabeça de Holt. Fale dos detalhes. Ele abalou seu mundo?

Três meses atrás, essa pergunta teria me causado uma síncope. Agora, estou meio que tentada a responder, só para ver a reação de Ethan.

Quando eu não respondo, Jack desiste de mim.

— E você, Holt? Nos dê alguma coisa. Em uma escala de um a dez, qual seria sua nota para a Taylor na cama?

Ethan ri e me olha de relance, enquanto balança a cabeça. Uma vermelhidão sobe pelo seu pescoço e toma seu rosto.

— Nota! — diz Avery, instigando-o. Ele começa a repetir isso como se fosse um canto de torcida. — *Nota! Nota! Nota!* — Lucas e Zoe se juntam a ele. Miranda e Aiyah também. Transeuntes aleatórios, que não têm ideia do que estamos falando, param e aplaudem.

— Puta merda. — Ethan passa a mão pelo cabelo. Os gritos continuam. — Você é um babaca, Avery. Certo, certo! Calem a boca e eu falo!

Os aplausos acabam e Ethan olha para mim, apesar de estar falando com Jack.

— Você realmente quer saber onde Taylor fica na escala de tesão?

— Claro! — Jack está quase vibrando de entusiasmo.

O olhar fixo de Ethan causa em cada centímetro da minha pele pequenos tremores.

— Em uma escala de um a dez...

— Sim?

Ethan umedece os lábios. Eu faço o mesmo. Acho que paro de respirar.

— Ela está em uns trinta e cinco.

Todo mundo expira, inclusive eu.

Por uma vez na vida, Avery fica sem palavras.

Mas não dura muito.

— Deus, socorro. Sério?

— Sério. — Ethan não parou de olhar para mim, e acho que eu não conseguiria desviar os olhos nem se quisesse.

— Taylor? Quer comentar? — pergunta Jack.

— Na verdade, não. — Estou ocupada demais engolindo em seco.

— Não me faça cantar de novo. Dê logo uma nota para Holt.

— De zero a dez?

— É.

— Pelo sexo?

— É!

Ethan ergue uma sobrancelha perfeitamente sexy. Eu o recompenso com um sorriso superior.

— Dez.

O queixo de Avery cai.

— Você está brincando comigo? Por que ele ganhou um dez?

— Porque é o número de orgasmos que ele me deu em uma noite. — As palavras saem da minha boca antes que eu tenha a chance de ficar envergonhada.

Avery ri.

— Fala sério.

— Estou falando.

A cara dele cai, e ele olha de um de nós para o outro e pisca algumas vezes. Todo mundo está bem silencioso. Zoe está olhando para Ethan como se ele fosse a encarnação de um mítico deus do sexo.

— Bem, *caralhos me mordam*. E vocês terminaram *por quê*?!

É uma boa pergunta. Sentada ali, sabendo a quantidade de coisas que ele parece estar pensando em fazer comigo, não tenho uma boa resposta.

* * *

Antes mesmo de chegar à festa, sei que ele está lá. Cada pedaço de mim está tinindo de ansiedade. Eu me depilei e me esfoliei tanto que me sinto sem fricção nenhuma, feito um tubarão. Faminta e pronta para uma vítima.

Mas apenas uma vítima em especial vai resolver.

Vai ser esta noite, tem de ser. Eu não aguento mais não tê-lo.

Estou vestida para o papel, com um tubinho preto e justo que peguei emprestado de Ruby e botas de salto alto. É um pouco mais arrumado que meu jeans e camiseta habituais, mas preciso de todas as vantagens que puder ter. Se ele tentar resistir, este vestido vai convencê-lo.

Assim que passo pela porta, ele não tira os olhos de mim. Ele está tentando esconder seu desespero, mas vejo estampado em seu rosto e em cada músculo retesado, que fica ainda mais tenso enquanto ele me encara. Não deixo que ele perceba o quanto me afeta. Mostrar minhas cartas não faz parte do jogo. Finjo desinteresse e encosto na sua virilha com a minha bunda ao passar por ele, a caminho da cozinha.

Não estou jogando limpo, mas certamente estou jogando para ganhar.

Ele está tomando cerveja. Pego uma também. Aí eu esbarro nele novamente no caminho de volta. Ele faz um ruído de frustração, mas não me toca.

Ele está apenas adiando o inevitável.

De volta à sala de estar, Avery está servindo doses de tequila. Holt e eu nos entreolhamos. Um olhar que vale por mil palavras. Sem conversar, entramos na fila, esperando nossa vez. Eu pego a mão dele, lambo e cubro com sal. Dou outra lambida para deixá-la perfeitamente limpa. Roço os dentes nela. Sua expressão é puro sexo, enquanto eu bebo e chupo um limão. Ele usa meu ombro. Põe sal nele, chupa até ficar limpo. Faz com que eu me sinta suja, de um jeito bom.

Entramos na fila outra vez.

Dessa vez usamos outras pessoas, porque não queremos que nossos amigos desconfiem. Ainda assim, ficamos observando um ao outro.

As doses são uma desculpa, e nós dois sabemos disso. Queremos perder o controle. Estamos ambos tão tensos que nossa única chance é arrebentar.

Ainda assim, se o cérebro dele tiver algo a ver com isso, vai levá-lo para longe daqui antes de fazer alguma coisa estúpida comigo. Seu cérebro está se enganando. Eu já posso ver as camadas de proteção deslizando e caindo enquanto o álcool atua sobre ele.

É só questão de tempo.

Três doses mais tarde, não posso esconder que o estou olhando fixamente, enquanto imagino onde quero tocá-lo. Ele deixa minha boca seca. Tomo uma garrafa de cerveja no gargalo, sugestivamente. A frente de sua calça se infla. Ele está tentando manter uma conversa com Lucas, mas falhando miseravelmente.

Quando alguém aumenta o volume da música, eu danço. Fecho os olhos e ondulo no ritmo. Há outras pessoas dançando à minha volta, mas, assim que ele se aproxima, sinto no meu ventre. É um fogo baixo e faminto, que só pode ser apagado por ele. Eu o encontro atrás de mim, sem precisar abrir os olhos. Ele ondula junto comigo, um braço em torno da minha cintura. Eu enfio os dedos em seus cabelos e puxo, enquanto seu gemido vibra nas minhas costas. Eu me pergunto se as pessoas já estão fofocando sobre nós. Mesmo que estejam, já passei do ponto de me importar.

Ele deixa a cabeça pender até repousar no meu ombro, suplicante. Eu me viro e sussurro:

— Posso sentir o quanto você está duro. — Ele me abraça mais apertado e me puxa contra sua ereção.

— Você chega nesta festa parecendo sexo em forma de mulher e espera que eu não fique com tesão? Isso é ridículo, porra.

Eu rebolo contra ele. Faço com que expire por entre os dentes. Então saio de perto e me viro para olhar para ele enquanto danço com outros para tentar disfarçar o fato de que não vejo ninguém além dele. Outro braço enlaça minha cintura e me puxa contra um peito firme. Mais baixo que Ethan. Cheira bem.

Connor.

— O que você fez ao Holt? — Ele cochicha enquanto me gira para me olhar de frente. — Ele parece querer assassinar você.

Eu me viro para olhar para Ethan. É, ele está com cara de assassino, mas sua raiva não é direcionada a mim.

— Ah, você sabe — digo enquanto dou um passo para trás. — Ele está tenso, como de hábito.

Mais do que como de hábito. Bem mais.

— Você precisa que eu... sabe como é... proteja você ou algo assim?

Eu quase caio na risada. Se alguém precisa de proteção esta noite é Ethan. Eu sou o predador. Ele é minha bem-dotada presa.

— Não, estou bem. Obrigada por oferecer. — Eu o abraço, rápida e com leveza. Quando me viro outra vez, já esqueci que ele estava lá.

Então abro meu caminho por entre a multidão e vou na direção do banheiro. Eu esbarro em Ethan no caminho e passo a mão na parte da frente de sua calça. Aperto. E vou em frente, sem olhar para trás.

Entro no banheiro segundos antes que ele surja, empurrando-me e batendo a porta às nossas costas. Ele me agarra, tão zangado quanto tesudo.

Antes que tenha uma chance de dizer qualquer coisa eu o empurro contra a parede e o beijo. Por fim consigo lhe mostrar a extensão do meu desejo. Não leva mais que um segundo para que ele comece a corresponder ao beijo, e aí não há mais discussão. Estamos famintos e apressados, e apesar de murmurar que não devíamos fazer isso, ele sabe muito bem que vamos fazer, sim. Em um instante eu desabotoo seu jeans e ele está na minha mão. Tão rijo e perfeito.

Eu aperto e bombeio suavemente. Ele bate a cabeça na parede. Eu me ajoelho na frente dele e olho para cima. Um único gemido suplicante sinaliza sua rendição total.

— Porra. Por favor, Cassie. — Meu ego explode. Este é o homem que disse que não poderíamos ser amigos. Que jurou que não deveríamos ser amantes. Que partiu meu coração ao falar de sua paranoia ridícula. Agora ele está me implorando para colocar minha boca nele. Suplicando com os olhos e com os dedos macios em meu rosto. Suas nobres intenções esquecidas ante as coisas que ele sabe que eu posso fazê-lo sentir.

Sorrio para ele. Sexo é poder. Sexo me faz ter essa parte dele, e eu acredito que seja o suficiente.

Ethan me implora outra vez, e eu cedo. Suas pernas quase falham. Sorrio até mesmo enquanto o tomo mais profundamente. Eu nunca vou deixar de me encantar com a textura dele. O peso delicioso. Os sons que ele faz, no fundo da garganta, toda vez que passo a língua nele.

Em um minuto, eu o deixo bem perto de gozar. E aí paro. Fico de pé. Dou um passo para trás. Ele leva um instante para entender antes de abrir os olhos e procurar nos bolsos do jeans. Aí abre a embalagem do preservativo com os dentes e o coloca em tempo recorde.

Em segundos ele abaixa e tira minha calcinha. Nada de preliminares. Nem são necessárias. Estamos nas preliminares há semanas. Ele me empurra contra a parede e puxa minha perna até seu quadril, depois me beija com força. Ethan é bruto, e eu gosto. Sei que ele odeia o quanto eu tenho de controle nessa situação. Ele quer me punir. E só consegue me deixar mais excitada.

Então ele está lá, e empurrando, e dentro, e oh... oh... Deus, eu precisava disso. Dele. Nós dois ficamos paralisados em meio ao beijo. Eu abro os olhos e me afasto um pouco. Ele está olhando para mim, franzindo a testa e tentando se manter alheio. Mas como poderia, quando estamos tão completamente unidos?

Ethan se move, lenta e sinuosamente. Demora e desfruta da minha resposta. Nada parece mais assim tão definido. Eu me agarro a ele enquanto ele me abraça. Nós nos beijamos e gememos enquanto ofegamos no ritmo de nossos corpos. É tudo tão bom. Tão certo. Como se tivéssemos nascido para ser parte um do outro assim.

Eu balanço a cabeça para livrá-la de qualquer outro pensamento que não tenha a ver com esse instante. Tento ignorar o abismo que está jorrando sentimentos indesejados para dentro do meu peito.

Eu me fecho e me concentro na sensação das estocadas que ele me dá. Onde nossos corpos se tocam, o prazer físico grita, quase alto o suficiente para abafar todo o resto.

Quase.

Nosso ritmo fica frenético. Quanto mais violento ele fica, mais difícil para mim é me manter calada.

Depois de termos nos segurado por tanto tempo, nenhum de nós demora muito. Decerto não pelo tempo suficiente para purgar por completo toda a nossa tensão. Meu orgasmo quase me deixa cega. O dele parece não acabar nunca. Eu o beijo enquanto ele grunhe e deixo um pouco de sua essência entrar por uma minúscula brecha na minha armadura. Eu a escondo e finjo que não é a coisa mais preciosa que possuo.

Quando nos recuperamos, ele tenta continuar dentro de mim, mas preciso sair. Já consegui minha dose, e é só disso que eu preciso.

Apenas sexo.

Eu não preciso dele.

Eu me limpo e saio sem dizer uma palavra.

Só pego meu poder minguante e vou.

capítulo dezoito
JOGO DE PODER

Hoje
Nova York
Teatro Graumann

É nosso primeiro dia de ensaio no palco principal do teatro. Quando passo pela porta, um arrepio percorre meu corpo. Estar em um teatro sempre é uma experiência mágica. Há algo na energia desses lugares. As paredes descascadas e as pesadas cortinas de veludo. Recordações de décadas de produções. Mensagens rabiscadas nas paredes das coxias, que catalogam a história e as tradições de combinar arte e imaginação.

Nosso estagiário de produção, Cody, finalmente me encontra e me entrega um café antes de me mostrar o camarim. Como a maioria dos camarins, não é glamoroso, mas ressoa com as vibrações de todos os atores que já estiveram ali antes. Por um minuto, fico apenas sentada na frente dos espelhos, e fecho os olhos para absorver o ambiente.

Não falo com Ethan desde domingo à noite, embora quase não tenha pensado em outra coisa. Passei a segunda-feira e a terça-feira inteiras lendo os diários dele e alternando entre querer dar um soco em sua cara e transar com ele por muito tempo.

190 Leisa Rayven

Não consegui olhar os diários do nosso último ano. Por enquanto, acho que ia fazer mais mal do que bem.

Ouço alguém atrás de mim. Quando me volto, vejo-o ali, encostado no batente e observando-me com uma intensidade que me faz desviar o olhar.

— Ei.

— Oi.

O peso de um milhão de perguntas fica suspenso no ar, mas ele não diz nada. Quer saber o que achei do que li. Diria a ele, mas não tenho ideia. Ele quer saber se isso está tornando as coisas melhores entre nós, como se entender fosse igual a perdoar. Não é, mas nem é por escolha. Se eu fosse capaz de expulsar qualquer migalha de desconfiança em um piscar de olhos, toda essa situação estaria resolvida agora. Eu estaria curada, ele estaria grato, e passaríamos incontáveis noites arquejando nossa felicidade na pele um do outro.

Seria bom, mas ainda não cheguei lá.

— Você está bem? — pergunta Ethan, ainda na porta.

Fico de pé e vou mexer nos meus figurinos. Não demora. Só tenho três. Mesmo assim, passo as mãos por todas as costuras, subitamente nervosa. Parte disso tem a ver com ele e outra com o fato de ter me dado conta de que, daqui a três dias, atuaremos diante de uma plateia na pré-estreia. De qualquer forma, o medo de decepcionar alguém me apavora.

— Acho que sim — digo. — Estou um pouco com a sensação de que vou vomitar.

— Eu também.

— Você disfarça melhor do que eu.

— Acho que só estou mais acostumado, a essa altura. Quer um abraço?

A pergunta me pega com a guarda baixa. Minha mão fica paralisada na manga do vestido.

— Hum...

Sinto-o atrás de mim antes que ele passe os dedos pelo meu figurino, bem acima da minha mão parada. Quando Ethan fala, seu hálito é morno sobre a minha orelha.

— Ajudava, lembra? Nós dois. Além disso, acho que vou ficar louco se não tocar em você. Estritamente platônico, é claro.

Não consigo erguer os olhos. Não consigo nem tocar o dedo dele.

— Cassie? — Ele toca meu cabelo e o alisa por cima do ombro. — Não estou pedindo para fazer sexo. Nem um beijo. Só quero abraçar você.

Não é só abraçar. Nunca foi. É íntimo.

Sou salva de precisar rejeitá-lo quando Elissa aparece na porta.

— Ei, vocês dois. Estamos prestes a começar o ensaio técnico. Será que consigo levá-los para o palco e usando os figurinos adequados? Preparem-se para ser pacientes. Marco gosta de ensaios lentos.

Ela desaparece, e eu me afasto de Ethan. Ele suspira e me entrega meu traje.

— É isso que você vai usar no primeiro ato?

Faço que sim com a cabeça.

— Não é de estranhar que eu me apaixone por você.

Ele me dá um sorriso que é metade carinho, metade paciência.

Por algum motivo, isso me deixa irritada e me sentindo muito vulnerável.

Ele sai, e tento mandar embora a negatividade. Não preciso dela hoje.

Preciso estar concentrada e tranquila.

No controle.

"Agora, desabotoe a camisa dele. Bom. E coloque a cabeça onde estaria se você estivesse beijando o peito dele. Certo, ótimo. E sustente."

Ethan aperta e solta meus quadris enquanto mantenho os lábios a milímetros do peito dele. Marco está dando instruções baixinho para o iluminador, reclamando que o facho de luz central está fraco demais e que as luzes laterais estão muito adiantadas. Ele quer que a cena de sexo seja sombria e melancólica, mas a única coisa sombria no teatro agora é ele.

Esse ensaio técnico avança no ritmo de lesma. Nunca trabalhei com um diretor que é tão obsessivo pela iluminação e pelas posições. É como se estivesse fazendo animação *stop motion*.

192 Leisa Rayven

Concentro-me nos pelos do peito de Ethan e tento esquecer o quanto o cheiro dele está me afetando. Não é fácil. Nesse momento, eu estou mais tensa do que um relógio suíço, e ele está respeitando tanto meu espaço que tenho vontade de socá-lo.

— Cassie?

— Hum.

— Vou perguntar uma coisa a você, e quero que prometa que vai responder com sinceridade.

Fico imediatamente receosa e ergo os olhos para ele.

— Cassie! Abaixe a cabeça de novo. Lance está focando os spots especiais. Não se mexa!

Holt resmunga.

— Droga de ensaio técnico.

Fixo os olhos no peito dele novamente.

— Aproxime sua cabeça.

Abaixo a cabeça. Meus lábios acidentalmente roçam o peito dele. Ethan pragueja.

— Qual é a pergunta? — digo.

— Por acaso você teve um surto psicótico recentemente e decidiu me matar aos pouquinhos? Porque eu juro por Deus, droga, que ter sua boca pairando sobre meu peito sem beijá-lo de verdade é uma versão cruel e frustrante do inferno da qual preferia não participar.

Ele está com a voz tão lamuriosa quando diz isso que dou uma risada.

— Poxa... — ele diz, e respira fundo. — E agora você sopra ar nos meus mamilos? Se eu ainda não estiver morto, por favor, mate-me agora.

— Certo, Ethan, tire a camisa dela.

Ele suspira.

— E a tortura continua.

Ele desabotoa minha camisa e a abre. Depois fecha os olhos e sussurra:

— Por favor, Deus, faça com que Marco me diga para congelar com as mãos nos peitos dela. Por favor.

— Não está previsto para essa parte.

Ele me olha, sério.

— Quieta, garota. Estou conversando com um ser superior. Não o distraia com lógica desnecessária.

Ele começa a erguer as mãos para o meu peito quando Marco avisa:

— Certo, Ethan, erga-a.

— Droga.

Ele me envolve com os braços e me ergue, e eu cruzo os tornozelos atrás das costas dele. É uma sensação estranha fazer isso em trechos desconjuntados. Ele baixa as mãos para segurar nas minhas nádegas. Ergo uma sobrancelha.

— Só para ter apoio — diz ele, seriíssimo. — Não tem nada a ver com vontade de agarrar sua bunda.

— E, mesmo assim, você está agarrando minha bunda.

— Bem, só meio agarrando. Por favor, observe que minhas mãos estão por cima, e não por baixo da saia.

Por favor observe, meu corpo quer que ele esteja por baixo da minha saia, puxando o elástico da calcinha. Distraindo-me de todas as emoções conflitantes com as quais não tenho coragem de lidar.

As luzes mudam novamente e Marco grita:

— Pelo amor de Deus, Lance! Eles parecem um Quasímodo gigante de duas cabeças! Será que posso ter alguma definição nas luzes cruzadas? Isso está ridículo!

Os iluminadores assistentes correm pelos lados do palco enquanto Holt me abaixa até que eu esteja completamente instalada sobre sua virilha. Mais uma vez, ergo a sobrancelha.

— O que foi? — A cara de inocente dele melhorou com os anos, mas não me engana. — É mais fácil segurar você assim.

— É porque estou descansando em cima da sua ereção.

— Eu sei. É como uma concha.

Balanço a cabeça.

— Você é totalmente sem-vergonha, sabe disso?

— Não é verdade. Tenho muita vergonha. Apenas dei o dia de folga a ela. Tenho feito ela trabalhar muito recentemente, e agora está exausta e precisa se recuperar.

—Ao contrário do seu pênis.

— Esse raramente precisa se recuperar. Não perto de você, pelo menos.

A voz dele parece relaxada, mas o jeito como respira e os movimentos sutis dos quadris contam uma história diferente. Vendo-o assim, quase sem se conter, tenho ainda mais vontade de torturá-lo. Marco me ajuda nessa missão.

— Ótimo, Ethan, leve-a para a cama. Cassie, quero que ele fique entre as suas pernas.

—Ah, você está de brincadeira.

Ethan me deita sobre a cama e se posiciona entre as minhas pernas. Tiro a camisa dele e enrosco os braços em torno do seu pescoço enquanto ele se ajeita sobre minha pelve. Ele geme e encosta a cabeça no meu ombro.

— Isso é ridículo. Por que não pode ser como em um set de cinema, com dublês para fazer essas coisas?

— Mais azul! — diz Marco. — E traga os tons rosados lá de trás!

Tento ficar imóvel. Caso já não detestasse ensaios técnicos, essa experiência seria suficiente para me fazer desprezá-los. A cada minuto que passa, me sinto mais à beira de perder o controle. Meus instintos me avisam para retomar o autodomínio. Foda-se. Vou deixar a ideia de sexo incrível inibir todos os meus outros processos mentais.

Simplificar as coisas da forma mais complicada possível.

— Está tudo bem? — diz ele, apoiando-se nos cotovelos. — Não estou esmagando você?

— Você está bem.

— Obrigado. Andei me exercitando. Estava me perguntando quando do ia notar. Você está bem também.

— Está tentando me irritar, hoje?

— Não. É natural. Você está tentando me deixar louco se mexendo desse jeito?

— De que jeito?

Ele olha entre nós. Me dou conta de que estou balançando a pelve contra o corpo dele. Só um pouquinho. Só o suficiente para diminuir a ânsia.

Ele solta um gemido baixo.

— Cassie...

Ethan fecha os olhos e pesa mais sobre mim.

A pressão adicional é boa, mas para meus movimentos.

— Tenha piedade, garota. Você está me matando.

As luzes ficam mais claras.

— Certo, Ethan — diz Marco —, um pouco de impulso, por favor.

Ethan dá uma risada curta.

— Impulso. Claro. Tudo aquilo de que preciso nesse momento.

Ele finge me penetrar, mantendo a ereção afastada de mim.

Ideias malvadas enchem meu cérebro enquanto acaricio a nuca dele e pouso uma das mãos no seu peito para roçar seu mamilo.

O ritmo dele falha.

— Pare com isso.

— Por quê?

Deslizo o dedo sobre seu abdome, e seu rosto fica vermelho.

— Você sabe por quê.

A voz dele baixou uma oitava. Está ofegante e cheia de desejo.

— Diga.

— Cassie... por favor... agora não.

Sou Afrodite novamente. Ele não consegue esconder o quanto me quer, e é contagiante.

— Não quer que eu toque você? Não quer que eu seja sua namorada de novo? Para quebrar essa seca de três anos?

Passo o dedo sobre a ereção dele, por cima da calça. Ele solta um assovio e pragueja. Eu sorrio e continuo.

— Porra, não tem graça. Estamos trabalhando.

Pressiono a palma da mão sobre ele. Seu corpo inteiro fica tenso.

Aaah, aí está. A adrenalina do poder. Meu domínio sobre ele está escrito no seu rosto. No jeito como seus cílios estremecem e se fecham.

— Droga...

Continuo a acariciá-lo e Ethan parece estar sendo eletrocutado. Geme e solta a pelve para a frente, o que prensa minha mão entre nossos corpos. Aperto-o, porque é só o que consigo fazer. Ao que parece é o bastante. Ele fica tenso e fecha os olhos com força, em seguida enrijece o maxilar para abafar um gemido. Após alguns segundos de tensão, relaxa e me olha, furioso.

Tento fingir inocência, mas não sou tão boa quanto ele. Depois do que acabei de fazer, isso fica óbvio.

Ele tira minha mão e coloca-a do lado da minha cabeça. Está irritado. Bem irritado.

— Você passou do limite — sussurra. — O que foi que eu fiz para merecer isso, porra?

Olho para baixo, constrangida demais para responder. O que estou fazendo?

— Você não precisa disso — diz ele, e fica claro que está tentando esconder como está furioso. — Qualquer que seja esse jogo, apenas pare. Você não precisa disso. Eu sou seu. Sempre fui. Achei que ler meus diários provaria isso para você.

— Certo, gente — diz Elissa pelo sistema de alto-falantes. — Temos um intervalo de meia hora enquanto organizamos a próxima cena, obrigada.

Ethan sai de cima de mim e agarra a camisa dele. Em seguida, sai do palco depressa, sem olhar para trás.

Meu rosto arde, e uma mistura de desgosto e culpa infiltra-se em minhas veias. Jogo o braço sobre os olhos, como se pudesse me esconder de mim mesma.

Ele tem tentado tanto me mostrar que mudou, e eu estou determinada a arrastá-lo de volta para nossos antigos padrões. Por quê? Porque são conhecidos? Porque me sinto segura neles? Que bem isso faria a qualquer um de nós, especialmente a mim?

— Cassie?

Abro os olhos e vejo Elissa parada acima de mim.

— Está tudo bem?

Tenho vontade de rir, histérica. "Bem" é tudo o que eu absolutamente não estou.

— Claro, Elissa. Tudo.

Ela assente, mas a linha cerrada da sua boca me diz que não está acreditando.

— Aham. Então, Ethan está enfurecido. O que foi que você fez?

Sento-me e passo as mãos pelos cabelos. A vergonha de Ethan pode estar de férias, mas a minha está muitíssimo presente.

— Ah, você sabe. O de sempre. Soltei minha vadia interior em cima dele.

Ela assente de novo. Sua desaprovação me engolfa como uma nuvem tóxica.

— Como sua diretora de palco, preciso lembrar-lhe que manter uma conduta profissional com todos os membros dessa companhia é uma exigência. Como irmã de Ethan, quero que saiba que ele se arrastou pelo inferno e voltou para se tornar uma pessoa melhor para você, e que, se você sabe que não tem chance de que isso dê certo, diga a ele agora e deixe-o seguir em frente com a vida dele.

— Sobre ir ao inferno e voltar, você está falando do acidente?

Ela franze a testa.

— Ele contou a você sobre isso?

— Relutantemente.

— Então você sabe o que ele passou.

Concordo com a cabeça.

— Sei. E quero que as coisas funcionem entre nós, mas não consigo mudar da noite para o dia.

— Sei disso. Nem Ethan, mas ele queria mudar. Você quer?

Marco atravessa o palco, claramente agitado.

— Elissa! Preciso de você. Estou com vontade de pegar o Lance e arrancar a pele dos ossos dele. Preciso que você me impeça.

— Estou indo.

Ela vai embora, e fico sozinha, sentada em uma cama falsa, em uma casa falsa, tentando descobrir como fazer todas as partes falsas de mim se juntarem para formar uma pessoa real.

* * *

Bato na porta do camarim.

Não há resposta. Quando entro, Ethan resmunga:

— Não disse para entrar.

— É, bem, você também não disse "vá para o inferno", então pensei que tinha uma chance.

Fecho a porta e me encosto nela. Ele está sentado no sofá na frente dos espelhos, a cabeça inclinada para trás e um braço jogado sobre os olhos. Está vestindo seu próprio jeans, o que é compreensível, dado o que acabou de acontecer.

— O que é que você quer, Cassie?

— Conversar.

— Não. Quero dizer: o que você quer de mim? Me diga o que estou fazendo errado. Porque estou realmente tentando, mas parece que tudo o que faço é encontrar novas formas de perder você.

Ele não se move. Não olha para mim. Apoio as costas na porta. Isso me lembra que a coluna existe por um motivo, e não só para segurar meus ossos.

— Desculpa.

Digo isso baixinho. Envergonhada. Com medo de que, depois de todo esse tempo, eu não sirva mais para ele. Que ele seja agora uma pessoa melhor do que eu já fui.

— Não precisa pedir desculpas — diz Ethan enquanto esfrega os olhos. — Apenas tinha uma grande fantasia romântica de como as coisas seriam quando ficássemos juntos de novo. Por incrível que pareça, esfregar meu pau, de roupa, em um ensaio técnico não fazia parte do plano.

Ethan continua paralisado. Sento ao seu lado e tiro o braço do seu rosto. Ele está corado. Não sei se é de constrangimento ou de raiva. Talvez ambos.

— É, eu meio que perdi esse memorando. Desculpe por fazê-lo ter um orgasmo contra a sua vontade.

Ele ri.

— É irônico, se pensar na quantidade de vezes que eu quase implorei para que me tocasse assim. Eu quase tinha me esquecido de como você consegue me fazer gozar rápido quando decide fazê-lo. É mortificante.

Ele continua sem olhar para mim. Em vez disso, olha para as mãos enquanto mexe na barra da minha saia e ocasionalmente toca na minha coxa.

— Não sabia se ainda afetava você assim — digo. — Pensei... que talvez... você tivesse superado isso.

Agora ele me encara, sem poder acreditar. Abre e fecha a boca e pisca. Depois franze a testa, olhando para o chão, para a parede, para os espelhos, antes de fazer um ruído incrédulo e olhar de volta para mim.

— Você me conhece, não é? Sou Ethan. O cara que liga bêbado tarde da noite. O cara que agarra bundas compulsivamente. Que adora olhar peitos. O sempre-ereto-em-sua-presença masturbador em série. Como é que eu poderia ter superado isso? Na verdade, piorou ao longo dos anos. Esqueceu que acabou de me assistir gozar depois de me acariciar por menos de três minutos?

Sua completa estupefação me faz rir.

Ele sacode a cabeça.

— Que declaração maluca. Deixar de me sentir atraído por você? Deus. — Ele faz uma pausa. — Então, mistério resolvido. Foi gratificante me ver perder o controle em um tempo recorde?

— Um pouquinho.

Ele concorda.

— Pelo menos você está sendo sincera.

Sincera. Certo. Ele costumava me dizer que eu ia ficar horrorizada se soubesse o que se passava pela sua cabeça todo dia. Agora o contrário é verdade. Mesmo assim, sei que nada vai melhorar entre nós se eu esconder coisas dele.

Respiro fundo e digo:

— Elissa disse que preciso saber se consigo fazer isso dar certo, e que, se não conseguir, preciso deixar você seguir com a sua vida.

Ele se volta para mim, com uma expressão intensa e enfurecida.

— Amo minha irmã, mas ela realmente precisa parar de dar péssimos conselhos a você.

— Ela está tentando protegê-lo.

— Não preciso de proteção.

— Não? Você já parou para pensar que talvez esteja colocando toda sua esperança em algo fadado ao fracasso?

Isso o faz parar. Ele me examina.

— Não. Você já?

Quero rir.

— Ethan, eu *só* pensei nisso nos últimos três anos. Quer dizer, sei que o acidente inspirou você a ser melhor e tentar me conquistar de volta ou sei lá o quê, mas, até começarmos essa peça, não sabia disso. Até onde eu sabia, tínhamos ficado no passado. Já tínhamos ficado no passado há muito tempo. Eu tinha meu futuro todo planejado, e, apesar de ser doloroso admitir, você não faria parte dele. Agora, preciso voltar a pensar na possibilidade de que você mudou e vai estar por perto? Quer dizer, por favor. É difícil processar. Você já pensou que seu plano épico para nos reunir deveria ter incluído me consultar?

— Tentei dizer a você nos e-mails.

— Mas não disse. Você me disse que estava se tratando e que desejava voltar a ser parte da minha vida, mas falou em sermos amigos, nada além disso. Você nem me disse que me amava, lembra?

Ele esfrega os olhos.

— Pensei que tinha tudo planejado, mas... droga, Cassie, sinto muito. Sou meio novo nessa coisa de conquistar-de-novo-o-amor-da-minha-vida.

Ele diz isso com tanta facilidade. Como se não fosse uma das coisas mais espetaculares que já pronunciou.

Amor da minha vida.

É um puta clichê, mas é exatamente o que somos um para o outro. Ainda que nos afastemos agora, e tenhamos outros relacionamentos, é isso que seremos para sempre. Algumas pessoas nunca descobrem. E, no entanto, ele está bem aqui diante de mim, e não tenho ideia de como mantê-lo.

— Cassie, lembra como você ficava irritada quando eu estava pensando algo importante, mas não contava para você?

— Lembro.

— Bem, vejo que é isso que está fazendo agora. Quer compartilhar?

Suspiro.

— Estou pensando que... Quero mesmo mudar, mas não sei como, e parte de mim acha que pode ser tarde demais, de qualquer forma.

— Não é verdade.

— E se for? Negar como isso pode acabar mal não significa que não vai acontecer. Acho que você acredita que ignorar que estou machucada vai de algum modo fazer com que não seja verdade. Mas é.

— Cassie...

Fico de pé e ando de lá para cá. Ele quer saber o que estou pensando? Subitamente sinto vontade de abrir tudo para ele.

— E algumas vezes penso que o único motivo de você me querer de volta é porque somos sexualmente espetaculares juntos. Mas e se voltarmos, e daqui a meses nos dermos conta de que, exceto o sexo ótimo, na verdade não temos nada em comum? Aí teremos passado por tudo isso para nada.

— Isso é besteira, e você sabe.

— É mesmo? Talvez sejamos só um desses casais voláteis que transam como bichos por alguns meses, e depois seguem seus caminhos separados. Nunca tivemos de fato a chance de tirar o outro da cabeça. Mas e se conseguirmos? E se finalmente nos dermos conta de que todas as loucuras que alimentavam nossos problemas também alimentavam nossa paixão, e que sem elas afundamos?

Ele me encara.

— Você não acredita nisso de verdade.

— Talvez acredite. Nem sei mais.

Ele balança a cabeça e sorri.

Sorri.

Por que não parece aterrorizado? Acabei de jogar toda minha loucura em cima dele, e ele parece totalmente calmo.

Que porra essa terapeuta fez com ele? Será que removeu cirurgicamente todo o medo e o pânico dele?

— Cassie, venha cá.

Ele continua tão calmo, como uma porcaria de Buda. Se Tristan estivesse aqui, ele teria uma ereção zen.

— Por favor — diz ele enquanto borbulho em minha agitação. — Preciso lhe mostrar uma coisa.

Vou até ele. Ethan toma minhas mãos e as acaricia delicadamente, e em seguida me puxa para a frente até que eu esteja sentada nele.

Agora estou agitada e excitada. Sem ter certeza do que isso vai provar.

— Pensei que manteríamos tudo platônico — digo quando ele agarra meus quadris.

— Vamos manter.

Esfrego-me em sua crescente ereção.

— Aham. Esse cara está dizendo que você é um mentiroso.

Ethan me envolve com os braços e me puxa para perto. O contato é quase excessivo. Uma ânsia perversa cresce imediatamente, reforçando o que digo sobre nossa química sexual conduzir o trem desastroso da nossa relação. Quero aliviar o ardor, mas ele enrijece os braços e me abraça. Respira no meu pescoço e me envolve em reconforto enquanto me incentiva a relaxar mais a cada respiração.

— Apenas respire — sussurra. — Ignore todo o resto.

Fecho os olhos e tento fazer o que ele diz.

Em alguns minutos meu desejo refluiu para uma sensação vaga, mas em seu lugar há outra coisa. Uma efervescência no meu sangue.

Ele alisa minhas costas, e me derreto nele. Ele se recosta e eu sigo. Depois de um tempo o resto do mundo deixa de existir.

Nosso universo é a lufada de ar entre os lábios dele e minha garganta. O roçar dos seus dedos no meu pescoço.

— Está sentindo? — sussurra ele. — É isso que nos faz voltar, apesar de tudo o que passamos. É por isso que eu precisava mudar, e é por isso que, apesar de tudo o que fiz para te machucar, você não consegue ir embora. A forma como nos afogamos um no outro. A forma como não consigo distinguir a batida do meu coração da batida do seu. Temos esse ritmo perfeito, onde quer que nos encontremos, e *essa* é a nossa essência. Não é só sexo. É isso.

Ele me empurra para trás para que eu veja seu rosto.

— Cassie, quero ficar com você. Para sempre. Se isso significar ficarmos nus e fazer amor de uma centena de modos diferentes, todos os dias pelo resto das nossas vidas, vai ser fantástico. Mas se for para sentarmos e conversarmos, entre arame farpado e armaduras de ferro, vai ser fantástico também. Apenas quero você. Agora. Daqui a uma semana. Daqui a um ano. Daqui a uma década. Assim que se sentir pronta. Tudo o que desejo é nunca ter de mudar. É você. Só você. Nua ou vestida, não importa para mim.

Respiro com dificuldade. O que ele está dizendo...

Ele acaricia meus braços e me mantém presa a este momento.

— É por isso que não faço sexo há três anos — diz ele enquanto sobe as mãos pelos meus ombros e acaricia minha nuca. — Havia muitas garotas que me lembravam de você. Mesmo cabelo, olhos, mesmo sorriso. Se eu apertasse os olhos, poderia facilmente fazer de conta que elas eram você. Mas não queria uma parecida. Não consigo fazer sexo sem sentimentos desde você, e já que você é a dona de todos os meus sentimentos, com quem eu ia fazer sexo? Desde o momento em que a encontrei, sempre ia ser com você.

Inclino minha cabeça contra a dele.

— Mas...

— Sem "mas". Se nossa relação fosse baseada apenas em sexo, você acha que teríamos passado por tudo o que passamos? Sexo é fácil. É uma coceira que precisa ser coçada, e mesmo adorando fazer sexo com você, o que desejo de você não é fácil. É bagunçado e complicado, e cheio de tanta paixão que não tenho ideia de como lidar com isso tudo. Mas vou encontrar um jeito, porque amo você. E o amor é difícil, mas vale a pena. *Você* vale a pena. E espero que um dia se dê conta de que eu valho a pena também.

Me sinto chocada demais para falar.

Sei que ele vale a pena. Sempre soube. Sabia antes dele, só preciso parar de duvidar que podemos fazer isso dar certo.

— Ethan? Sua terapeuta... será que ela me aceitaria?

Ele franze a testa.

— Não sei. Quer tentar?

Aceno com a cabeça.

— Preciso mudar. Mas não consigo fazer isso sozinha. Preciso de ajuda. Não quero ficar... mais... assim.

Ele me puxa para um abraço, e sua respiração está ofegante contra minha garganta enquanto aliso o cabelo dele.

— Sinto muito.

— Eu sei.

— Vamos passar por isso. Não tenha dúvida.

Abraço-o mais forte.

— É esse o plano.

capítulo dezenove
EVOLUÇÃO EMOCIONAL

Quatro anos antes
Aberdeen, Washington

A questão sobre desenvolver um vício é que isso acontece tão rápido que você não se dá conta de como está encrencada até ser tarde demais. Entra na ponta dos pés nos cômodos do seu corpo e da sua mente, inserindo com cuidado ganchos e fios em todas as células, até que seja difícil saber onde você acaba e ele começa. E desemaranhar essa teia é quase impossível.

No final do nosso segundo ano na Grove, meus encontros sexuais com Ethan aumentaram em frequência, mas digo a mim mesma que tudo está sob controle. Quando vagamos para áreas que parecem íntimas demais, fico em abstinência por um dia ou dois para me lembrar que ele é um artigo de luxo, não uma necessidade. Apenas quando viajo para casa no verão é que me ocorre que posso estar com problemas.

Nos primeiros dias, fico bem. Durmo. Passo um tempo com meus pais. Ouço música e rezo para que tenha sol. No final da primeira semana, estou desassossegada. Agitada e excitada. Penso demais nele. No rosto. No cheiro. O que não daria por uma única baforada do cheiro dele.

Na metade da segunda semana, arranjo um emprego na cafeteria local, meio como distração, para me fazer parar de pensar nele, e meio para sair de casa de maneira a não ter de escutar meus pais discutindo.

No final da terceira semana, estou com a síndrome de abstinência completa. Estou irritável. Intolerante. Precisando de uma dose de alguém que está do outro lado do país e com raiva de todo mundo que não é ele.

Acho que ele sente minha falta também, porque na volta do trabalho para casa, no começo da quarta semana, recebo uma mensagem.

> Oi. Elissa conseguiu me arrastar para ver *Wicked* na Broadway. Envergonhado de dizer que gostei. Volte logo, estou devolvendo minha carteirinha de homem. Espero que seu verão esteja menos chato.

E, em um instante, fico animada. Constrangedoramente. Faço uma dancinha e pulo pelos degraus da escada de casa.

Minha mãe e meu pai param de se bicar só pelo tempo de me cumprimentar na chegada, e vou direto para o meu quarto.

> Elissa arrastou você, é? Não minta. Sempre suspeitei que você era um fã de musicais no armário.

Um minuto depois, recebo uma resposta.

> Sim, você descobriu meu segredo sombrio. Quando estou sozinho coloco a trilha de *Funny Girl* e faço minha melhor imitação de Barbra Streisand. Vergonha para sempre.

Rio antes de cair em mim. *Droga. Errado.*

Sinto falta de fazer sexo com ele, é só isso. Não do jeito como encosta na minha mão quando passa no corredor. Não dos olhares carinhosos que ele me lança quando sabe que ninguém mais está vendo. Não do jeito como ele regularmente me arrasta para vãos de escada, banheiros ou cantos escuros do depósito dos figurinos só para poder me beijar.

É só do sexo que sinto falta.

Fecho os olhos e tento acalmar meu pulso acelerado e resistir à urgência de enviar outra mensagem.

Admitir seu problema é o primeiro passo.

Não admito nada.

Não sinto falta dele.

Não sinto.

— Pelo amor de Deus, Cassie, vou começar a chamar você de Carvão.

A exasperação transborda no tom de Ruby, e até pelo telefone consigo imaginar os olhos dela revirando.

— O quê? Por quê?

— Porque você está brincando com tanto fogo que vai acabar incinerada.

Estamos ao telefone há mais de uma hora. Ela me contou tudo sobre um cara que conheceu durante o verão, e depois de me assediar com detalhes demais das suas proezas sexuais, começou a me interrogar sobre Holt. Dizer que ela desaprova nosso arranjo seria um eufemismo enorme.

Depois que Ethan e eu começamos a sair, tentei manter isso escondido dela, mas tudo desandou após algumas semanas, quando ela voltou para casa inesperadamente e nos encontrou nus na sala de estar. Acho que nunca vi Ruby com tanta raiva. Ela ficou ali e nos detonou. Nem nos deixou nos vestir, só ficou ali gritando enquanto Holt e eu fazíamos o possível para nos cobrir com almofadas.

Depois disso, ela ficou sem falar comigo por dois dias. Estava furiosa por eu ter voltado com Ethan, é claro, mas acho que estava ainda mais furiosa por eu ter mentido. Desde então, jurei nunca mais esconder nada dela, o que é meio chato, porque, quando ela me pergunta se estou sentindo algo por ele novamente, preciso dizer a verdade.

— Não sei. Talvez.

Ela faz um som de desaprovação.

— O que quer que eu faça, Ruby? Que eu corte qualquer contato?

— Não estou dizendo isso. Só estou dizendo para ter cuidado. Se não conseguir que ele seja só um ficante, então talvez devesse parar com isso por um tempo. Quer dizer, ele não perdeu todo o seu passado em um passe de mágica, perdeu?

— Não, mas foi ele que começou a me mandar mensagens. Eu não estou fazendo nenhum movimento. Estou apenas reagindo aos dele.

— Isso não vai servir absolutamente para nada se ele se assustar de novo e fugir.

— Eu sei. Mas ele parece... diferente. Mais ousado. Mais alegre. Não sei.

— Bem, acho que não posso reclamar tanto. Você ficou muito menos melancólica depois que começou a transar com ele. Apesar de me dever dinheiro por todas as camisinhas que roubou.

— Pago de volta. Além disso, estou tomando pílula agora.

— Mesmo? Para que vocês possam transar sem camisinha? Ótimo. Mal consigo esperar para flagrar isso.

— Pedi desculpas um milhão de vezes.

— Isso não apaga as imagens mentais.

— Não estávamos nem fazendo sexo.

— Vocês iam. Aliás, já lhe dei parabéns pelo pênis do Holt? Eu ia fazer isso. Muito bom. Um dos melhores que já vi, na verdade.

Apesar da minha recém-descoberta confiança sexual, ainda consigo enrubescer.

— Bem, com a quantidade de paus que você já viu, é um elogio enorme.

— É mesmo. Enoooorme.

Rimos juntas. Estou com tanta saudade dela.

Infelizmente, estou com mais saudade ainda de Ethan.

É sexta-feira à noite, e a cafeteria está cheia. Estou levando cotoveladas de todos os lados, e embora goste de pensar que aguento, estou ficando mais exausta a cada minuto que passa.

— Pedido pronto!

Afasto o cabelo da testa e apresso-me para pegar os pratos no passa-pratos. Indo e vindo. Sorrir e servir.

— Aqui está. Bom apetite.

O movimento da noite parece não ter fim, e na hora em que consigo fazer uma pausa, às oito e quarenta e cinco, estou exausta e faminta. Pego um hambúrguer e saio pela porta de trás para comer. Meu celular vibra com uma mensagem.

> Tive uma ótima ideia hoje. Fazer uma camiseta onde está escrito "Sacudi o esqueleto no Museu de História Natural". Levá-la para o Threadless e ganhar um milhão de dólares. Avery compraria uma dúzia. Largaria o curso de teatro para virar o mané dos bares que se casa com a herdeira dos hotéis e fica famoso por conta da piroca gigante num sex tape tosco. Atenciosamente, Ethan (vulgo o Barão das Camisetas).

Rio e balanço a cabeça enquanto respondo.

> Detesto desiludi-lo, Barão, mas o Chandler do *Friends* fez essa piada há anos. Acho que você vai ter de ficar nas trincheiras com os outros plebeus. Que péssimo dia para ser você.

> Droga. Certo, plano B. Conseguir meu próprio reality show e ser preso por dirigir bêbado. Depois esperar pelas ofertas de papéis. Preciso ir. Tem bebida para ser bebida. Garotas fáceis para serem agarradas. (Estou brincando. A única garota fácil que estou agarrando é você. Bem, não agora porque está do outro lado do país, mas... quando voltar. Certo?

Que inferno.
Como responder a isso?

> Talvez.

> Não brinque comigo. É cruel. Só diga sim. Ou: porra, sim.

E começo a rir de novo.

Porra, sim.

(Faça de conta que eu inventei um emoticon de comemoração e que inseri aqui) Vejo você em 4 semanas. Vou ser o cara com o esqueleto sacudindo. Ele assina com uma carinha sorridente com a legenda Isso é meu emoticon **Animado para transar**

Rio de novo. Subitamente, esqueci o suor descendo pelas minhas costas, a dor nos pés e o cheiro de gordura da grelha na minha camiseta. Graças a ele, estou sorrindo como uma boba, e quando volto para dentro, uma das outras garçonetes pergunta se me dei bem no estacionamento.

Meus pais estão gritando de novo. Brigando como crianças sobre besteiras sem importância. Nada. Tudo. Eu queria sair, mas, como tantas vezes neste verão, está chovendo. Ponho os fones de ouvido e aumento a música.

Estou escutando Radiohead. É o que Ethan sempre ouve quando estou na casa dele. Enquanto escuto, quase consigo fazer de conta que ele está no quarto comigo me abraçando e me puxando de encontro ao seu peito.

Meu celular toca, e quando vejo o nome dele, fico com a boca completamente seca.

Céus.

Ele está me ligando.

Nunca ligou antes. Normalmente manda mensagens.

Não devia estar tão animada.

Deixo tocar. Não quero parecer muito ansiosa.

Dois... três toques. Atendo no quarto e finjo descaso.

— Alô?

— Ei.

— Hum... ei. Quem é?

Boa, Cassie. Mantenha-o ligado.

— É Ethan. Como identificador do seu celular deve ter lhe dito. Ou será que você arquivou meu número em *Melhor Transa do Mundo*?

Escutar a voz dele faz coisas estranhas comigo. Mas nunca o deixaria saber disso, então limpo a garganta e tento parecer entediada.

— Ah, oi.

— Oi.

É esquisito. Pessoas como nós não fazem isso.

— Por que ligou?

— Hum... Bem... Não sei, só estava...

A última palavra soa como "sochtava".

— Ethan, você está bêbado?

— Não completamente.

— Estar bêbado é como estar grávida. Ou está ou não está.

— Então não estou.

— Bêbado ou grávido?

— Nenhum dos dois. Embora... não sei. Não fiquei menstruado. A gravidez é uma possibilidade.

Sorrio sem querer.

— É mesmo?

— É. Quais são os outros sintomas de gravidez? Estou preocupado agora.

Quando fecho os olhos, quase consigo imaginá-lo deitado na cama, mexendo no cabelo escuro e rebelde. Na minha cabeça, ele está sem camisa, e a mão que não está torturando o cabelo está coçando os sulcos entre seus músculos abdominais.

Eu me dou conta de que pelo menos uma das mãos tem de estar segurando o celular, mas a fantasia fica mais excitante, então continuo com ela.

— Cassie?

— Hein?

— Estou em pânico por possivelmente estar grávido. Você devia estar me acalmando.

As palavras grudam um pouco uma na outra. É meio bonitinho.

— Certo, desculpe. Bem, eu não prestei muita atenção na aula de biologia do segundo ano, mas acho que o primeiro sinal de gravidez é cansaço. Você tem estado cansado?

— Sim. Muito.

— Irritado?

— Porra, sim. Muito irritado.

Quase consigo vê-lo franzindo a testa.

— Nenhuma novidade.

— Cala a boca.

— Como podemos ver.

— O que mais? — pergunta ele.

— Seios doloridos?

— Hum. Espere.

Ouço um ruído de roupas.

— O que está fazendo?

— Tirando a camisa, para verificar os seios. Espere... hum... sim. Estão meio doloridos.

Mais imagens para a fantasia. Dessa vez, dele passando a mão sobre o peito nu.

Não ajuda a manter minha compostura em rápido processo de deterioração.

— Seus... peitorais estão doloridos?

— É. — ele pigarreia. — Talvez você devesse vir para casa e beijá-los melhor.

Fico paralisada. Será que ele ligou para fazer sexo pelo telefone? Não fazemos isso. Ou pelo menos nunca fizemos isso até agora. Quer dizer, ele às vezes sussurra coisas para mim na sala de aula para me fazer corar, mas não me liga para flertar.

— Cassie? Está tudo bem?

Talvez.

Não tenho certeza.

Meu peito aperta de dor.

— Não devia ter ligado.

— Por que ligou?

Ele faz uma pausa.

— Estava deitado aqui, pensando em você e... apenas queria falar com você, acho.

—Ah.

Pergunte por quê. Pergunte, e veja se ele tem coragem de contar a você.

É claro que não o faço. O que temos está funcionando. Nós dois temos prazer, e ninguém se machuca. É completamente livre de "Liguei porque estou com saudade" e "estou com saudade porque amo você".

O que compartilhamos é um deserto emocional com um oásis de sexo, e estamos os dois bem com isso.

— Então... — diz ele, fazendo um esforço para afastar o constrangimento — o que você anda fazendo?

— Bem... Arranjei um emprego.

— Foi?

— Na cafeteria. É uma droga, mas preciso do dinheiro. E você?

— Andei fazendo alguns turnos na construtora em que trabalhava antes de entrar na faculdade. Muitas horas, mas paga bem.

— Sei...

Voltamos ao silêncio. Tenho o impulso urgente de contar a ele que estou sentindo sua falta, mas não consigo.

— Bem, é melhor desligar.

Ele sente isso também. É íntimo demais. Não vamos magicamente nos tornar amigos-que-se-falam-ao-celular. Mandar mensagens é diferente. Podemos fazer de conta que não damos importância. Qualquer coisa além disso e voltaremos para as zonas sombrias e perigosas.

— Certo, está bem. Obrigada por ligar.

Ele dá uma risada.

— É. Sem problema. Funcionou bem. Mando mensagem da próxima vez.

— Claro. Certo. Tchau.

— Boa noite, Cassie.

Desligo e suspiro. É melhor assim.

Mais simples.

Mais seguro.

Depois do telefonema terrivelmente constrangedor, imagino que não vou receber notícias de Ethan por alguns dias, mas isso não acontece. Em vez de continuar a me mandar mensagens uma ou duas vezes por semana, ele começa a mandá-las todos os dias. Às vezes, várias vezes por dia. Pequenas coisas. Coisas que me fazem sorrir. Que me fazem sentir muita saudade dele. Não do sexo com ele. Apenas dele. Sempre respondo. Nossas conversas estão se tornando ridiculamente compridas. É provável que fosse mais fácil se falássemos, mas, como tudo em nossa relação, nada pode ser fácil.

Quando o verão vai se encerrando, começo a contar os dias até a volta para Westchester. Sinto falta de tudo: do meu apartamento, do curso, dos colegas, de Ruby, até da comida horrorosa de Ruby.

De tudo.

Especialmente dele.

Mais uma vez, fui para a cama ao som dos meus pais brigando e, na manhã seguinte, quando desço tropeçando para encontrá-los sentados calmamente juntos à mesa da cozinha, sei que há algo no ar.

— Cassie, querida. Sente-se.

Meu pai está aquecendo uma xícara de café. Os olhos da minha mãe estão vermelhos. Há uma sensação de finalidade no ambiente que faz com que o ar pareça denso demais. A tensão alfineta minha coluna e aperta minha garganta.

— O que está acontecendo?

Antes que eles falem qualquer coisa, eu já sei.

— Meu bem, seu pai e eu temos algo a lhe dizer. Nós... bem, nós...

Minha mãe para. Meu pai coloca a mão por cima da dela e olha para a mesa.

— Vocês vão se separar.

Minha mãe tapa a boca com a mão e faz que sim com a cabeça. Aceno com a cabeça também. Meu pai finalmente olha para mim.

— Não tem nada a ver com você, pequena. Sua mãe e eu... não ficamos bem juntos. Nós nos amamos, mas não conseguimos mais viver juntos.

Concordo e enrijeço o maxilar. Não vou chorar. Olho para o centro da mesa. Concentro-me nele enquanto eles me contam como vai funcionar.

Meu pai vai ficar na casa. Minha mãe vai se mudar para a casa da irmã. Durante o verão, vou alternar entre eles. Perguntam se está tudo bem. Digo que sim.

Minha mãe tenta me fazer comer alguma coisa. Dou uma mordida na torrada e sinto como se fosse vomitar. Peço licença para ir tomar banho.

Quando a água escorre sobre meu rosto, faço de conta que não estou chorando.

Suspiro e me desprezo por estar triste. É ridículo me sentir assim. Tenho vinte anos, pelo amor de Deus. Vinte e um daqui a pouco mais de um mês. Não deveria ficar arrasada porque meus pais estão se separando, ainda mais que eu há anos sei que eles ficam melhor separados.

Mesmo assim, estou arrasada.

Pensar em vir para casa e não tê-los sob o mesmo teto me deixa triste, irracionalmente. Imaginar minha mãe se mudando da casa onde nasci e começando uma vida nova sem meu pai me deixa triste. Meu pai ter de lutar sozinho pela primeira vez desde que tinha minha idade me deixa triste.

Enquanto eles me levam para o aeroporto, continuo agindo como se estivesse tudo bem, mas não está. Talvez daqui a alguns meses fique, mas não agora. Despeço-me com um abraço e digo a eles que os vejo no Natal, e em seguida me pergunto onde vamos mesmo passar o Natal este ano. Será que estaremos todos juntos? Ou vou ter de ficar indo e vindo entre eles?

O resto da viagem passa em uma névoa. Entro em um avião. Cochilo. Saio. Fico sentada, de olhos vidrados, esperando a conexão. Entro em outro avião.

Sinto-me deslocada.

Sozinha.

Falei com Ruby na noite passada. Expliquei o que aconteceu. Tentei parecer blasé, mas ela percebeu algo na minha voz. Ofereceu encurtar o fim de semana dela para me buscar no aeroporto, mas não pude fazer isso com ela. Está feliz com o cara novo e merece saborear os últimos dias de liberdade antes de as aulas recomeçarem. A última coisa de que ela precisa é ter de consolar a mais nova vítima do nível epidêmico de divórcios nos Estados Unidos.

Quando o avião pousa, espero todo mundo passar antes de pegar minha mochila e caminhar até a saída. Os comissários são irritantes, acenando em despedida e dizendo que esperam que eu voe com eles em breve novamente. Em volta de mim por todo o aeroporto há pessoas se abraçando e se beijando, pessoas recebendo os que amam. Paro para observá-los, em parte porque estão bloqueando a passagem, mas principalmente porque só de observá-los parece que um pouco da alegria deles pode me contagiar.

De qualquer forma, não estou com nenhuma pressa de pegar um táxi e voltar para meu apartamento vazio.

Quando a família à minha frente finalmente abre espaço, prendo a respiração ao ver uma silhueta familiar parada do outro lado da área de desembarque. Alto. Cabelo rebelde. Roupas escuras. Rosto pensativo. Tenso e nervoso, como se não tivesse certeza de que não vou ficar furiosa por ele estar aqui.

Não estou. Na verdade, estou tão feliz que poderia chorar de alegria.

Ele deve ter identificado minha expressão piegas, porque tira as mãos dos bolsos e caminha na minha direção.

Está bonito. Tão bonito.

Move-se sinuosamente, mas há uma urgência reprimida em seu jeito de andar. Como se estivesse se forçando para não correr e me girar na frente de toda essa gente.

Há tanta coisa que desejo fazer com ele. Tanta coisa que desejo dizer.

Quando para na minha frente, ele pega minha mochila e pousa-a no chão. Depois me toma em seus braços e me traz com cuidado ao encontro do seu corpo.

Abraço o pescoço dele, e quando diz: "Sinto muito por seus pais. Que droga", apoio a testa no ombro dele para segurar o choro.

As pessoas em volta de nós vão embora devagar, e eu fico ali e deixo que Ethan me reconforte. Mesmo tendo sentido tanta falta de um ombro amigo, até esse momento não tinha me dado conta de que precisava dele.

O resto do mundo se dissolve enquanto ele me abraça e acaricia meu cabelo, e quando sussurra: "Senti sua falta", e eu sussurro de volta, a fantasia frágil de que somos apenas amigos que transam escorre pelo ralo.

Quando enfim chegamos ao meu apartamento, já é tarde e estou exausta. Ethan abre a porta e leva minha mochila para o quarto. Em seguida, volta e me abraça. Ele é tão quente e a sensação é tão boa que desabo sobre ele, quase apagando. Apenas a camada grossa de poeira de viagem que me cobre da cabeça aos pés evita que eu relaxe completamente.

— Preciso tomar uma ducha.

— Certo. Você quer que eu prepare algo para comer?

— Não tem nada.

— Posso sair e comprar alguma coisa.

Ele precisa parar de ser gentil. Eu já estou suficientemente encrencada assim.

— Não, obrigada. — Empurro-o até que sente na minha cama. — Apenas... fique. Não vou demorar.

Agarro o roupão e vou para o banheiro. Quando a água morna escorre sobre meu corpo, a sensação é tão boa que gemo. Passo o sabonete pelo corpo todo duas vezes; depois saio e escovo os dentes.

Quando volto para o quarto, ele está exatamente onde o deixei. Observa enquanto me aproximo, e o jeito como me encara me diz o quanto me deseja. A onda familiar de poder está de volta, mas acompanhada por outra coisa. Uma necessidade mais profunda. Algo que não me permito sentir há muito tempo. Faz com que minha pele arda e meu coração flutue, porque sei que esse é um dos momentos de definição de algo.

Eu.

Nós.

O pensamento me faz parar no caminho. Já estivemos aqui antes e, no passado, sempre fui eu que me abri. Que fiz pressão para que fôssemos mais.

Não dessa vez.

Se ele quiser, vai ter de pedir.

Se não for assim, vou ter de me afastar antes que meu coração adquira novas cicatrizes.

Espero. Ethan mal hesita antes de ficar de pé e vir até mim. Pega minhas mãos e me puxa em sua direção. Segura meu rosto. Me beija. Delicadamente. Tão delicadamente. Lábios quentes e língua suave. Em instantes, um calor doloroso percorre minhas veias, mas não deixo que me domine. Ele precisa segurar o leme dessa vez. Se eu aguardar, posso decidir se quero ir para onde ele conduz.

Os beijos tornam-se mais famintos, mas ainda deliberados. É como se ele soubesse que qualquer passo em falso vai me fazer correr, e estivesse determinado a não permitir que isso aconteça. Ethan deixa uma das mãos no meu rosto enquanto puxa o cinto do meu roupão e lentamente o desamarra. A ponta dos dedos passa pelo meu peito enquanto ele afasta o pano. Sinto-me nua demais, mas fico parada e luto contra o medo enquanto ele exige cada pedacinho da minha pele arrepiada, assustada, de uma forma que é bem mais do que sexual.

Ethan empurra o roupão dos meus ombros, que cai no chão. Fico ainda mais exposta.

Ele não se apressa. A boca segue os dedos. Acendendo fogueiras, e depois encharcando-as de querosene. Deixando sua marca pelo meu corpo todo. Fico tão tonta com isso que preciso segurar seus ombros para continuar de pé. Ele capta a deixa e me segura antes de me deitar na cama e continuar o que está fazendo sem perder o compasso. Beija meu peito, depois minha barriga, enquanto suas mãos mantêm meus seios aquecidos.

O hálito quente incendeia tudo o que toca, e ele desce mais. Afasta meus joelhos. Abre-me para ele, que geme quando encosta a boca em mim. Sussurros abafados me contam o quanto Ethan fantasiou aqueles momentos. Arqueio-me contra ele, e ele me mostra o que tem sonhado. Todas as maneiras que sabe falar com meu corpo.

Em pouco tempo estou arfando, tentando me controlar mesmo que ele esteja determinado a me fazer desmontar. Fecho os olhos com força e solto um gemido. Andei sonhando com isso também, mas a realidade é tão mais poderosa. Agarro o cabelo dele. Aperto e solto. Mais rápido e de forma mais intensa, no compasso dele.

Isso é diferente de como somos normalmente. Quero ficar de olhos fechados e fazer de conta que nada precisa mudar, mas ele não me deixa. Estou com o corpo tão arqueado que quase levito, quando ele para.

Tento segurá-lo. Fazê-lo terminar.

A cama afunda quando ele se afasta.

Abro os olhos e o pânico toma conta do meu peito.

Mas ele está apenas tirando os sapatos. Larga-os pesadamente antes de puxar as meias.

Pigarreia. Acho que está nervoso, mas não. Quer minha atenção no rosto dele, não nos pés. Quando estou olhando para ele, tira lentamente a roupa, começando pela camisa. Quando ela cai no chão, ele para. Agora está nervoso. Nunca fez isso antes. Ficar voluntariamente despido.

Assisto, fascinada.

Ele continua olhando para mim, como se tentasse provar algo.

Desabotoa a calça e empurra-a para baixo; em seguida, sacode a cabeça como se não acreditasse que está tirando a roupa para mim. Agora está só de cueca boxer. Que se ajusta a cada centímetro dele.

Me dou conta de como tenho olhado pouco para ele durante nossos encontros sexuais. Observá-lo parece quase errado. Como se eu não devesse, já que ele não é meu. Cada aspecto é tão conhecido, mas é como se fosse uma obra de arte que andei admirando de longe, sabendo que nunca estará pendurada na minha parede.

E, mesmo assim, essa pequena exibição está me mostrando que ele quer me pertencer.

Ethan abaixa a cueca, e então é só ele mesmo. Ele, gloriosamente nu. Está constrangido, mas me deixa observar. Será que nota como minhas artérias dilatam e enviam uma onda de calor que invade meu corpo todo?

Será que nota como estou mal equipada para lidar com o tamanho do meu desejo por ele?

De cada parte dele.

O silêncio se estende em volta de nós. Ele está ali parado, nu, silenciosamente pedindo permissão para ser mais, e eu não tenho coragem de responder.

Meu coração acelera, e volto a deitar na cama. Em instantes, ele está ali, quente e reconfortante. Beija meu rosto. Tira minha mão de cima dos olhos.

— É tarde — diz. — Você está cansada. Se quiser que eu vá embora, é só me dizer.

Não quero que vá.

— Não é tão tarde — digo.

— Mas é tarde demais?

Abro os olhos. Ele está me olhando de cima, vulnerável e intenso, e não está perguntando de números em um relógio.

Minha mente gira enquanto tento imaginar o que dizer.

Não quero me sentir tão confusa, mas nossa relação é como um daqueles jogos de corda chineses, e cada corda que nos aproxima também nos afasta. Será que vai chegar o momento em que teremos o avanço sem o recuo?

Ethan me beija, e apenas sua respiração rápida me diz que ele não está completamente calmo.

— Diga que não é tarde demais — sussurra sobre meus lábios, como se ele pudesse me fazer dizer as palavras. — Eu preciso que não seja tarde demais para nós.

Essa é a hora. Aquela em que preciso escolher. Daqui, meu futuro bifurca em duas linhas do tempo distintas. Em uma, eu o puxo para cima de mim e deixo-o me mostrar a diferença entre transar e fazer amor. Na outra, afasto-o e me resigno a imaginar para sempre: "E se?".

Não sou do tipo que aposta. Nunca entendi como algumas pessoas conseguem se viciar em jogos cuja probabilidade de perder é tão alta. Não são pessoas burras. Sabem que as chances não estão a seu favor, e mesmo assim arriscam mais do que podem perder.

Agora acho que finalmente entendo.

Perder não é o que as move. É o vislumbre daquela vitória espetacular. A bolada salpicada de luzes brilhantes e um cheque enorme do Banco de Felizes para Sempre. *Essa* é a onda de adrenalina que os faz enfiar as mãos nos bolsos. O momento excitante, emocionante, do segundo antes que a bola caia, ou que a carta vire, ou que o gatilho dispare.

— Cassie?

Mil para um. Dois mil. Setenta mil.

O primeiro número é quase irrelevante. É o *um* que faz com que as pessoas se arrisquem. Esse *um* esquivo e mágico.

— Por favor, olhe para mim.

Olho. Olho e vejo. O coração bem-intencionado dele. O ego machucado e arisco dele.

Beijo-o com força. Ethan murmura, surpreso, antes de retribuir.

Beijo-o e puxo-o. Puxo-o para cima de mim. Tento ultrapassar a linha do "só transar" e ver se me sinto mais segura ali. Agarro seus quadris e tento conduzi-lo para onde o quero. Ele tenta resistir, mas sou persistente, e ergo meus quadris para deslizar contra ele até que sua respiração fique tão pesada que ele pareça sofrer.

— Droga, Cassie, espere...

Ethan inclina a cabeça quando eu o toco, e deixo seu corpo tão tenso que ele não tem escolha senão me penetrar para ver se alivia o ardor.

No instante em que entra em mim, me dou conta de que não estou nem remotamente preparada para essa sensação deliciosa. Para o jeito como meu corpo canta enquanto o envolve calidamente.

Em algum lugar entre a última vez que transamos e nossas conversas intermináveis por mensagem, perdi a habilidade de manter meus sentimentos compartimentados, e agora "só transar" não é mais uma opção possível. Ele solta um gemido longo quando seus quadris finalmente encaixam-se nos meus. Depois para e ofega por alguns segundos.

Será que foi assustador também para ele? Será que ele percebe aquela pequena centelha de possibilidade?

Tento me mover, mas ele me impede.

— Pare. Espere.

Ele respira profundamente e recua, depois avança de novo. Devagar e determinado. Ele não está me comendo. Ele quer que eu sinta. Como seu corpo inteiro está tentando me mostrar suas intenções.

— Cassie, abra os olhos.

Eu faço isso. Seu rosto está mais despido do que o corpo jamais esteve. Cada estocada delicada se denuncia no jeito como sua boca se move sem fazer barulho. Ethan nem mesmo tenta esconder como está se sentindo.

— Quero ficar com você. Por favor. Não me faça implorar, porque estou desesperado o suficiente para fazer isso, e, juro por Deus, não vai ser bonito.

Ethan vai mais rápido. Ergue minha perna até seu ombro. Penetra mais fundo e observa minha reação. Sustento meu olhar. Silenciosamente me pede para não desviar os olhos.

— Por favor, diga alguma coisa.

A voz dele está tensa. Baixa e sonora. Pontuada pelos seus movimentos. O que está fazendo. Fisicamente. Emocionalmente. É demais.

— Apenas diga sim — diz ele, respirando e ofegando. — Estou tão incrivelmente cansado de tentar viver sem você. Não está cansada? De fazer de conta que não quer tudo? Eu realmente acho que posso conseguir dessa vez. Nós. Por favor. Quero tentar.

Seus movimentos vão ficando erráticos, mas ele não desvia os olhos. Enfio as unhas nas suas costas, puxo seu cabelo, agarro seu quadril enquanto me arqueio de prazer.

— Cassie, por favor.

Ele quase não está aguentando. Nem eu. Não consigo dizer não a ele. Pode ser a pior aposta que já fiz, mas também pode ser O Cara. Como não dar uma chance a isso?

— Sim.

Aguento só o tempo para ver o alívio deslumbrado no sorriso dele, e logo não consigo mais manter os olhos abertos, e estou flutuando tão alto e tão rápido que digo palavras sem sentido contra seu ombro. Repito a palavra "sim" uma e outra vez. Prendo a respiração quando meu mundo inteiro se contrai em uma união perfeita com meu orgasmo.

Nunca senti algo assim.

Mesmo nos momentos mais ardentes e mais desesperados, nunca foi tão incrível. Ainda estou tremendo quando ele enfia a cabeça no meu pescoço e geme.

— Cassie... Eu... Meu Deus... Eu amo você. Eu amo você.

Abraço-o enquanto estremece. Acaricio seu cabelo e seguro-o enquanto aguardo que paremos de tremer.

Tantas emoções correm e turbilhonam pelas minhas veias, pulsando e circulando em uma onda que parece que não vai acabar nunca.

Quando finalmente vai se acalmando, ele ainda está enroscado em mim. Ainda está dentro de mim.

Não o deixo ir. Não sou capaz.

Por tanto tempo alimentei uma imagem negativa dele. Fechei os olhos para sua beleza e os ouvidos para seu encanto. Mas meu coração...

Tentei endurecê-lo contra coisas que eu não queria sentir, e mesmo assim, aqui estou, sentindo tudo.

Apesar de sua força impressionante, nossos corações são feitos de casca de ovo, e às vezes basta que alguém de quem você tinha quase desistido declare seu amor por você para quebrá-la e deixar o coração exposto.

capítulo vinte
AGORA E SEMPRE

Hoje
Nova York
Teatro Graumann

Jogo água morna no rosto para lavar o resto da minha maquiagem de cena. Depois de enxugar, olho para a estranha no espelho.

Sem cílios extralongos, bochechas falsamente rosadas ou lábios vermelho-Lolita. Só eu. Pele pálida e manchada. Olhos cor de azeitona cansados demais do mundo para cintilar. Cabelos castanhos cheios demais de laquê para brilhar.

Não desgosto da minha aparência. Tudo está na proporção certa.

E, no entanto, essa garota me olhando de volta? Em algum lugar do caminho, acho que perdi a noção de como gosto dela.

Minha nova terapeuta está ajudando. Em quatro sessões, conseguimos avançar bastante.

Falamos de um amplo leque de questões: minha infância, minha mãe excessivamente crítica, meu pai emocionalmente distante, minha necessidade de agradar as pessoas, o divórcio dos meus pais, e, é claro, Ethan.

Sempre Ethan.

Ela me fez descrever como nos conhecemos. Nosso primeiro beijo. O instante em que me dei conta de que estava apaixonada por ele.

Fez eu me lembrar de todas as formas como ele me excita.

Sei que precisamos falar dos tempos ruins também. Estou apenas hesitante em revivê-los.

Ouço uma batida na porta.

— Entre.

Não preciso nem me virar para saber que é ele.

Fica parado atrás de mim, e seu peito irradia calor, mesmo que não esteja me tocando. Observo-o no espelho enquanto ele me examina. A expressão no rosto dele me faz imaginar o que está vendo que não vejo.

— Você foi fantástica hoje.

Balanço a cabeça.

— Não, você é que foi. Eu apenas fui contaminada.

— Não é assim que me lembro.

— É porque você sabe dizer todas as coisas para me fazer sentir bem.

— Ah, é mesmo? Eu faço você se sentir bem?

Ele se aproxima, mas não me abraça. Só encosta, mal está ali. Ele é tão mais alto do que eu que minha cabeça roça seu queixo.

— Tudo o que desejo nestes dias é fazer você se sentir bem — diz ele, em voz baixa. — Não importa como.

Tenho certeza que Ethan não pretende que essa declaração seja incrivelmente excitante, mas é. Não consigo deixar de pensar que fazer amor com ele me faria me sentir estupidamente bem, e Deus sabe que preciso desse alívio de tensão. Mas, falando com a dra. Kate, eu me dei conta de que seria um passo monumental na direção errada. Pelo menos por ora.

Ele sabe também. Tem sido muito cuidadoso em manter nosso contato fora do palco o mais platônico possível. É torturante. Entender que é a melhor decisão não diminui o problema.

Mesmo agora, vejo-o lutando para não tocar em mim.

— Você se dá conta de que é estonteante, não é? — diz ele para o meu reflexo, e eu me encosto nele.

— Estou ficando com rugas.

Ele me abraça.

— Besteira.

— Minha pele está rachando com a maquiagem.

Entrelaço os dedos nos dele e ele repousa o queixo no meu ombro.

— A minha também. E daí?

— Achei um pelo no meu queixo outro dia. Um pelo longo e escuro saindo de uma pinta. Estou oficialmente me transformando numa bruxa. Fuja enquanto pode.

Ele ri e encosta o nariz na minha bochecha.

— Nunca mais vou fugir. E, por favor, pare de tentar me convencer de que você é qualquer coisa diferente de absolutamente linda, porque não vai adiantar. Você é perfeita. Sempre foi. Sempre vai ser. Assim mesmo. Com pele rachada, rugas, pelos no queixo e tudo.

E, em um piscar de olhos, ele faz todas essas falhas imaginárias desaparecerem.

— Você é parcial — digo enquanto me afasto dele e aplico um pouco de pó facial.

Ele encosta no balcão e observa.

— Totalmente parcial. Orgulhoso de sê-lo. Ponha um pouco de brilho nos lábios.

Volto-me para ele.

— O quê? Você acabou de dizer que gosta de mim ao natural.

— Gosto. Também gosto de olhar esse biquinho que você faz quando passa batom. É sexy pra caralho. — Ele puxa uma cadeira e se senta. — Na verdade, ponha e depois tire. E ponha de novo. Apenas continue repetindo o processo até que eu diga para parar. Para sua informação, podemos ficar aqui por um tempo.

Sorrio e pego o brilho labial. Tiro a tampa e o aponto para ele.

— É isso que você quer, meu bem? Essa ponta esponjosa e úmida arrastando-se sobre meus lábios? Isso excita você?

O corpo inteiro dele estremece e ele põe as mãos nas coxas. Em seguida, fecha os olhos e pousa os cotovelos sobre os joelhos enquanto esfrega o rosto.

— Você fica me atiçando com imagens mentais contra as quais você sabe que sou totalmente indefeso. Será que as palavras "seca de três anos" não dizem nada para você, garota? Meu pavio está bastante curto aqui.

— Já vi seu pavio. Não é curto de verdade.

Ethan faz um ruído e entra no meu banheiro.

— Espere aí. Não vou demorar.

Rio quando ele bate a porta.

Aproximadamente três minutos depois, ele está de volta. Senta-se no sofá enquanto acabo de arrumar as coisas.

— Então, está gostando da dra. Kate? — pergunta ele, trazendo de novo a conversa para a área permitida para menores.

— Ela é ótima. Embora seja meio estranho chamá-la de dra. Kate. É como se ela tivesse seu próprio talk show, como o dr. Drew.

— É, mas, ao contrário do dr. Drew, Kate é o sobrenome dela.

Paro e volto-me para ele.

— Achei que fosse o primeiro nome.

— E é.

— Mas... quer dizer que o nome dela é...

— Kate Kate. Sim, ela casou com o dono de uma grande construtora. William Kate.

— Hum. É como se eu me casasse com a Taylor Swift. Ela seria Taylor Taylor.

Os olhos dele brilham.

— Hum, vamos então continuar com essa ideia. Como seria a noite de núpcias?

Dou uma tapa na perna dele.

— Não, sério — diz Ethan e se inclina para a frente. — Eu quero mesmo saber. Começando por quando vocês se beijam apaixonadamente e tiram a roupa uma da outra.

Eu rio e continuo a arrumar minhas coisas.

Ethan me observa em silêncio por alguns minutos e diz:

— Então, se você e eu nos casássemos, você usaria meu sobrenome? Ou esperaria que eu me tornasse Ethan Taylor-Holt?

E, em um piscar de olhos, o sangue some do meu rosto.

Ele ri.

— Cassie, relaxe. Não estou pedindo você em casamento.

— Ah. Certo.

Meus pulmões voltam a funcionar.

Ele me lança um meio sorriso.

— Ainda.

Instalo-me na poltrona de couro enquanto a dra. Kate cruza as pernas. Ela ficaria ótima num comercial de sensuais óculos de aro de tartaruga. Em toda sua loirice perfeita e seus sapatos assinados.

— Oi, Cassie. Como vai?

— Estou bem.

A dra. Kate me lança um olhar. Não se espera que eu use respostas automáticas sem sentido. Mas que descreva meus sentimentos da forma mais sincera possível. Identificar e confrontar.

— Hum... certo, estou... nervosa. Confusa. Um pouco enjoada.

— Aham. — Minha declaração é recompensada com um sorriso. — Como vai a peça?

— Bem, eu acho. As sessões de pré-estreia foram bem recebidas. O burburinho pela cidade é positivo.

— A estreia é hoje, não é?

— É.

— Quais são suas expectativas?

— Vou ficar doente de nervosismo. Depois fazer alguns exercícios de concentração e tentar me convencer de que posso me transformar tão completamente em outra pessoa que minha insegurança galopante vai ficar quase invisível.

Ela me dá um sorriso de verdade dessa vez.

— Bem, isso parece exaustivo. Como está Ethan?

— Irritantemente paciente. Compreensivo. Perfeitamente calmo. Com relação a nós, pelo menos. Nervoso com relação à peça, é claro.

— Parece que a paciência dele tem frustrado você.

— E está. Ele faz parecer tão ridiculamente fácil.

— Tenho certeza de que não é, mas ele vem trabalhando nisso há um bom tempo. Esta é apenas sua quinta sessão. Acho que você está indo muito bem.

— Acha?

— Sim. Estou impressionada com a forma como você tem abraçado esse processo.

— Quero melhorar.

— Eu sei. E essa é uma plataforma fantástica sobre a qual construir sua recuperação.

Aliso minha saia pela décima vez. Não alivia minha tensão.

A dra. Kate espera pacientemente. Ela sabe que começarei quando estiver pronta.

— Então... — digo —, sonhei com Ethan na noite passada. Como ele era. Consigo ver tantos paralelos entre como ele era naquela época e como sou agora.

— Como você se vê agora?

— Cautelosa. Desesperada para me proteger.

— Já houve algum período em que você se sentiu bem-sucedida em se proteger?

— Depois do nosso primeiro rompimento, sim. Por um tempo.

A dra. Kate escreve alguma coisa em seu bloquinho antes de olhar para mim de novo.

— Se você fosse invocar uma imagem mental de si mesma naquela época, qual seria?

Penso por alguns instantes.

— Da primeira vez que ele partiu meu coração, tentei virar uma fortaleza. Um castelo com muros altos e impenetráveis.

— E o que era Ethan nesse cenário?

— Ele era aquela... força irresistível, e não importava quão altos fossem os muros que eu construísse, ele continuava encontrando uma forma de entrar.

— Então você lutou para mantê-lo fora.

— Todos os dias.

— E quando embarcou em uma relação sexual com ele novamente, isso ficou mais difícil?

— Sim.

Mil vezes sim.

— Em sua analogia, você tentou ser impenetrável. O que mudou?

Tudo.

— Ele me pediu para abrir a porta.

Acordo com uma sensação de ânsia insistente. Em seguida, registro lábios no meu pescoço, mãos nos meus seios, uma ereção pressionando minha bunda e tudo volta...

Ethan foi me buscar no aeroporto.

Ethan perguntou se podíamos tentar de novo.

Ethan disse que me amava.

Ethan disse que ia passar a noite aqui, para poder fazer amor comigo de manhã.

Bem, é de manhã e... ele não foi embora. Não ficou assustado. E parece ter a intenção de manter a promessa.

Sinto-me encorajada, principalmente pela forma como me abraça. Parece que ficou enroscado em mim a noite inteira e se conteve para não me tocar.

Ele continua a beijar e chupar. Estendo a mão para trás e enrosco os dedos no cabelo dele. Quando ele morde meu ombro devagar, faço uma nota mental para sempre ser acordada assim.

Ele faz um som baixo e desesperado enquanto continua a se esfregar em mim, e sinto tanto desejo que está ficando desconfortável.

— Bom dia — digo com voz rouca.

— Hummm. — Seus lábios vibram sobre mim quando ele passa uma das mãos pela minha barriga, depois mais para baixo, para pressionar onde a sensação está mais forte. Eu me aconchego nele, e com um ajuste mínimo, ele lentamente me penetra.

Prendo a respiração. A sensação é forte demais. Depois solto um longo gemido enquanto ele respira forte sobre o meu ombro.

Quando estamos plenamente unidos, ele diz:

— Agora é um bom dia.

Em seguida prossegue redefinindo o quanto o dia pode ser bom.

Duas vezes.

A dra. Kate escreve em seu bloquinho e pergunta:

— Então, você o aceitou de volta?

— Aceitei.

Ela presta atenção na forma como cruzo e recruzo as pernas.

— Foi uma decisão difícil?

— Sim e não. Eu senti tanta falta dele que foi um alívio me permitir tê-lo de novo, finalmente.

— Mas...?

— Mas...

É difícil falar. Passei tanto tempo me escondendo desses sentimentos, que parece exposição demais falar deles.

— Precisa de uma pausa?

— Não, está tudo bem. — Respiro profundamente. — Desde o comecinho, fui cautelosa. Estava procurando sinais da antiga personalidade dele, mas, no começo, ela não estava ali.

Quinta à noite. Sexta-feira. Sexta-feira à noite. Sábado.

Ele não vai para casa.

Fora uma saída para comprar comida, ele não se veste. Mal sai do meu lado.

Cozinha para mim. Nu. Seu talento na cozinha é quase tão incrível quanto seu talento na cama, e isso não é pouco.

No sábado à noite, ele me leva ao cinema. Compra minha entrada e tudo. Segura minha mão e age como um namorado de verdade. É meio estranho, mas é agradável. Não me deixo gostar demais disso, no caso de ser só uma moda passageira. Quer dizer, já estivemos aqui e veja o que aconteceu.

Eu realmente espero que dessa vez seja diferente.

Assim que as luzes se apagam, ele se inclina e me beija. Em dez minutos, a minha mão está na virilha dele, e a boca dele no meu pescoço, e saímos bem na hora em que as coisas começam a esquentar na tela.

Resisto a abanar meu rosto.

— Parece que sua distância emocional prolongada levou o reencontro de vocês a ser bem... intenso.

— Dá para dizer isso.

Não conseguíamos nos saciar um do outro. Foi bem eletrizante.

— E depois?

— E depois... — Abaixo os olhos para minhas mãos. — Precisamos parar de ficar sozinhos e começar a encontrar outras pessoas.

— E foi um problema?

— Foi o começo dos nossos problemas, sim.

No sábado à noite, sabemos que nosso pequeno casulo não pode durar por muito mais tempo. Preciso tomar banho logo e ficar pronta para pegar Ruby no aeroporto. Ela não sabe que voltamos. Só consigo imaginar como vai ficar animada. Além disso, as aulas recomeçam amanhã, então Ethan precisa dormir na cama dele hoje.

Todos os cacos de realidade que temos ignorado estão começando a enfiar suas pontas na nossa bolha delicada.

Estou tensa. É de admirar, dado o número de orgasmos que tive durante o fim de semana.

Eu me aconchego nele e escuto as batidas do seu coração.

— O que vamos fazer amanhã?

— O que quer dizer?

— No curso.

O coração dele se mantém razoavelmente regular. Fico surpresa. Desenho formas em seu peito. Ele paira a mão sobre a minha, e seus dedos roçam os nós dos meus.

— Bem, você pode pensar que sou maluco, mas achei que deveríamos ir à aula. Sabe... aprender coisas. Melhorar a qualidade de nossa interpretação. Até talvez nos formar...

— Você sabe o que quero dizer.

Ethan me rola para baixo de si e emoldura meu rosto com as mãos. É pesado, mas gosto do peso. É meio tranquilizador. Como se ele estivesse inteiro aqui e não com a metade em algum outro lugar.

— Bem, se está perguntando se acho que devemos esconder que estamos juntos, então não. Quero que todos os caras do curso saibam. Talvez eles até parem de fungar em volta de você como um bando de vira-latas excitados.

— Ninguém funga em volta de mim — digo enquanto acaricio suas costas.

Ele bufa.

— É claro que não.

— Quem?

Ele beija minha bochecha. Meu queixo. Meu pescoço.

— Todo mundo. Todos os homens daquele curso querem um pedaço de você. Lucas, Avery, o Tedioso Nick, e aquele cara esquisito que parece o Matt Damon. Todos eles não param de fazer comentários que acham que não vou escutar. E nem me faça começar sobre o mané do Connor...

—Ah, agora entendi.

Ele para de me beijar.

— O quê?

—A questão é Connor.

Ele beija de volta do meu pescoço até o rosto.

— Ele é um idiota.

— Não, não é. Nunca fez comentários sexuais a meu respeito.

— Exatamente. É esse o problema.

Ethan se apoia no cotovelo e afasta o cabelo do meu rosto.

— Posso aguentar todos esses outros manés falando de como querem dormir com você, porque é só isso: falatório. Mas Bain? Esse babaca não quer apenas comer você. Ele quer mais. Ele gosta mesmo de você.

Diz isso com tanto desdém que eu rio.

— Esse imbecil! Entendi por que você o odeia tanto.

Ele sorri e balança a cabeça.

— Ah, você pode rir, mas toda vez que você fala ele fica com aquela expressão melosa no rosto que me dá vontade de socá-lo. Ele está com uma paixonite por você e é sério, juro por Deus, ele tem de parar com isso.

Ele fica em silêncio, mas vejo as engrenagens da mente dele girando. Desenho suas sobrancelhas, tentando fazer com que relaxem.

— Ethan, não estou interessada em Connor. Estou interessada em você.

Parece estranho tranquilizá-lo. Era tão fácil, mas agora as palavras arranham como areia na minha garganta. Mesmo assim, deve estar funcionando, porque agora a atenção dele está plenamente voltada para mim.

Ele ergue uma sobrancelha.

— Muito interessada?

Envolve meu seio com a mão. Passa delicadamente o polegar sobre o mamilo.

Minha respiração fica ofegante.

— Muito.

Está ficando difícil respirar. Ele faz isso com tanta facilidade, é assustador.

Ele se inclina para beijar o volume na sua mão. Lábios macios. Boca aberta.

— Diga de novo como sentiu minha falta durante o verão.

Tento formar as palavras.

— Senti muito a sua falta. — Demais. Não me faça lamentar isso.

O outro seio não é esquecido. Ele é tão delicado quanto no primeiro.

— Em uma escala de um até você se tocar lembrando do meu rosto?

— Até aqui.

Agarro o cabelo dele, ansiando por mais.

— Que altura?

Ele acrescenta dentes. Só um pouquinho. Só o bastante.

Arqueio o corpo, e minha voz está tensa quando digo:

— Algo em torno de senti-tanto-sua-falta-que-agora-chamo-o-Alex--de-Ethan.

Ele volta ao meu rosto.

— Bom. A quantidade certa, então.

Beijo-o, e ele faz pressão entre as minhas pernas enquanto respira com força sobre meus lábios.

— Está vendo o que você faz comigo?

Ele me beija, fundo, devagar, depois move a boca para a curva entre o pescoço e o ombro.

— Estou pensando que, se usar minha língua do jeito certo, posso dar um chupão em você escrevendo "Cassie pertence a Ethan. Caia fora".

Ele começa a chupar e eu dou um gritinho.

— Ethan Robert Holt! Não ouse me deixar uma marca de chupão!

— Psiu. Preciso me concentrar para fazer certo.

— Ethan!

Ele suspira e rola para longe de mim, e eu dou risada quando percebo o volume que se formou agora entre suas pernas.

— Ah, sim, claro. Ria do que faz comigo, e depois renegue meus esforços de mostrar aos outros caras que você é minha. Muito justo.

Eu o beijo e enfio a mão sob a coberta para resolver o problema dele. Ele respira fundo quando eu o envolvo com a mão e afasta as cobertas para poder olhar.

— Estivemos separados por mais de um ano — digo. — Se eu quisesse outros caras, você não acha que teria ficado com eles?

Ele ofega no ritmo dos movimentos da minha mão.

— Você namorou com o Nick.

— Mal namorei. Você não tinha nada do que ter ciúme.

Ele força a cabeça no travesseiro.

— Ele beijou você naquela festa. Eu tinha tudo para ter ciúme.

— É, bem, você compensou isso mais tarde naquela noite, não foi?

— Deus, sim.

Não sei se ele está respondendo à minha pergunta ou reagindo ao meu ritmo, que acelera. Não importa. Ele fecha os olhos, e a conversa se encerra. Por longos minutos, observo o rosto dele enquanto lhe dou prazer. Como ele pode ter ciúme de qualquer outro homem, nunca vou saber.

Entendo que ele tem questões sobre ser adotado, assim como sua história pregressa com mulheres, mas como sinceramente não consegue perceber o quão incrível ele é?

Quando estava no ensino médio, lembro que uma amiga me confidenciou que o namorado não a achava bonita. Não consegui entender isso. Quando se ama alguém, essa pessoa devia parecer linda, não importando qual seja a aparência dela.

Enquanto observo o rosto de Ethan, eu me dou conta de que pode ser inseguro sobre outros caras porque não gosta de si mesmo o suficiente para se ver como é de fato: espetacular.

Como que para ilustrar meu argumento, ele arqueia as costas e solta um longo gemido enquanto goza, e nesse instante é o homem mais lindo, mais sexy, mais esplendoroso do planeta.

Para mim, ao menos.

A dra. Kate faz uma pausa, sem dúvida captando minha tensão crescente.

— Você já falou com Ethan sobre as questões de autoestima dele?

Esfrego os olhos.

— Não. Não muito.

Deveria tê-lo feito, mas não fiz.

— Mas você o confortava de vez em quando?

— Sim. Provavelmente não o bastante.

— Para pessoas com baixa autoestima, é difícil confortar alguém. O quanto Ethan teria que dar a você agora para fazê-la acreditar que é especial?

Já nem conto mais quantas vezes ele me confortou desde que voltou.

— Entendo seu ponto.

— Então — diz a dra. Kate enquanto se recosta na cadeira —, quando vocês voltaram, Ethan aceitou ser aberto sobre a relação de vocês?

— Sim.

— E como você se sentiu a esse respeito?

Em parte, aliviada, mas sobretudo...

— Isso me deixou nervosa. Eu simplesmente não acreditava que dessa vez seria diferente.

— E quanto aos amigos? Eles apoiaram você ou quiseram afastá-los?

— Tenho certeza que todos acharam que eu era louca, mas naquele momento as críticas deles eram um preço baixo a pagar.

Quanto mais perto chegamos da parte do drama, mais tensa eu fico.

Todo mundo viu o que passamos quando Ethan e eu rompemos da primeira vez. Quando repararem que voltamos, tenho certeza que vão pensar que somos os maiores idiotas do planeta por tentar de novo.

Não discordaria completamente deles.

Ethan aperta minha mão.

— Está tudo bem?

— Sim. Tudo. E você?

— Ótimo. Nunca estive melhor.

Estamos ambos mentindo, e sabemos disso.

Quando nos aproximamos do edifício, vejo a maioria da nossa turma espalhada perto dos bancos, conversando, rindo e fumando. Zoe é a primeira a nos avistar caminhando de mãos dadas. Sua boca se abre. Ela cutuca Phoebe, que se volta para olhar. Em alguns segundos, estão todos olhando fixo para nós.

— Oi, gente — digo quando paramos na frente deles. — Tiveram boas férias de verão?

— Tive ótimas férias de verão — diz Jack com o sorriso irônico que é sua marca registrada. — Voltei com a ex-namorada que larguei há mais de um ano porque sou um mané que nunca deixou de babar por ela. Não, espere, isso foi você, não foi, Holt?

Todo mundo ri, a tensão se dissipa, e por uma vez sou grata à boca grande de Avery. Até Ethan sorri.

A única pessoa que não está sorrindo é Connor.

Ele dá as costas um segundo tarde demais para esconder sua frustração.

— Connor era um amigo seu?

— Era.

A dra. Kate inclina a cabeça de lado.

— Por que tenho a sensação de que Connor é mais do que você está me contando?

Olho para baixo. De todas as minhas tentativas equivocadas de esquecer Ethan, a de Connor é a que lamento mais.

— Ele foi mais do que isso. Depois de Ethan, fomos... amantes. Por um tempo.

A dra. Kate faz um ruído de compreensão.

— Amantes por vingança?

Faço que sim com a cabeça. Ainda não consigo pensar em como o tratei sem ser consumida pela vergonha.

— Você acabou tudo, pelo que entendi? — pergunta a minha psicóloga em voz baixa.

— Sim. Sei que o machuquei, mas foi para o melhor.

— Mas, no curso de teatro, vocês nunca...?

— Não. Fomos só amigos. Eu sabia que ele continuava gostando de mim, mas...

— Você não estava interessada?

— Não.

— Connor ficou ressentido com isso?

Lembrei-me de como Connor tinha me apoiado depois do rompimento, e de como isso mudou depois que Ethan e eu voltamos.

— Acho que sim. Ele nunca foi desagradável a esse respeito. Só... protetor.

— Ethan não teria gostado disso, tenho certeza.

— Nem um pouco.

A mão de alguém pressiona a base das minhas costas.

— Então você voltou mesmo com ele? Depois do que ele fez com você?

Essa é a primeira vez no dia que Connor fala comigo. Pego um sanduíche e avanço na fila da cantina.

— É complicado, Connor.

— Aposto que é.

Ele pega uma bebida e entra na fila ao meu lado.

— *Apenas prometa que vai tomar cuidado.* — *Ele lança uma olhadela para Ethan, que está sentado com o resto do grupo.* — *No segundo em que ele começar a lhe dar sinais de aviso, caia fora. Ver você se machucar de novo seria... bem... ia ser uma droga, viu?*

— *Talvez dê certo dessa vez.*

Ele dá uma risada curta.

— *É. Talvez.*

Ethan olha em volta, e quando nos vê juntos, sua expressão fica sombria. Connor suspira.

— *Por que tenho a sensação de que você e eu não poderemos mais ser amigos?*

Pagamos nossas coisas e nos dirigimos para a mesa. Quando nos aproximamos, Ethan fica de pé e me abraça. Depois me beija, longa e profundamente, bem diante de Connor. Não seria mais óbvio que ele está demarcando território a menos que colasse um cartaz com "Propriedade de Ethan Holt" nas minhas costas, como uma capa.

Connor revira os olhos e senta ao lado de Zoe. Ethan senta e me puxa para o seu colo.

Todos os outros parecem não se dar conta, mas, durante o almoço inteiro, o peso da tensão entre os dois homens ao meu lado instala-se, incômodo, no meio do meu peito.

— Então o conflito entre Ethan e Connor se intensificou quando vocês voltaram?

Dou um suspiro.

— Foi. Quer dizer, eles nunca gostaram de verdade um do outro, mas pelo menos costumavam fazer de conta.

— Você disse que "todos" acharam que você era louca, mais cedo. Quem mais pressionou você?

— A amiga que mora comigo, Ruby.

— Ela não gostava de Ethan?

— Não. Ela viu o que tive de aguentar da primeira vez, e acho que se contaminou com a minha mágoa. Quando voltamos, ela ficou meio... intolerante.

— *Ethan! Saia dessa droga de banheiro! Você demora mais do que uma garota!*

Ruby esmurra a porta e resmunga de frustração. Dizer que ela não está satisfeita que eu e Ethan tenhamos voltado seria um eufemismo.

— *Por que o mané do seu namorado demora esse tempo todo no chuveiro? — pergunta ela, largando-se ao meu lado no sofá. — Ele não precisa se masturbar. Vocês dois transam o tempo todo.*

— *Ele apenas gosta de duchas longas, imagino.*

— *Droga de prima-dona.*

— *Ruby, seja legal.*

— *Estou sendo legal. Ser malvada seria ir até a cozinha e ligar a água quente.*

O rosto dela se ilumina com uma expressão travessa.

— *Ruby... não.*

Ela ri e corre para a cozinha. Escuto a torneira aberta por uns três segundos antes de ouvir um grito masculino vindo do banheiro.

— *Puta que pariu!*

Suspiro.

É como morar com crianças.

Ethan aparece no corredor, encharcado, uma toalha enrolada na cintura e com a expressão de uma nuvem de tempestade.

— *Onde ela está?*

Ruby passa a cabeça pela porta da cozinha.

— *Quem? Eu?*

— *Pare de me infernizar.*

— *Certo, assim que você parar de namorar a minha melhor amiga.*

— *Dificilmente comparável.*

— *Errado. Você namorar Cassie é um inferno para mim.*

— *Acostume-se.*

— *Por quanto tempo? Até você ferrar tudo e largá-la de novo? Estamos falando de meses ou de semanas?*

Lanço-lhe um olhar furioso.

Ethan enrijece o maxilar e fica quieto. Depois ele se enfia no banheiro e bate a porta.

Ruby murcha na mesma hora em que minha fúria sobe.

— *Que merda, Ruby?*

— *Desculpe, é que ele... eu não devia ter dito isso.*

— *Será que não pode dar um descanso a ele?*

— *Não quero que machuque você de novo.*

— *Nem eu.*

— *E sei que você acha que ele mudou, ou algo assim, mas parece um pouco conveniente demais. Não confio nele. Você confia?*

A pergunta mais difícil do mundo. Quero dizer que sim, mas jurei nunca mentir para ela de novo.

— *Não sei.*

Ruby concorda e vem me abraçar.

— *Foi o que pensei. Só me deixe dizer isto: se ele machucar você de novo, vou dar uma joelhada tão forte no saco dele que vou fazê-lo entrar no corpo e pode não descer nunca mais.*

Aperto-a.

— *Se ele me machucar de novo, vou deixar você fazer isso o quanto quiser.*

— *Ótimo.*

Pensar em Ruby me deixa com saudade dela. Se não fosse por ela e por Tristan, eu teria me tornado ainda mais maluca do que já sou.

— Ruby ainda faz parte da sua vida? — pergunta a dra. Kate.

— Não tanto quanto eu gostaria. — E sinto falta dela todo dia. — Um pouco antes da formatura, Ruby engravidou. O namorado dela era um executivo australiano que ela conheceu no verão antes do último ano. Ele a pediu em casamento, e depois da formatura eles foram morar em Sydney. Agora têm três filhos e são felizes de dar nojo.

— Ela sabe que Ethan voltou para sua vida?

— Sabe. Conversamos pela internet mais ou menos de quinze em quinze dias.

— Como ela se sente sobre isso?

Nem queira saber.

— Quando disse a ela que tinha concordado em fazer uma peça com ele, Ruby achou que eu era louca e me alugou por uma meia hora. Depois, quando disse que ele tinha pedido desculpas e que desejava voltar, ela ameaçou pular no primeiro avião saindo de Oz para enfiar a mão nele. Quando contei o quanto ele tinha se esforçado para resolver seus problemas e como está diferente, ela ficou quieta por um bom tempo.

— E agora?

Respiro fundo.

— Ruby está feliz que eu esteja fazendo terapia, e está cautelosa a respeito de Ethan. *Bastante* cautelosa, mas quer que eu seja feliz. Ela acha que eu deveria fazê-lo ralar muito até chegar a pensar em voltar com ele.

— Ruby acredita que ele está diferente?

Balanço a cabeça.

— Tem suas dúvidas.

— Por quê?

— Porque ele já nos convenceu que tinha mudado antes.

Ethan caminha na minha direção, parecendo convencido. Bem, mais convencido do que o habitual. Ao meu lado, Zoe e Phoebe mantêm um estranho silêncio. Volto-me para vê-las observando-o com a boca aberta.

Nem posso culpá-las. Toda vez que vejo Ethan vir em minha direção, é como se o mundo ficasse em câmera lenta. Não tenho dúvida que isso afeta outras pessoas da mesma forma.

— Deus, ele é muito gato — murmura Zoe baixinho.

Pode ser que eu seja uma pessoa perversa, mas ver Zoe babando pelo homem que só tem olhos para mim me deixa toda contente.

— Bom dia, namorado — digo, um pouco alto demais.

Quando ele me alcança, murmura:

— Bom dia, namorada — Em seguida, segura minha cabeça e me puxa para um beijo.

Todos os pensamentos a respeito de Zoe e Phoebe são imediatamente esquecidos. Na verdade, qualquer pensamento que não envolva o quanto sua boca é incrível também é esquecido.

— Ah, pelo amor de Deus, vocês dois — diz Avery ao nosso lado. — Eu acabei de tomar café, não preciso ver isso. Acho que gostava mais quando vocês estavam separados e só ficavam se comendo com os olhos de forma passivo-agressiva o dia inteiro. Definitivamente víamos menos língua. Arrumem um quarto, caramba.

— Boa ideia. — diz Ethan. Ele agarra minha mão e me puxa pelo corredor até a sala de maquiagem; em seguida fecha a porta e tira algo da mochila.

Ethan estende o pacote para mim e diz:

— Feliz aniversário.

Fico surpresa por Ethan ter lembrado. E feliz. Queria que ele lembrasse sem precisar lembrá-lo. Mesmo que pareça mesquinho, ele passou num tipo de "teste de namoro".

Tendo dito isso, olho a coisa na mão dele, hesitante. Parece um tornado de papel e fita adesiva que agarrou em algo meio retangular.

Ele dá de ombros.

— É... sou péssimo de embrulhos. Andei tentando esconder isso de você, mas... aí está.

Sorrio e rasgo o papel. Dentro está o volume velho e surrado de Ethan de Vidas sem rumo.

— Caramba. — Saber como esse livro é importante para ele me dá um nó na garganta. — Ethan...

— Espere — diz ele e abre o livro. — Olhe.

Na primeira folha, há uma dedicatória: "Para Cassie, no seu aniversário de vinte e um anos. Ethan me disse que você é uma jovem muito especial. Espero que seu futuro seja tão brilhante quanto o sol. Com um abraço caloroso, S. E. Hinton."

— Ai, meu Deus. — Ergo os olhos para Ethan. O ar de convencimento dele é tanto que fez disparar os medidores. — Você pediu para ela autografar para mim?

Ele assente.

— Mandei um e-mail para ela durante o verão. Ela foi bem gentil e aceitou autografar. Mandei pelo correio uns dias depois, e ela mandou de volta na mesma semana.

— Durante o verão? Mas... nós nem sequer tínhamos voltado.

Ethan faz uma pausa, embaraçado por ter se entregado.

— Eu sei. Mas eu queria voltar. Não conseguia aguentar a ideia de atravessar outro ano sem você.

— E se eu tivesse dito não?

Ele dá de ombros.

— Eu teria dado o livro para você mesmo assim. É seu aniversário de vinte e um anos. É especial. — Ethan me beija delicadamente, tão aberto e relaxado. — Você é especial.

Aliso o rosto dele.

— Isso é inacreditável.

Ele me beija de novo.

— Então, gostou?

— Se eu gostei? É... — Balanço a cabeça, tentando não chorar. — É a coisa mais linda que alguém já fez por mim. Amei. — Eu queria dizer "Amo você", mas as palavras ficaram presas na garganta. Em vez disso, beijo-o e sussurro: — Obrigada.

Talvez eu estivesse errada sobre Ethan ser capaz de mudar. Talvez essa segunda chance seja exatamente aquilo de que precisamos, e foi necessário ficar separados para fazê-lo se dar conta de que o que temos é mais importante do que o medo dele.

Qualquer que seja o motivo, estou grata. Sinto que me apaixono por ele ainda mais do que antes e, neste momento, acho que não conseguiria parar nem se quisesse.

Ethan me abraça, e agradeço por a camiseta dele ser preta e camuflar as lágrimas de alegria que invadem meu rosto.

Olho para a dra. Kate, bem consciente de que estou ruborizada.

Ela dá um pequeno sorriso.

— Então, por um tempo, vocês foram felizes juntos?

— Sim. Muito felizes. Pelo menos eu era. Olhando para trás, eu me dou conta de que foram apenas alguns meses. Não o bastante.

Ela escreve no bloquinho.

— Quando foi que as coisas começaram a mudar?

Começo a ficar tensa.

— Não sei o momento exato. Aconteceu gradualmente.

— Teve algo específico que desencadeou isso?

— Connor.

Sei que estou sendo seca com ela, então tento me acalmar. Estou com raiva de Ethan, não dela.

— Toda vez que Connor estava por perto, Ethan se fechava e ficava tenso.

A dra. Kate cruza as mãos no colo.

— Cassie, conte-me mais sobre Connor.

Paro por um instante.

— Ele era aberto. Doce. Carinhoso.

— Bonito?

— Sim. Muito.

A dra. Kate assente.

— Não é de estranhar que Ethan o tenha escolhido para ser o foco da sua agressão e das suas inseguranças. O cérebro de mamíferos não funciona sempre de maneira lógica quando uma ameaça é detectada. Na mente de Ethan, Connor tinha condições de roubar você dele. Seus instintos primitivos reagiram a isso.

— Então foi por isso que ele se transformava em homem das cavernas toda vez que Connor estava por perto?

— Infelizmente, sim.

Aperto as mãos uma contra a outra.

— Inacreditável.

A dra. Kate faz uma pausa.

— Como está sua ansiedade?

— Chegando lá.

— Então o ciúme de Ethan perturbou você?

Solto um suspiro.

— No começo achei atraente ele ser tão possessivo. Mas depois...

— Ficou pior?

— Sim. Quando reatamos, ele realmente tentou não me deixar perceber o quanto era grave.

— E conseguiu?

— Até certo ponto.

— Que ponto?

Fico com a testa suada.

— Na nossa peça de formatura. No último ano.

Erika abre o pesado arquivo em sua escrivaninha e tira dele bolos de papéis.

— Senhoras e senhores, como sabem, faltam apenas alguns meses para a nossa peça de formatura, e essas são as cenas de vocês. Se ainda não entregaram os monólogos que vão interpretar, por favor, façam isso assim que possível. Lembrem que essa apresentação vai ser assistida por produtores, agentes, patrocinadores e profissionais importantes das artes cênicas. Façam valer a pena.

Mordisco a unha do polegar. A peça de formatura me apavora. Se a pessoa for bem, pode pular umas etapas e sair dali direto para a carreira profissional. Se não, vai ter de penetrar no mundo das intermináveis audições e testes de elenco. A pressão para ser bom é meio ridícula.

— Você ouviu o que aconteceu no ano passado? — sussurra Miranda. — A metade da turma recebeu ofertas de contratos para espetáculos por todo canto.

— Onde, por exemplo? — sussurro de volta.

— L. A., Toronto, Londres, Europa, San Francisco... até na Broadway.

— Jura?

— Juro. A parada é séria, cara.

Como se eu já não estivesse nervosa o bastante.

Estou prestes a destruir a unha do outro polegar quando Ethan agarra minha mão e entrelaça meus dedos nos dele.

— Pare já com isso. Gosto das suas unhas.

— Estou enlouquecendo.

— Sei. Pare. É contagiante.

— Você acha que vamos fazer alguma cena juntos?

— Tomara que sim. Nunca sou tão bom quanto quando estou no palco com você.

Ele aperta minha mão e sorri.

Deus, como o amo. Ainda não disse a ele, é claro. Ainda esperando pelo momento certo. Toda vez que tento, meu coração tamborila como se fosse um coelho assustado.

Porém, isso não quer dizer que não sinta.

Erika distribui as cenas e diz:

— Agora, pensei muito sobre esses grupos e duplas. Tentei dar a vocês todos cenas em que podem exibir seus pontos fortes, mas também preciso que mostrem seu repertório. Portanto, algumas das cenas vocês vão ver que já fizeram, mas outras são novas. Vocês todos vão interpretar três cenas e dois monólogos. Um dos monólogos tem de ser de Shakespeare.

Baixo os olhos para a lista. Ethan e eu faremos a cena da varanda de Romeu e Julieta. *Graças a Deus. Algo que sei que vou tirar de letra. Ethan e Connor vão fazer a cena deles de* Inimigo interior. *Nenhuma surpresa. Eles estavam excelentes nela.*

É interessante ver que Ethan vai fazer par com Jack para Rosencrantz e Guildenstern estão mortos. *Nunca vi Ethan fazer comédia. Fico animada por ele.*

Minhas outras duas cenas são novas: As criadas *do Jean Genet com Zoe e Phoebe, e algo chamado* Retrato, *com Connor.*

Os scripts para todos os excertos estão presos com um clipe ao cronograma de ensaios. Já estou familiarizada com As criadas, *e folheio* Retrato *para saber do que se trata.*

Só chego à segunda página antes de parar de vez.

Ah.

Ah, meu Deus. Não.

Ethan vai perder as estribeiras.

248 Leisa Rayven

* * *

A dra. Kate tira os óculos.

— Parece que a peça tinha algum conteúdo controverso.

Se não estivesse tão tensa, daria uma gargalhada.

— É um modo de se dizer. Mas acho que, se eu fizesse par com qualquer pessoa que não Connor, Ethan não se importaria tanto.

— A reação dele foi extremada?

Um frio sobe pela minha coluna.

— Na verdade, não. Não foi a reação que eu esperava, de jeito nenhum.

Ele fica silencioso. E quieto.

A ideia dele reclamando e se irritando já era bem ruim. Isso é tão pior.

— Por favor, diga alguma coisa.

Ele pisca.

A energia no quarto está mais do que tensa. Quero tocá-lo, mas não tenho ideia de como vai reagir.

— Ethan, não é nada.

Ele franze a testa e assente.

— Quer dizer, Erika disse que não ia me obrigar a fazer, mas é o que o script pede, e não quero que os produtores ou diretores achem que sou puritana. Quer dizer, não é como se todo mundo fosse ver. Minhas costas vão ficar voltadas para a plateia durante a maior parte do tempo. A única pessoa que vai poder me ver de verdade é Connor.

Ele dá uma risada seca e amarga.

— Só Connor.

— Posso usar tapa-seios.

— O que são tapa-seios?

— Sabe, esses adesivos que cobrem os mamilos.

Ethan ri de novo.

—Ah, bom, tudo bem, então.

Abaixo a cabeça. Quase desejo que ele grite. Seria mais fácil lidar com isso do que com essa fúria silenciosa e sarcástica.

— Ethan...

— Não, tem razão, Cassie — ele diz e ergue as mãos. — Não é grave. Minha namorada vai ficar sem sutiã na frente de centenas de pessoas, mas a única pessoa que vai poder olhar seus seios de verdade é exatamente o cara que vem se masturbando com a lembrança dela desde o dia em que se conheceram. Não tem importância. Não preciso me preocupar nem um pouco.

— Não precisa. E então, ele vai ver meus seios. E daí? Você fica sem camisa com ele na sua cena também. Porra, ele beija seu peito.

— Você parece com ciúme.

— Fico com ciúme. Detesto ver você fazer esse tipo de coisa com outra pessoa. Até com o Connor. Mas sei que não significa nada.

— Porque Connor e eu nos detestamos! Ele vai ficar secando você e isso é totalmente diferente. Você não o odeia, e ele com certeza não odeia você.

Sento ao lado de Ethan. Não sei o que dizer para melhorar as coisas.

Ele suspira e esfrega o rosto.

— Posso pelo menos ver o script?

Entrego-o a ele e observo seu rosto enquanto ele o percorre com os olhos. Sei que tem coisas ali que ele não vai gostar, mas avisar é preparar, não é mesmo?

Ethan chega na metade quando o franzir das sobrancelhas atinge proporções épicas.

Ele aponta para as indicações de cena.

— "Marla tira a camiseta e o sutiã. Christian a desenha enquanto ergue os olhos com um desejo evidente. 'Quanto mais eu olhava, mais linda ela ficava. Quanto mais eu recordava que ela era casada, menos isso importava. Ela era mais que meu modelo. Era minha musa.' Ele anda até ela. Ela não reage quando ele toca seu corpo. 'Quanto mais eu a pintava, mais realistas minhas fantasias se tornavam. Cada pincelada fazia meus dedos formigar como se a estivessem acariciando.' Ele passa os dedos na lateral do corpo dela e em seguida segura seus seios."

Ethan balança a cabeça e respira fundo antes de continuar.

— "'É claro, a Marla da minha mente me desejava do mesmo jeito. Fazia coisas comigo também.' Ela fica de pé. 'Coisas maravilhosas.' Ela desabotoa a camisa dele e acaricia seu peito. 'Coisas que a Marla real não faria nunca.' Ela se ajoelha na frente dele. As luzes diminuem enquanto ela abre sua calça e começa a satisfazê-lo oralmente. 'Se apenas ela fizesse essas coisas maravilhosas da fantasia. Trair seu marido. Deixar-me amá-la. Eu podia oferecer tanto a ela. Um mundo de beleza, de prazer e de arte esplêndida. Tudo. Tudo.' As luzes piscam de repente enquanto ele goza, e apagam."

Ele fecha o script e baixa a cabeça.

— Puta que pariu.

Ele não está mais com raiva. Apenas... resignado.

Eu queria tanto tranquilizá-lo, mas sei que, se a situação fosse inversa, não teria muito que alguém pudesse dizer para me fazer sentir melhor. Em vez disso, beijo seu rosto, suas sobrancelhas, sua testa e, em seguida, seus lábios. Ethan me puxa para o colo dele e me abraça, e quando nossos peitos se encostam, dá para sentir o ritmo rápido do medo nas batidas do seu coração.

— Você quer que eu diga a Erika que não posso fazer? — pergunto enquanto acaricio seu cabelo. Ele me aperta mais forte e apoia a testa no meu coração.

— Não. O texto é incrível. É um papel fantástico para você. Um papel incrível para Connor também. Foi por isso que Erika o escolheu. Eu apenas... odeio pensar nele tocando você. Deus, e assistir você fazendo de conta que faz um boquete nele provavelmente vai me matar.

Ele se recosta e fecha os olhos. Quando toco seu rosto, está quente. Consigo ver que ele está tentando amansar suas emoções, mas não é algo fácil de se fazer.

— Queria que Erika tivesse escolhido você em vez de Connor.

Ele abre os olhos e passa a ponta dos dedos sobre meus lábios.

— Eu também.

Naquela noite, quando fazemos amor, Ethan está diferente. Mais rude. Como se estivesse tentando tirar a ideia de Connor comigo da cabeça através do sexo. Depois ele não diz nada. Apenas me abraça.

Na manhã seguinte, parece mais calmo a respeito de tudo, mas não deixo de perceber a expressão assombrada em seus olhos. Parece alguém que previu uma tragédia terrível e não sabe como evitá-la.

* * *

Respiro fundo, trêmula.

— Cassie...?

A voz da dra. Kate é baixa.

— É natural que fique sensível com essas lembranças. É esse o propósito destas sessões. Expor os gatilhos para sua raiva e tentar confrontá-los. Deixar sua emoção sair, para que possamos lidar com ela, é parte do processo.

—Apenas não consigo ver como ele pode ter nos destruído duas vezes. Uma vez, eu conseguiria quase perdoar, mas a segunda vez? Por que ele saiu do seu canto para tentar de novo se sabia que não conseguiria fazê-lo?

Ela faz um aceno compreensivo com a cabeça.

— Mesmo as melhores motivações podem ser manchadas com questões dolorosas. Você já ouviu o termo *abandono não resolvido*?

Faço que não com a cabeça.

— Manifesta-se em pessoas diferentes de formas diferentes, mas em geral é autodestrutivo. Para aqueles que sofrem disso, é frustrante, porque reconhecem os padrões de medo, raiva e autossabotagem, mas se sentem incapazes de mudá-los. Parece familiar?

Assinto.

— Sim. E não só com relação a Ethan. Venho me sentindo assim há anos.

— Algumas pessoas tentam automedicar-se com drogas, álcool, sexo, comida, compras ou jogos.

Ethan bebia muito. Eu me perdi em sexo sem sentido.

A dra. Kate inclina-se um pouco para a frente.

— Pessoas nesses ciclo pensam que, se mudarem como reagem externamente, seus processos internos podem mudar também.

— Como uma máscara — digo baixinho.

— Isso. Exatamente como uma máscara.

Cerro o maxilar contra a emoção que me inunda.

— Ethan falhou no nosso teste de máscaras. Precisou fazer créditos extras para compensar.

Ela para.

— Ele teve sucesso em mascarar suas emoções com você?

— Quando comecei a trabalhar com Connor, Ethan tentou ficar tranquilo com isso. Na verdade, acho que eu estava mais tensa do que ele.

— Por que acha que isso aconteceu?

— Porque... — cutuco minhas unhas e respondo quase sussurrando. — Não queria dar a ele uma desculpa para romper comigo de novo.

Não olho para a dra. Kate, mas consigo percebê-la me encarando.

— Cassie, seu comportamento não é nada de que precise se envergonhar. Você estava com medo de se machucar de novo. Claramente, Ethan não era o único afetado pelo abandono. Você está aqui porque ainda está sendo afetada por isso.

Concordo sem dizer nenhuma palavra. Na época, não tinha ideia do motivo de ser tão emocionalmente bipolar. Tudo o que sabia era que estava sendo puxada para tantas direções diferentes que tinha até medo de me mexer.

Eu devia me sentir confiante tirando a camiseta, mas não estou. Sinto-me ainda menos confiante quando tiro o sutiã. Estou usando adesivos cor da pele sobre os mamilos, mas não me fazem sentir-me nem um pouco menos nua. Eu devia olhar Connor nos olhos, mas não consigo. É Connor. Meu amigo Connor. Meu amigo que agora está parado na minha frente, com os olhos fixos no meu peito, respirando rápido demais.

— Cuide da postura, Cassie — diz Erika. — Você é uma modelo-vivo. Está acostumada a ser vista seminua.

Endireito as costas. Connor diz suas falas, e em seguida me toca. Mãos delicadas. Ele passa os dedos na lateral do meu corpo, por cima do meu colo. Faz uma pausa antes de tocar meus seios. Ergo os olhos para ele. Quase parece pedir desculpas quando põe as mãos neles e os aperta suavemente.

— Bom. Agora, Cassie você se transforma na fantasia dele: a Marla que o deseja tanto quanto ele a deseja.

Eu tento. Tento mesmo. Finjo segurança ao desabotoar a camisa dele e afastá-la dos seus ombros. Depois ponho a mão no seu peito e desenho o relevo de seus músculos. Connor respira fundo e observa enquanto fecha os punhos ao lado do corpo, esperando minha curiosidade escalar até o desejo aberto.

Seu peito é diferente do de Ethan. Mais peludo. Um pouco mais estreito. É muito bonito. Apenas não é ele.

— Certo, parem.

Deixo os braços caírem e suspiro. Connor recua e esfrega os olhos. Estou tão relaxada quanto um cabo de vassoura, e ele sabe. Todos sabemos.

Erika solta o caderno e vem até o palco. Pego minha camiseta e me cubro.

— Cassie, o que está passando pela sua cabeça quando você o toca? Porque estou adivinhando que não é o quanto você quer ir para a cama com ele.

— Sinto muito. Eu apenas não estou conseguindo...

Lanço uma olhadela para Connor. Ele está tentando tanto fazer funcionar, mas eu o estou impedindo. Nesse ritmo, nossa cena vai ser a mais branda história de amor obsessiva já contada.

— Sr. Bain, faça uma pausa. Gostaria de trabalhar com a srta. Taylor por um momento.

— Sim, claro. — Connor dá um sorriso solidário para mim, veste a camisa e dirige-se para a saída.

Fico tensa enquanto Erika me examina e cruza os braços.

— O que está acontecendo com você? Sei que é capaz de criar uma química com Connor. Já vi isso, especialmente nas cenas de Um bonde chamado desejo *no ano passado. Foi por isso que coloquei vocês dois juntos nisso. Por que está se contendo? É a nudez?*

Balanço a cabeça.

— Então por quê?

Como é que posso dizer a ela que, se eu entrar fundo na cena, vou ficar preocupada com a forma como meu namorado vai reagir? É a pior desculpa do mundo.

Ela franze a testa quando não respondo. Já conhece a mim e a Ethan o bastante para ler nas entrelinhas.

— Cassie, você não pode deixar que sua relação fora do palco afete sua atuação. São vidas diferentes. O sr. Holt é ator. Ele deveria entender isso.

— Ele entende, e está sendo muito companheiro, mas... vai ser difícil para ele assistir, sabe?

— Então talvez ele não devesse fazê-lo. Para essa peça de conclusão de curso, vocês todos têm de dar o seu melhor. Você devia deixar de lado tudo o que possa distraí-la ou impedi-la disso.

— Não posso proibir que ele assista.

— Não, mas pode sugerir que talvez fosse melhor assim. A última coisa de que qualquer um de vocês precisa agora é drama na vida privada. Deixe isso para o palco. Estou sendo clara?

Concordo. — Sim.

— Bom. Está pronta para ensaiar agora?

— Estou.

Sinto-me como se tivesse levado uma bronca da minha mãe.

— Faça uma pausa de cinco minutos e volte com uma atitude diferente. Não temos muito tempo para estruturar essa cena, e realmente acho que poderia ficar espetacular, contanto que vocês dois estejam comprometidos.

Enfio a camiseta e saio para fumar um cigarro. Não tenho fumado muito, porque Ethan não gosta. Mais um comportamento que estou modificando pelo meu namorado.

Quando entro de volta, deixo todos os pensamentos sobre Ethan fora da cabeça e me envolvo completamente na cena. Connor não entende o que o atingiu. Consigo ver a surpresa em sua expressão quando me torno Marla. Na pele dela, sinto-me culpada por desejar um homem que não é meu marido, mas preciso explorar a atração física que sinto pelo pintor enigmático.

No final, estamos ambos ruborizados e ofegantes, e estou ajoelhada na frente dele, fingindo não notar o volume em sua calça.

Erika parece satisfeita.

— Muito melhor. Vejo vocês amanhã.

Ela sai enquanto Connor e eu acabamos de nos vestir. Há um cons-

trangimento entre nós. Connor sempre foi a pessoa com quem me sentia totalmente confortável, mas esse ensaio estragou isso. Ele tocou meus seios e teve uma ereção. Na pele do meu personagem, fiquei atraída por ele.

Como não nos sentirmos estranhos depois disso?

Quando saímos do teatro, Ethan está esperando. Connor resmunga:

— Boa noite — e sai sem olhar nenhum de nós dois nos olhos. Eu imediatamente enfio a cabeça no peito de Ethan e o abraço com força.

— Ei — diz ele, alisando meu cabelo. — Está tudo bem?

— Está. Só estou cansada.

— Dia difícil?

— Foi. Erika me deu uma bronca.

— Por quê?

— Porque eu estava me contendo.

Ele para.

— Com Connor?

— Sim.

—Aham. — Ele para de me acariciar. — Você não... tirou a camiseta?

— Não, eu tirei, sim, mas...

Os músculos do seu maxilar enrijecem contra a minha cabeça.

— Mas o quê? Ele tocou você?

— Sim. — Consigo sentir o coração dele tamborilando no peito. — Mas eu fiquei pensando em você. Em como ia reagir. Erika disse que eu tinha que parar com isso.

— E então... o que aconteceu?

Afasto-me para poder olhar para ele. Previsivelmente, ele está com a testa franzida.

— Esforcei-me mais.

A testa franze mais ainda:

— E?

— E... hum... — Lembro da sensação excitante quando Connor pegou nos meus seios. Sua ereção, bem na frente do meu rosto quando eu fingia que o estava chupando.

— No final acho que funcionou bem.

Ele murcha, e a expressão do seu rosto quase parte meu coração.

Estico-me para beijá-lo. Preciso beijá-lo. Lembrá-lo de que ele é o cara que desejo. Lembrar-me que foi meu personagem que ficou excitado com outro homem durante uma cena, não eu.

Ethan retribui o beijo. Enfia as mãos no meu cabelo e move minha cabeça para o lugar em que a quer. Ethan me acendeu mais em três segundos do que Connor durante a noite toda.

— Leve-me para casa — digo enquanto meu corpo todo desperta.

Ele faz isso. E uma hora mais tarde, quando estou suada e derretida sob seu corpo, digo que o amo pela primeira vez desde que voltamos.

Digo porque tenho vontade. Não por causa da culpa.

Não só por causa disso.

A dra. Kate serve um copo de água para mim. Aceito, agradecida. Pelo menos me dá alguma coisa para fazer com as mãos.

— Você acha que era uma compensação excessiva pelo que fazia com Connor? — pergunta a dra. Kate.

— Provavelmente. — Tomo mais um gole de água. — Mas não queria que Ethan se sentisse como se estivesse rolando alguma porcaria de triângulo amoroso, porque não estava.

A dra. Kate me dá alguns instantes, e pergunta:

— Houve algum período em que você quis justificar a desconfiança de Ethan?

Eu quase me engasgo com a resposta, mas essas sessões não são nada sem sinceridade.

— Não, mas...

Ela espera a sequência.

— Eu pensei muitas vezes em como as coisas poderiam ter sido diferentes se eu conseguisse amar Connor. Ele era tão descomplicado. Mas não consegui. Nem mesmo quando achei que nunca mais veria Ethan de novo.

— Então não havia nem sinal de nada quando você e Ethan ainda estavam juntos?

Balanço a cabeça.

— Mesmo tendo que me sentir atraída por Connor ao atuar, nunca quis levar nada adiante fora do palco.

— Você disse isso a ele?

— Connor e eu nunca falamos disso, mas eu percebia que ele sabia. Quanto a Ethan, disse-lhe muitas vezes que ele não tinha com que se preocupar.

Eu tinha falado isso tantas vezes que as palavras começaram a parecer ácido na minha língua.

— Mas ele não acreditou em você.

— Não.

Os limpadores de para-brisas vão de um lado para o outro enquanto o número de Ethan aparece no meu celular.

— Oi. — Estou exausta, mas feliz de falar com ele. Não nos vimos muito esta semana, e estou ansiando por ele. A peça da formatura é daqui a quatro dias, e estivemos ensaiando sem parar. Só precisamos ensaiar a cena de Romeu e Julieta umas duas vezes, porque, claramente, arrebentamos nela. Erika tem se concentrado mais nas cenas novas, determinada que fiquem perfeitas.

— Oi — diz ele, parecendo tão cansado quanto eu. — Onde você está?

— Indo para casa.

— Nosso ensaio já está quase acabando também. Acho que Avery e eu estamos finalmente pegando o ritmo desse diálogo maluco de Stoppard. Não que possamos ouvir muita coisa com a tempestade. Que chuva inacreditável, não é?

— É. Espero que suas habilidades para construir arcas sejam boas, ou teremos problemas.

— Não precisamos de arca. Tenho alguns colchões de piscina infláveis. Têm apoios de copos.

— Que chique.

— Nenhuma despesa será evitada para salvar minha mulher do apocalipse das águas.

— Nada diz "Amo você" melhor do que colchões infláveis de

qualidade.

Ele faz um ruído.

— Agora estou com visões daquela ovelha inflável que Avery comprou para a piscina da casa dele.

— Juramos que não falaríamos disso.

— Tem razão. Podemos falar do quanto eu estou sentindo sua falta?

Sorrio.

— Pode manter esse pensamento na cabeça? Estamos quase estacionando na porta do meu apartamento. Preciso correr loucamente até a porta.

— Estamos?

— Sim, hum... — respiro fundo. — Connor me trouxe em casa para eu não ficar encharcada.

Há um silêncio, e depois:

— Entendi. Você não está com o seu guarda-chuva?

O tom da voz dele imediatamente me deixa tensa.

— Bem, estou, mas é uma tempestade. O carro de Connor estava estacionado atrás do teatro. Além disso, são dez horas da noite.

Ao meu lado, Connor balança a cabeça de leve. Ficamos frustrados, os dois, que Ethan reaja assim todas as vezes que estamos juntos. Ele já devia saber que seu medo é descabido. Será que ele realmente acredita que vou subitamente desenvolver uma vontade desesperada de transar com Connor só porque estamos sozinhos no carro?

— Espere — digo, e pego minha bolsa. — Falo com você quando entrar. — Aperto o botão de espera e suspiro. — Obrigada, Connor. Vejo você amanhã.

— Sem problema. Tenha uma boa noite. — Ele me lança um olhar que diz que ele sabe que o resto desse telefonema não vai ser divertido. Saio do carro tão rápido quanto possível e corro pelo aguaceiro até a porta.

Uma vez lá dentro, tiro meu casaco e Ethan na espera.

— Oi.

— Oi. — A voz dele está completamente irritada. Abafo um gemido. Estou cansada demais para lidar com isso agora.

— Ethan, foi um trajeto de cinco minutos. O que você tem para se *preocupar?*

— Não sei, Cassie. Diga você.

— Não tenho nada para dizer! Você acredita tão pouco em mim que acha que eu ao menos contemplaria a ideia de fazer algo com Connor?

— Bem, você parece estar passando todo seu tempo com ele por estes dias. Talvez possa estar confusa sobre quem é seu namorado de fato e quem é o mané irritante tentando deitar na sua cama.

— Ele não está tentando deitar na minha cama! Quantas vezes preciso dizer isso a você?

— Cassie, eu vi como ele olha para você.

— E daí como ele olha para mim? Ele nunca, e reforço, nunca, tentou nada! Ele é um perfeito cavalheiro, mesmo você sendo um grosso com ele o tempo todo.

— Ah, claro, um perfeito cavalheiro que passou a maior parte das últimas seis semanas agarrando seus peitos.

— Ah, pelo amor de Deus! — Esfrego os olhos. — Não consigo conversar sobre isso agora. Você está me esgotando. A apresentação mais importante das nossas vidas é daqui a quatro dias, e você fica se encalacrando e me arrastando com você. Você precisa parar. Sério.

Ele suspira e fica em silêncio.

Odeio brigar com ele, ainda mais pelo telefone. Se estivesse aqui, eu poderia tocá-lo. Mostrar como o amo e só a ele. Do jeito que está, só consigo imaginá-lo, de maxilar tenso, enquanto chega às conclusões erradas. Duvidando de si mesmo o suficiente para duvidar de mim.

— Bem. Certo. Melhor desligar. Boa noite.

— Espere.

Ele para.

— O que foi?

— Quer vir para cá quando seu ensaio acabar?

— Por quê?

— Porque... estou com saudade e quero ver você.

— Cassie, você está exausta. Estou exausto.

— E daí? Apenas venha dormir aqui. Por favor.

— Acho que não. Você precisa descansar e acabou de admitir que estou esgotando você.

— Ethan...

— Falo com você amanhã.

Ele desliga, e eu me largo de volta no sofá.

Droga.

Tiro as meias e os sapatos molhados, e mando uma mensagem para ele.

Sinto muito. Amo você.

Como previsto, não recebo resposta.

Meia hora depois, estou saindo do banho quando escuto uma batida na porta. Visto o roupão e abro a porta para um Ethan encharcado.

— O que está fazendo? Você está todo molhado!

— Você me pediu para vir, lembra? Estou batendo há cinco minutos. — Ele olha para dentro do apartamento. — Por que demorou tanto?

— Eu estava no chuveiro.

Vejo a desconfiança no seu rosto, e reviro os olhos enquanto agarro a camisa dele e o puxo para dentro.

— Fique — digo, e deixo-o pingando no tapete enquanto corro para buscar uma toalha.

Quando volto, jogo uma toalha por cima da cabeça dele e enxugo seu cabelo com força.

— Você é um idiota, sabia?

— Por quê?

Empurro-o para o sofá e tiro seus sapatos e suas meias.

— Porque você não tem a menor ideia do quanto amo você. — Desabotoo a camisa dele e a tiro. — E você pensa coisas ridículas e impossíveis, como eu querer alguém que não seja você.

— Cassie...

— Cale a boca.

Puxo-o para que fique de pé e aceno para o quarto.

— Vá dar uma olhada.

Ele franze a testa.

— O quê?

— Vá olhar e ter certeza que Connor não está na minha cama. Verifique o armário também. E o quarto de Ruby. E aliás, já que começou, pode checar também meu celular e meu computador. Para ter certeza que não estou fazendo sexo com ele pelo telefone ou pela internet.

Ele baixa a cabeça.

— Vá. Olhe.

Ele passa os dedos pelo cabelo e o tira da testa.

— Não preciso olhar.

— Não?

— Não. — Ele vem até mim e me abraça. — Você está certa, sou um idiota.

Enfia a cabeça no meu pescoço, e basta isso para me acalmar. Depois pousa os lábios sobre meu pulso, e fico totalmente acesa de novo.

Por que é que ele não entende que é isso que desejo? Esse tesão louco e exponencial que ele consegue despertar com um simples roçar de lábios. Será que não entende que ninguém nunca vai me fazer sentir essas coisas como ele faz?

Que homem bobo.

Ele abre meu roupão e dedos delicados desenham pedidos de desculpas pelo meu corpo.

— Diga de novo que me ama — sussurra ele.

Seguro o rosto dele.

— Amo você. Mais do que isso, estou completamente apaixonada por você. Pare de ser ridículo, por favor. — Beijo o peito dele e sinto a batida rápida sob os músculos.

— Vou tentar. Não é fácil. Já faz tempo demais que sou assim.

— Não precisa ser.

— Por favor, avise ao meu cérebro. Ele não me escuta.

— Me leve para a cama. Vou fazer seu cérebro sossegar.

Ethan me ergue nos braços e me carrega para a cama. Eu o beijo e toco-o de todos os jeitos que sei que ele gosta enquanto tento afastar seus medos por um momento.

Quando finalmente chegamos lá, vejo-o afastar as dúvidas. Mas sei *por experiência própria que esse exorcismo sexual não vai durar. Vamos fazer amor e adormecer nos braços um do outro, e tudo vai parecer perfeito, mas pela manhã as sombras voltarão.*

Continuo a me convencer de que, se conseguirmos chegar pelo menos até a formatura, ficaremos bem. Connor vai fazer a parte dele, eu farei a minha, e Ethan não vai mais ter motivo para duvidar. Mas minha parte racional sussurra que sempre haverá um Connor. Alguém que o ameaça e que o faz sentir como se fosse me perder. E embora isso nunca, nunca vá ser verdade, não tenho ideia de como convencê-lo disso.

Depois de alguns instantes, me dou conta de que parei de falar.

Ergo os olhos e vejo a dra. Kate me encarando.

— Está tudo bem?

Não respondo.

— Apenas respire, Cassie. Deixe que tudo o que está sentindo a invada, e depois deixe ir embora. A cada respiração, a ansiedade vai diminuir. Você não precisa mais dela.

Respiro profundamente. A cada respiração, vai ficando mais fácil.

Depois de alguns minutos, estou calma o bastante para abrir os olhos.

A dra. Kate dá um sorriso caloroso.

— Muito bem. Como se sente?

— Esgotada.

— Ótimo. Quer dizer que está purgando. A cada vez que fizer isso, seu fardo emocional vai diminuir, e essa é nossa meta.

Ela olha para o relógio na parede.

— Temos ainda alguns minutos. Tem mais alguma coisa pesando na sua mente?

Respiro mais uma vez, devagar, e solto antes de dizer:

— Às vezes sou invadida por uma sensação enorme de... culpa a respeito de Ethan, quando as coisas começam a piorar.

— A respeito de quê?

Balanço a cabeça.

— De como não consegui ajudá-lo. Sinto como se boa parte de tudo isso fosse minha culpa, porque não fui forte o bastante ou esperta o bastante ou paciente o bastante para ajudá-lo a mudar.

Ela baixa o bloquinho e tira os óculos.

— Cassie, posso garantir a você, não é possível mudar as pessoas. Você pode encorajá-las e apoiá-las, mas é isso. O resto é com elas.

— Mas sinto que deveria ter feito mais.

Ela olha para mim por alguns instantes e cruza as pernas.

— Você gosta de livros?

Por um instante fico desconcertada com a mudança de assunto.

— Hum... sim.

— Bem — diz ela enquanto entrelaça os dedos —, vamos dizer que as pessoas são livros. Todos os que entram na nossa vida têm direito a um vislumbre de algumas das nossas páginas. Se gostarem de nós, mostramos mais páginas. Se gostarmos delas, queremos que vejam as partes não editadas. Algumas pessoas podem tomar notas nas margens. Deixam suas marcas em nós e na nossa história. Mas, no final das contas, as palavras que estão impressas — que nos representam como pessoas — não mudam sem nossa permissão.

Ela se inclina e dá mais um sorriso.

— Você teve um enorme impacto sobre Ethan. Sem dúvida, na história da vida dele, você deixou sua marca por todo canto. É uma infelicidade que muitas outras pessoas também tenham deixado. Ethan fez a escolha de apagar as contribuições deles e só guardar as coisas que o fortaleciam. Ele se reimprimiu, se quiser pensar assim. A única pessoa capaz de fazer isso era Ethan. Exatamente como é você a única pessoa capaz de reescrever sua história e o final dela. Entende o que estou dizendo?

Assinto, porque o que ela diz faz total sentido. E a concretização de que toda a terapia do mundo não vai me ajudar a menos que eu assuma a responsabilidade de ajudar a mim mesma é ao mesmo tempo aterrorizante e animadora.

Ela dá tapinhas no meu braço.

— Bem, nosso tempo acabou, vejo você daqui a alguns dias. Nesse meio-tempo, tente não ser muito dura consigo mesma, e por favor mande lembranças a Ethan por mim.

— Pode deixar. Obrigada.

Quando saio para a sala de espera, Ethan está ali. Ele fecha o livro que está lendo e fica de pé.

Depois da montanha-russa de emoções que acabei de viver, fico admirada de me sentir tão feliz ao vê-lo.

Ele me mostra o livro.

— *A arte da felicidade*?

— Foi escrito pelo Dalai Lama.

— Então apenas uma leitura leve.

Ele balança a cabeça.

— Não é leve, mas definitivamente vale a pena.

— Mesmo? Fala de quê?

Ele avança, com o rosto sério.

— Em poucas palavras, diz: "Faça Cassie sorrir todo dia e diga a ela que a ama mesmo quando ela não quiser escutar".

— É mesmo?

— É.

O excesso de emoção transborda.

Ele não ajuda ao me abraçar como se nunca mais quisesse me soltar.

Também não quero soltar.

A questão é que, se as pessoas fossem livros, Ethan seria um best--seller. Um livro cativante, sexy e inteligente que ninguém quer largar, mesmo depois de ter transformado você em um montinho soluçante.

capítulo vinte e um
NOITE DE ESTREIA

Três anos antes
Westchester, Nova York
Grove
Apresentação de formatura

Nós nos embrulhamos como se fôssemos tudo o que conecta o outro à terra. A adrenalina circula pelo meu corpo, e ainda que me aconchegar em Ethan ajude a acalmar minha tensão, não consigo ficar totalmente tranquila. Nem ele. Essa apresentação é importante demais.

Alguma tensão vai ser boa para nós. Vai dar energia. Manter-nos afiados. Quando vem o aviso para ocuparmos nossos lugares, afasto-me e olho no fundo dos olhos dele. Ele acaricia meu rosto e olha de volta com amor, mas há também centelhas de outra coisa.

Dúvida?

Medo?

Os dois?

Vamos para o palco, e o espetáculo começa. Nossa cena é a primeira. *Romeu e Julieta*. Interpretar com ele é tão fácil. Usamos nossa conexão sem esforço. A cena fica impecável, e depois que fazemos a reverência, ele me puxa para fora do palco e me beija, triunfante, antes de correr para se trocar.

O resto da noite passa num piscar de olhos. Fazemos cenas e monólogos, recebemos aplausos, e voltamos para vestir os trajes seguintes. Nos vemos rapidamente na coxia, mas estamos concentrados no que fazemos enquanto saímos de um personagem e entramos em outro. Mostrando o leque de possibilidades. Impressionando a plateia. Não são apenas pessoas sentadas ali esta noite, são agentes, futuros empregadores e contratos, também. Nossos futuros.

Ethan e eu nos mostramos à altura do desafio. Atuamos incrivelmente bem, apesar da tensão.

A última cena da noite é *Retrato*, comigo e Connor. Estou confiante e atenta. Connor e eu estamos possuídos. A energia no palco crepita de realismo, e apenas depois que faço a reverência é que vejo Ethan, com o rosto impassível, na coxia. Meu sorriso desaparece. Ele não tinha assistido a essa cena antes. Garanti que não.

Depois da nossa briga dias atrás, implorei que não a assistisse hoje. Obviamente, ele cansou de me escutar.

Mal olho para ele quando saio do palco.

Hoje
Nova York
Teatro Graumann
Noite de estreia

Cada estreia é um misto de excitação e medo, mas esta... bem, é ainda pior. Preciso refazer o contorno do olho três vezes porque minha mão está tremendo demais, e quando o contrarregra, Cody, bate na porta para saber se eu preciso de alguma coisa, quase morro de susto.

— Tudo bem, srta. Taylor? — pergunta ele.

— Sim, tudo.

— A senhorita se aprontou tão cedo.

— Bem, ainda preciso entrar em pânico. Preciso deixar tempo suficiente para isso.

— Não precisa entrar em pânico. Está incrível. O espetáculo está fantástico.

— Sim, mas todos os críticos da Broadway que importam estão aqui hoje. Aquele idiota do *New York Times* está aí, pelo amor de Deus, e ele adora não gostar das coisas só para irritar as pessoas.

— Ora, isso não se faz.

— Eu que o diga. Ele já escreveu um artigo falando o quanto está cético em relação a esta peça. Não gosta do roteiro, e tenho quase certeza que não gosta de Ethan e de mim.

— Ele conhece você? Já a viu no palco?

— Não, Cody. É um *crítico*. Não precisa ter visto algo para saber que não gosta.

Passo uma escova no cabelo.

— Como está Ethan?

— Bem, ele vomitou.

— Quantas vezes?

— Três. Agora está descansando. Está precisando de alguma coisa?

— Valium, uma garrafa de uísque, e umas dez pratas de autoconfiança.

— Prevejo que, se conseguir o uísque, a autoconfiança vai vir por conta própria.

Volto-me para ele.

— Holt andou contando histórias sobre mim bêbada de novo, não é?

— Só algumas. Fiquei impressionado.

— Me deixe dizer apenas isto: daquela vez em Martha's Vineyard? *Todo mundo* estava seminu. Não só eu.

— Ele explicou isso. Certo. É melhor que eu vá assaltar uma loja de bebidas. Volto daqui a pouco com seu uísque.

— Espere, você não pode comprar álcool. Você tem, tipo, doze anos.

— Tenho vinte e dois, srta. Taylor.

— Verdade? Já tem idade para comprar bebidas? Vou repensar aquele propósito de não assediar você sexualmente, então.

— Por favor, não faça isso. O sr. Holt é um homem alto. Ele me esmagaria como a um inseto.

— Ele não tem mais ciúme. — Cody me olha de lado. — Certo, tem, mas não faz mais bobagem por causa disso.

— Contou a ele que o sr. Bain mandou aquele imenso buquê de rosas?

— Está maluco? Ele ia quebrar todo o meu camarim.

— É mesmo?

— Acho que não. Mesmo assim, pode sumir com o cartão?

Ele pega o cartão e enfia no bolso.

— Sumiu.

— Você é incrível, Cody. E gato.

Ele dá risada.

— Tenha um bom espetáculo, srta. Taylor.

— Obrigada. Vejo você quando acabar.

Depois que ele vai embora, deslizo para dentro do meu figurino do primeiro ato e começo a fazer meus exercícios de concentração.

Faço três sequências de tai-chi antes de desistir. Perdi totalmente meu foco. Preciso...

Há uma batida na porta. Bem na hora.

— Entre.

Ethan entra. Ele está com uma aparência péssima. Também está vestido para o palco, mas por trás da maquiagem posso perceber como está esverdeado.

Ele entra e desaba no meu sofá.

— Tudo bem?

— Sim.

— Mesmo?

— Não. Você soube que aquele canalha do *Times* vem esta noite?

— É, e todos os críticos da Broadway e todos os blogueiros de Nova York.

Ele põe a mão na barriga.

— Droga. E meus pais estão aí também.

— Eles vão amar. Os meus vêm na semana que vem. Queria ter certeza de ter algum tempo para eles, longe da loucura da noite de estreia.

— Eles mandaram flores?

— Sim. Um buquê gigante cada um, porque, sabe, pessoas divorciadas não podem se falar pelo telefone e organizar um presente conjunto.

— Claro que não.

— Tristan mandou um vibrador de presente, com um cartão que dizia: *Se os críticos não gostarem do espetáculo, dê isso a eles e diga para enfiarem naquele lugar.*

Ele gargalha.

— Essa foi a melhor coisa que ouvi hoje. Ele vem?

— Vem. Com o namorado novo.

— Ah, que bom. Eu realmente gostaria de colocar um rosto na descrição imprópria da bunda dele.

— Eu também.

Ele se senta e suspira.

— Vejo que Connor mandou rosas para você.

Meu coração para.

— Hum... você viu?

— Vi, ele as estava deixando na porta da coxia quando cheguei.

— Sim. Então... você falou com ele?

— Falei. Ele desejou boa sorte a nós dois.

— Você parece muito calmo sobre isso.

— Estou mesmo.

Dou a ele meu olhar mais cético, e ele faz um gesto com a mão.

— Connor foi um sinal no nosso radar. Apesar de eu fantasiar enchê-lo de porrada, ele é um cara legal. A única coisa que já fez de errado foi se encantar com a garota dos meus sonhos. Não posso culpá-lo por isso. Você é espetacular.

— Então você não se importa de ele ter me mandado flores?

— Não. Ele pode lhe mandar todas as flores que quiser. No final da noite, sou eu que vou levar você para casa.

— Bem, você anda comigo até em casa.

— Palavras. Levo você de volta para o seu apartamento, aí dizemos boa-noite na porta, nos abraçamos por um século, para garantir que eu fique dolorido por horas depois disso.

Rio.

— *Horas?* Mesmo?

Ele me olha torto, e eu deixo de sorrir.

— Sinto muito. Você deve estar frustrado.

— Não. Estou bem. Porque sei que uma noite dessas você vai me convidar para entrar, e nessa noite eu vou fazer amor com você por horas a fio, e Connor não estará em nenhum lugar do mapa. Pelo menos espero que não. Se estivesse, seria bem esquisito.

Dou uma risada, e quando chego perto, ele puxa minha mão até que eu esteja em seu colo. Travo por uns três segundos até admitir para mim mesma que preciso disso, que preciso dele. Tenho muitas preocupações esta noite, mas ele não é uma delas.

Ele se mexe embaixo de mim e faz um ruído.

— Estou machucando você? — pergunto.

— Não. O que você está fazendo é o oposto de machucar. Meu Deus, como isso é gostoso.

Enfio o rosto no pescoço dele, e ele me envolve em seus braços. Em dois minutos, nossa respiração está sincronizada, e minha tensão se acalmou.

Há uma breve batida na porta, e eu murmuro:

— Entre.

Abro uma fresta dos olhos para ver Marco parado na entrada, olhando fixo para nós.

— O que vocês dois estão fazendo?

Em uníssono, Ethan e eu dizemos:

— Concentrando.

Marco pisca e balança a cabeça.

— Erika certamente ensinou algumas técnicas interessantes a vocês naquele curso. Enfim, o que ajudá-los está bom para mim. Ia desejar a vocês boa sorte hoje à noite, mas na verdade não preciso fazê-lo, porque sei que estarão magníficos.

Ethan diz:

— Obrigado. Sabemos disso. — Então, ele me abraça com força. Se não estivesse tão relaxada, ia cair na risada.

— Bom, tudo certo então. Tenham uma ótima apresentação, e vejo vocês depois.

— Tchau, Marco.

Quando ele fecha a porta, suspiramos juntos.

— Tenho pena dos críticos — diz Ethan.

— Por quê?

— Porque, quando tivermos arrasado com eles, vão faltar superlativos para dizer como somos fantásticos.

Sorrio com a boca no pescoço dele.

— Taí uma verdade.

Três anos antes
Westchester, Nova York
Grove
Apresentação de formatura

A festa pós-apresentação está frenética. Todo mundo está se soltando tanto que o conceito de agir civilizadamente não passa de uma remota lembrança. O ar está carregado de energias primitivas. As pessoas viram garrafas de bebida alcoólica em meio a nuvens densas de fumaça de maconha, e vejo coisas que deveriam permanecer privadas sendo feitas em público.

Ethan está do outro lado da sala, falando com Avery e Lucas, mas me lança um olhar de vez em quando. É óbvio que ele está chateado. Tudo bem. Eu também estou.

— Perturbações no paraíso? — pergunta Ruby enquanto passa o braço pelos meus ombros.

Reviro os olhos.

— Homens. Por que são tão idiotas?

— Para nos fazer parecer espertas? Estou entendendo que Holt não gostou da sua ceninha com Connor.

— Nem um pouco.

— Bem, para ser justa, foi bem quente. E vamos ser sinceras, Connor é bem agradável aos olhos. Se eu fosse Holt, estaria bastante aborrecida também.

— Ruby...

— Só estou dizendo.

Pego a cerveja dela e dou um gole.

— Só estou feliz que tenha acabado. Talvez agora possamos deixar isso para trás. Estou tão cansada de precisar me defender à toa.

— Concordo. Não há nada mais exaustivo do que ter de desviar de suspeitas o tempo todo. Eu tive um namorado que me acusava de o estar traindo toda vez que ele me via falar com outro cara.

— Mesmo? Como é que você lidava com isso?

— Eu não ligava muito. Afinal, estava transando com vários outros caras mesmo.

Devolvi a cerveja dela.

— Você não está ajudando.

— Ah, meu bem, relaxe. Vá pegar seu homem, leve-o para nossa casa, e transe com ele até esgotá-lo. De manhã, ele nem vai se lembrar por que estava tão chateado.

— Você acha?

— Bom, é o *Holt*. Ele tem o dom de lembrar das coisas. Talvez um boquete pela manhã ajude a fechar a conta.

Dei um abraço nela.

— Amo você, mas é péssima de conselhos.

— É, eu sei. Vejo você amanhã?

— Certo. Serei aquela fazendo um boquete no namorado.

— No seu quarto de porta fechada, não é?

— Se você tiver sorte.

Respiro fundo e vou até Ethan. Quando chego, Jack me abraça, claramente bêbado.

— Ah, a doce Cassie Taylor. Você esteve tão bem esta noite. Tão bem.

— Obrigada, Jack, você também.

— Gostei especialmente de vislumbrar o lado do seu seio durante a cena com Connor. Foi excitante. Holt, sua namorada tem uma comissão de frente fenomenal. Espero que saiba disso.

Ethan balança a cabeça.

— Sei, e agora todo mundo viu. Estou emocionado. Realmente.

Pronto. Acabou.

Agarro a frente da camisa dele e o puxo.

— Onde vocês estão indo? — queixa-se Jack.

— Estou levando meu namorado para casa para transar até esgotá-lo — anuncio. — Aí talvez ele deixe de ser tão bobo.

Há um coro de vaias quando arrasto Ethan para fora da festa, mas não me importo.

Tiro as chaves dele e o empurro para o banco do carona. Praticamente não bebi nada, mas, a julgar pelo jeito como cambaleia ao entrar no carro, Ethan passou muito do limite.

Quando me afasto do meio-fio, ele resmunga algo sobre tomar cuidado com o carro dele. Ignoro-o.

Ele liga o som e AC/DC berra pelos alto-falantes.

Desligo e dou um tapa na mão dele quando ele tenta ligar de novo. Ethan se afunda no banco e olha pela janela.

— Você estava falando sério quando disse aquilo? — pergunta.

— Estava. Vou mesmo transar com você até esgotá-lo.

— Não — diz ele —, sobre eu ser bobo.

— Sim. Consigo perceber como você está chateado por causa da cena com Connor, e é ridículo. Fizemos o que a cena pedia. Você sabe que é assim que funciona. E sinto como se você estivesse me culpando.

— Não estou, é só... fico lembrando dele tocando você. Tem ideia de como isso faz me sentir?

— É por isso que eu não queria que visse. Ethan, não podemos continuar nessa. Você precisa arranjar um jeito de superar isso.

Ele fica quieto por alguns instantes, e diz:

— Andei lendo livros de autoajuda.

— O quê?

— Tenho uma pilha deles. Andei meditando e tentando mudar minha reação às coisas, mas é realmente muito difícil.

— Por que não me contou?

— Até parece que eu queria que você visse como estou desesperado.

— Pelo menos está tentando.

— É, e falhando — diz ele. — É frustrante à beça, porque quero muito mudar, e aí acontece algo como esta noite, e volto de onde parti.

Toco o rosto dele. Sua expressão de abandono está me assustando.

— Por favor... continue tentando, certo? Não desista.

Ele assente, mas fico na dúvida se ele já está bêbado demais.

Paramos na frente do meu prédio e entramos. Quando fecho a porta, ele me empurra contra ela e me beija. Há um desespero nele que desejo extinguir, mas não sei como. É um espelho do meu.

Não acho que sejamos pessoas ruins. Por que não podemos apenas ser felizes juntos?

Quando fazemos amor, é bruto. Quase raivoso. E quando ele adormece, fico ali deitada e tento imaginar que sou eu a deixá-lo dessa vez.

Será que consigo? Ir embora antes que ele me destrua?

É uma ideia tentadora.

Hoje
Nova York
Teatro Graumann
Noite de estreia

A festa é barulhenta e esplêndida, como muitas das pessoas presentes. Há uma enxurrada de *Querida!*, e *Você estava fabulosa!*, e *Amei!*, e, através daquilo tudo, tento receber os elogios e falar bobagens, quando tudo o que desejo é encontrar Ethan e afundar no seu peito.

Avisto-o do outro lado da sala, conversando com uma penca de mulheres desesperadas para atrair a sua atenção, mas ele mantém os olhos em mim o tempo todo. O jeito como ele me olha faz com que meu rosto fique permanentemente ruborizado. Mesmo do outro lado da sala, ele irradia sexo. Tenho pena de seu efeito nas coitadas amontoadas em volta dele.

— Então, o que há entre você e Ethan? — pergunta a crítica do *Stage Diary*. — Ouvi dizer que vocês tiveram um caso tumultuado no curso de teatro. Ainda estão juntos?

Ethan toma um gole de champanhe e faz que sim com a cabeça para a mulher com quem conversa.

Não consigo parar de observá-lo.

— Não. Não estamos juntos.

— Amigos?

Ethan desvia o olhar na minha direção e fixa-o em mim.

— Não. Não exatamente amigos.

— O quê, então?

Ethan franze a testa. Será que ele sabe que estou falando dele?

— Ele é... Ethan.

— O que isso quer dizer?

— Ainda estou tentando entender.

— Hummm, intrigante.

— É. Exatamente isso.

Marco flutua pela sala e me beija no rosto. Ele fez isso várias vezes durante a noite. É meio óbvio que está em êxtase com a forma como o espetáculo foi recebido.

— Marco, estou tentando fazer com que a srta. Taylor me dê um furo sobre sua relação com o ator principal da peça. Ela está sendo cautelosa. Quer falar sobre isso?

— Cara senhora — diz Marco —, se eu conseguisse entender o que está acontecendo entre as minhas estrelas, os ensaios teriam sido bem menos repletos de tensão e ansiedade. Mas daí o espetáculo não teria vida. Seja lá o que esteja acontecendo entre eles, rezo para que continue. Agora, vamos falar sobre a resenha fabulosa que você vai escrever sobre nós.

Marco envolve a mulher com o braço e a leva para longe.

Quase não percebo. Ethan ainda está olhando fixo para mim. No meio de toda essa excitação e energia, ele me acalma.

Pedindo licença para as mulheres à sua volta, ele vem em minha direção, tão lindo, de terno. As pessoas lhe dão os parabéns quando passa e, embora ele agradeça, mantém a atenção em mim.

Quando me alcança, ergue sua taça de champanhe.

— A nós.

— A nós — digo, brindando com ele. — Fomos fantásticos hoje, embora seja eu mesma que estou dizendo.

— Fomos — diz ele —, mas eu não estava brindando à peça.

Ele se inclina e beija meu rosto.

— Você é tão absurdamente linda e me faz ter pensamentos terríveis. Por favor, pare.

Bebo meu champanhe e resisto a abanar o rosto.

— Engraçado. Eu ia dizer exatamente o mesmo sobre você.

O resto da noite é um borrão. Passamos algum tempo com os pais e a irmã dele. Conversamos com Tristan e seu namorado. Deixamos que tirassem fotos nossas para um monte de revistas de fofocas. E, durante isso tudo, uma tensão ardente crepita entre nós. Cada toque envia fagulhas pelo meu corpo.

Quando a festa acaba, ele chega com meu casaco. Quando me ajuda a vesti-lo, dá um beijo de leve no meu pescoço.

Estremeço e fecho os olhos.

— Desculpe — diz ele, afastando-se. — Eu só... Estou achando muito difícil não tocar em você esta noite. — Balança a cabeça e dá uma gargalhada. — Bem, sejamos sinceros, acho bem difícil não tocar em você o tempo todo. Hoje só está mais difícil.

capítulo vinte e dois
O COMEÇO DO FIM

Três anos antes
Westchester, Nova York
Grove

Erika entra na sala como se carregasse o peso do mundo nas costas. Há um silêncio absoluto. A tensão é palpável.

Depois da peça de formatura de sábado à noite, agentes, diretores e produtores tiveram o final de semana para fazer suas propostas. Agora é a hora da verdade, em que descobriremos o que ofereceram e a quem.

— Em primeiro lugar — diz Erika, segurando um bolo de envelopes —, deixem-me dizer como estou orgulhosa. A qualidade da atuação de vocês no sábado foi excelente, e eu não poderia ter pedido a nenhum de vocês mais comprometimento ao mostrar-se para a plateia. Dito isso, para aqueles de vocês que não tiverem propostas sólidas, não desanimem. Isso não quer dizer que não são talentosos, e certamente não quer dizer que não são empregáveis. Só quer dizer que não eram as pessoas certas para os papéis disponíveis.

Ela caminha pela sala e entrega envelopes. Ethan recebe dois deles. Eu também. Mais um punhado de pessoas recebe duas propostas. A maioria recebe uma só. Uns poucos não recebem nenhuma.

Aiyah, de mãos vazias, cai no choro. Erika a abraça e lhe garante que vai aparecer trabalho.

Abro meus envelopes com mãos trêmulas.

O primeiro é de uma companhia de repertório em Los Angeles, que deseja que eu me torne membro permanente. Montam peças contemporâneas e trabalham com divisão dos lucros.

Quando abro o outro envelope, preciso ler três vezes para entender de fato o que diz. É de um produtor. Ele quer fazer uma produção off-Broadway de *Retrato*. Totalmente profissional. Cinco semanas de ensaio, mais uma temporada experimental de seis semanas. Já obteve os direitos e quer que Connor e eu sejamos as estrelas.

Olho para Ethan. Está franzindo a testa para uma das suas cartas. Digo seu nome, e ele ergue os olhos.

— O que foi? — pergunto.

Ethan levanta as duas folhas de papel.

— Bem, na primeira, a Lowbridge Shakespeare Company quer que eu me integre na próxima turnê europeia deles, fazendo Mercúcio em *Romeu e Julieta*.

— Fantástico!

— É.

— Então por que você parece tão chocado?

Ele sacode a cabeça.

— O outro é... é o New York Shakespeare Theater. Querem que eu faça *Hamlet*.

— Que papel?

Ethan parece atordoado.

— O principal. Imagino que tenham gostado do meu monólogo.

— Meu Deus, Ethan, é incrível!

— É. Não estou conseguindo acreditar.

— Acredite. Você é fantástico, e as propostas que recebeu provam isso. Por que não está feliz?

— Estou, é só... Não tenho ideia de qual escolher. A turnê europeia é um contrato mais longo, mas a outra... Quer dizer, é *Hamlet*.

Por anos eu disse que daria meu testículo esquerdo para fazer esse papel.

— Então faça. É um dos papéis masculinos mais cobiçados por aí. E você realmente faria um trabalho excepcional.

Ele dá de ombros.

— Espero que sim. Mas me diga, e você?

— Bom, me ofereceram uma vaga no The Roundhouse em L. A.

— Sério? Esses caras são impressionantes. As produções deles são o que há de mais avançado. E a outra?

— A outra é off-Broadway.

— Está brincando? Céus, Cassie, que ótimo!

— Sim, eu sei...

— Estou percebendo um "mas".

Respiro fundo.

— É para fazer *Retrato*.

Ethan pisca.

— Quer dizer, *Retrato* com...

— Connor. É. Eles querem nós dois.

Ele está realmente tentando manter a expressão alegre.

— Por quanto tempo?

— Onze semanas inicialmente. Depois disso, se for bem recebida... quem sabe? Alguns meses. Um ano, se tivermos sorte.

Ethan assente.

— Uau. Um ano. É... uau. Uma oportunidade fantástica.

— É. Acho que sim.

Um nó se forma no meu estômago. Aumenta com suas sobrancelhas juntas e a energia sombria que gira em torno dele.

Ethan quase consegue desmanchá-lo quando pega minha mão nas dele.

— Sério, Cassie, é incrível. Estou mesmo feliz por você.

— Mesmo?

Ele sorri.

— Mesmo.

É muito convincente. Mas Ethan é um ótimo ator.

Hoje
Nova York
Grove
Apartamento de Cassandra Taylor

— Não consigo olhar.

— Nem eu.

— Onde está Cody quando precisamos dele?

— Espero que esteja dormindo. São seis horas da manhã.

Ethan e eu estamos sentados de pernas cruzadas no meio da minha sala de estar e entre nós há uma pilha de jornais e de textos impressos de vários blogs.

Críticas.

O veredicto sobre nossa peça.

— Certo. Você lê o *Times* — digo. — Não posso mesmo com isso.

— Está bem. Então você precisa ler o *Post* — diz Ethan. — Aquele sujeito apertou minha mão por tempo demais ontem à noite. E a acariciou um pouco.

— Feito.

Pegamos um jornal cada um e vamos para a seção de cultura. Leio a crítica do *Post* e meu rosto vai ficando cada vez mais quente durante a leitura. Quando chego ao final, dou uma olhada para Ethan. Ele está franzindo a testa para o *Times* e balançando a cabeça.

Larga o jornal e suspira.

— Bem... isso foi... inesperado.

— Ele gostou?

— Não. Ele adorou. Adorou tudo, menos o roteiro, mas disse que os outros elementos funcionavam tão bem que não importava.

— Mas ele gostou de nós?

Ele faz que sim com a cabeça.

— Demais. Cito: *Os dois atores principais têm o tipo de química fascinante que vai fazer com que o público assista novamente ao espetáculo uma, duas vezes. A maioria das pessoas com quem falei na noite de estreia já planeja ir de novo. É esse tipo de encanto que garante a esse espetáculo que tenha um futuro longo e próspero. Uma noite imperdível no teatro.*

— Caramba.

— Pois é!

As demais críticas vão nessa mesma linha. Todo mundo adorou o espetáculo, particularmente a química entre mim e Ethan. Quando acabamos de ler, estou tão constrangida com todos aqueles elogios que sinto a necessidade de jogar uma água fria no rosto.

Também me sinto estranhamente emocionada.

— Ei. — Ethan toca o meu rosto. — Você está bem?

— Estou. Só... feliz, sabe?

— Você parece que vai começar a chorar.

— Pare. Se falar, daí que eu choro mesmo.

Pisco e mando as lágrimas embora.

— Desculpe.

— Não! É ainda pior do que falar. Droga.

Pisco mais rápido, mas é tarde demais. As lágrimas escorrem. Ethan segura meu rosto e as enxuga. Só piora tudo.

Ele me abraça e eu choro. Fazia tempo que não chorava lágrimas de felicidade. Ele pousa os lábios na minha testa e acaricia meu cabelo.

A sensação é tão boa... tão absoluta e enfaticamente certa, que me faz chorar ainda mais.

Três anos antes
Westchester, Nova York
Grove

Ethan não me toca há quase uma semana. Bem, ele me toca, mas não do jeito certo. Não como eu preciso.

Ele se fechou e se afastou, e fico doente de pensar que estou tão impotente quanto da última vez para fazer com que isso acabe.

Mesmo assim, tenho uma coisa a tentar. Uma jogada desesperada no que suspeito ser um jogo impossível de ser ganho.

— Vou dizer a Erika que vou desistir de *Retrato*.

Ele ergue os olhos do livro e franze a testa.

— O quê?

— Vou desistir. Vou aceitar L. A. em vez disso.

— Cassie...

— Quer dizer, é uma oferta incrível também. Além disso, não é como se a Broadway fosse sumir de um dia para o outro. Chegarei lá de alguma forma.

Ele abaixa o livro e suspira.

— Não seja boba. Você não pode recusar. Ainda mais se achar que está fazendo isso por mim.

— Acho que estou fazendo por nós. Sei como você deve estar maluco só de pensar que estarei no palco com Connor oito vezes por semana.

— E daí? Ser parte dessa decisão é ridículo. É sua *carreira*. Você precisa ir em frente.

— Não se for para perder você.

Ele esfrega os olhos.

— Se você não aceitar, vai me perder de qualquer forma, porque nunca vou me perdoar por ter estragado algo tão importante. Por favor, Cassie. Aceite.

— Mas...

— Não, isso está fora de discussão. Você conseguiu uma oportunidade fantástica, e não vou deixá-la sabotar isso por minha causa. De jeito nenhum. Você vai dizer a Erika que aceita, ou então digo eu.

Ele fecha o livro com força e o enfia na mochila.

— Aonde você vai?

— Para casa.

— Mas e a prova final de arte na sociedade?

— Vou estudar sozinho.

— E por que está com tanta raiva de mim?

Ele pendura a mochila no ombro e volta-se para mim.

— Não estou com raiva de você. Estou com raiva de mim. Com raiva de fazer você pensar que precisa sacrificar sua carreira por mim.

— Ethan...

— Não, Cassie, isso é totalmente maluco. Não é amor. É medo. Você está com medo da minha reação, e está deixando que isso domine sua decisão. Que droga, Cassie, então é isso que estou fazendo com você?

— Você não está fazendo nada! Às vezes, para que as coisas funcionem, é necessário fazer concessões.

— Isso não é uma concessão! Isso é você desistir do seu sonho por mim, e me aborrece que você pense que precisa fazê-lo. Que eu tenha feito você pensar nisso.

— Você não fez, eu só...

— Por favor, pare. Eu de fato tentei com todas as forças apenas deixar passar essa situação com Connor, mas não consigo, e você sabe. Mas isso? Não é a solução.

— Então o que é? Existe alguma? Porque você realmente está começando a me assustar.

A expressão dele se suaviza, mas não me tranquiliza. Não sei se é possível, nesse estágio.

— Preciso ir.

— Espere.

Ethan para, com uma das mãos na porta. Vou até ele e faço-o olhar para mim. Ele o faz, relutante.

— Amo você.

Fico na ponta dos pés para beijá-lo. Ele respira fundo e me abraça, e mesmo me beijando, aquilo não dura. Quando se afasta, a mão dele ainda está na maçaneta.

— Amo você também — diz ele, com a mão na minha bochecha. — É esse o problema.

Ethan abre a porta e vai direto para o carro. Fico olhando até que ele desapareça do meu campo de visão.

Hoje
Nova York
Teatro Graumann

Quando chego ao teatro, largo minha bolsa no camarim e vou procurar Ethan. Ele tem me ajudado com técnicas de meditação, e mesmo eu não sendo muito boa, ele é um professor paciente.

É claro que Tristan ficou revoltado quando soube. Bem, para ser honesta, ele raramente fica revoltado, mas ficou calado por um bom tempo e me olhou de uma forma hostil.

Ele tenta me fazer meditar desde a noite em que nos conhecemos, e eu nunca dei bola, achava perda de tempo. Não preciso dizer que Ethan e eu não somos as pessoas mais populares em seu caderninho no momento.

Vou até o camarim de Ethan, mas ele não está lá. A voz dele ressoa em algum lugar do teatro, então sigo o som.

Quando chego aos bastidores, vejo-o andando e falando no celular.

— Não sei. Quer dizer, o espetáculo só está em cartaz há um mês. Mal começamos a ficar de pé. Sim, sei que é uma oportunidade fantástica, mas... — Esfrega o rosto e suspira. — Estou escutando. Entendi. E não, não tem nada a ver com Cassie. Eu só... Eu não sei se é a hora certa para isso.

Ao ouvir meu nome, esgueiro-me de volta para a sombra.

Ethan encerra a conversa, dizendo:

— Vou pensar.

Volto silenciosamente para o seu camarim quando ele desliga.

Quando Ethan reaparece um minuto depois, parece surpreso ao me ver.

— Ah, oi.

— Oi. Tudo bem?

— Sim. Tudo. — Ele pousa o celular no balcão e senta no chão. — Pronta?

— Claro.

Ele mal olha para mim. Seguimos nossa rotina de meditação, mas é óbvio que a cabeça dele está em outro lugar.

A meditação é uma droga. Minha respiração está entrecortada, e tudo o que posso fazer é imaginar sobre o que era aquela conversa e por que ele a está escondendo de mim.

Acabamos o ciclo e, quando abro os olhos, fico com a impressão de que ele estava me observando o tempo todo.

— Vamos ficar abraçados? — pergunta ele devagar.

Fico de pé e balanço a cabeça.

— Não, acho melhor não.

— Está tudo bem?

— Sim, está. — Consigo sentir todas as partes de mim que recentemente começaram a desabrochar murchando sob o peso do que quer que esteja acontecendo com ele. Tenho melhorado em confiar nessa nova versão dele, mas agora... a dúvida voltou.

— Cassie...

— Estou bem. Só tenho umas coisas para fazer.

Ele segura minha mão.

— Espere. O que está acontecendo?

Balanço a cabeça. Sou incapaz de confrontá-lo, porque estou aterrorizada com o que vai dizer.

— Nada. Apenas não estou com vontade de namorar esta noite.

Desvencilho minha mão e saio. Preciso me afastar dele. Não consigo nem pensar no que faria se as coisas desandassem de novo.

capítulo vinte e três
AFUNDAR OU NADAR

Três anos antes
Westchester, Nova York
Grove

Sinto-me como um submarino.

É uma analogia bizarra, mas lembro-me de ver um filme quando era criança em que um submarino tinha sido atingido por um torpedo. Havia todos aqueles compartimentos que começaram a se encher de água, e as pessoas corriam pelos corredores e vedavam portas estanques atrás de si para não se afogar.

A forma como Ethan vem agindo recentemente tem feito com que eu vede todas as áreas que tinha aberto para ele quando voltamos a namorar, e o torpedo nem me atingiu ainda.

Ethan repara. Vê que estou me afastando como ele fez antes. Falamos sobre passar algum tempo juntos em Nova York depois da formatura, mas nunca com nenhuma convicção. Acho que não conseguiria fingir convicção agora nem se tentasse. Tudo está dormente e nada dói.

Por outro lado, nada me toca de verdade.

Ainda fazemos sexo, mas é como se a intimidade estivesse se esvanecendo. No passado, eu lutaria contra isso, mas não agora.

Não sou a babá desta relação. Assumi essa responsabilidade uma vez e quase fui destruída por ela. Se Ethan acha que vou passar por isso de novo, vai ficar bem desapontado.

Acho que estamos ambos esperando que o outro nos conserte num passe de mágica, sabendo o tempo todo que isso não é possível.

Hoje
Nova York
Teatro Graumann

Começamos cada um de um lado do palco, e ao longo da cena seguinte, somos lentamente atraídos um para o outro. É uma metáfora em movimento, e respiro fundo para conseguir me abrir, deixando emoções se prenderem a cada palavra.

— Alguém um dia disse: "Se você amar alguém, deixe-o livre. Se voltar, é seu. Se não, nunca lhe pertenceu".

A luz está baixa, mas, enquanto nos movemos um em direção ao outro, o lugar vai ficando mais iluminado.

— Não acredita nisso? — pergunta Ethan.

— Acredito, mas a questão é que às vezes as pessoas querem ir embora porque estão assustadas, ou mal informadas, ou inseguras, ou confusas. E é nessas horas... nesses momentos duros e definitivos, em que duas pessoas estão à beira de despencar ou de voar, que você precisa se perguntar: deixo essa pessoa ir? Ou garanto, antes que dê mais um passo em direção à porta, que ela sabe todos os motivos pelos quais deveria ficar?

Ele baixa a cabeça.

— Eu não precisava de motivo. Precisava de desculpa.

— Por quê?

— Porque, quando descobri sobre sua família e seu dinheiro, achei que não era bom o suficiente para você. Que não era bom para você.

— Bem, isso não faz sentido. Achar que você não é bom o suficiente por causa de dinheiro?

— Para ser justo, era dinheiro *e* poder.

— Não tenho nenhum poder.

O olhar dele fica mais intenso e queima minha pele.

— Sobre mim, tem.

Agora estamos bem próximos, um de frente para o outro, e eu pouso a mão em sua face.

— Não contei a você sobre minha família porque não era importante. Assim como laço de fita e papel enfeitado não têm relevância para o presente que eles embrulham. Não queria ser valorizada apenas pela marca cara. E você me deu isso. Você fez com que a versão plena, livre de embrulhos, de mim mesma se sentisse a coisa mais preciosa do mundo.

Ele me beija, e o resto da iluminação diminui enquanto um canhão de luz é direcionado para nós. Um mundo inteiro contido em um único facho de luz.

— Então é isso — digo —, não acredito em amar algo o suficiente para deixá-lo livre. Acredito em amá-lo o bastante para lutar por ele. Gritar e berrar e bater com os punhos até que saiba... que entenda... que é meu, antes de fazer a escolha de sair pela porta.

Ele toca meu rosto com dedos delicados, descendo pela minha bochecha.

— Fico feliz que você não tenha me deixado ir embora.

— Eu também. Senão, seria obrigada a seguir você.

Ethan me beija e o facho de luz se apaga, e há alguns instantes de silêncio antes que a plateia exploda em aplausos. Demoro alguns segundos para me desapegar de Sam e Sarah e voltar a Cassie e Ethan, mas, quando acontece, as luzes se acendem, e fazemos a reverência.

Sinto a onda familiar de adrenalina por ter feito um bom espetáculo, mas por debaixo há uma corrente de ansiedade. Está lá desde que escutei o telefonema de Ethan no começo da semana.

Saímos do palco e voltamos para nossos camarins, e a ansiedade vai aumentando enquanto tiro a maquiagem e troco de roupa.

Quando Ethan bate na porta, estou quase explodindo.

Grito:

— Entre!

E Ethan mal tem tempo de fechar a porta antes de eu erguer o dedo para ele.

— Eu realmente queria que você me contasse sem que eu precisasse perguntar, mas está me deixando louca. O que está escondendo de mim?

— O quê?

— Você sabe do que estou falando. Esteve arisco a semana inteira.

— Cassie...

— Você jurou que eu podia confiar em você! Você me disse que era um livro aberto. Isso era apenas conversa para boi dormir?

— Não.

— Então me conte. Ouvi você no celular outro dia. Sei que está acontecendo alguma coisa. Você disse que não tinha nada a ver comigo, mas tenho quase certeza que tem.

Ele suspira.

— Havia uma diretora de elenco na plateia na semana passada. Ela quer que eu vá para L. A. ser coadjuvante no novo sucesso da HBO. É um papel bem grande, e meu agente está me incentivando a aceitá-lo.

— Então por que não aceita?

— Porque... só estreamos há quatro semanas, e estamos fazendo bastante progresso fora do palco e... não quero ir.

— Ethan...

— Haverá outras oportunidades. Não vou ser posto na lista negra por recusar.

— Não, mas você vai ser um idiota completo se fizer isso.

— Viu? É por isso que não contei a você.

— Porque eu ia dizer para você aceitar?

— É.

— Que besteira.

— Não, não é. — Ele se levanta e se aproxima de mim. — Quero ficar aqui e continuar a fazer essa porra de peça incrível com você toda noite e não pegar um avião para o outro lado do país por uma semana. Por que é tão errado?

— Porque é apenas uma semana, e vamos ficar bem sem você. É uma oportunidade realmente fantástica. Seu agente conversou com os produtores?

— Sim. Tem uma certa preocupação em decepcionar a plateia, mas ao mesmo tempo acham que seria uma propaganda ótima.

— E seria mesmo.

— Então você não se importaria se eu viajasse por uma semana?

— Claro que sim, mas sobreviveria. Talvez precisemos de alguns ensaios extras para garantir que seu substituto esteja pronto, mas Nathan é rápido. Ele vai dar conta.

Não deixo de observar o jeito como ele quase se retrai e enfia as mãos nos bolsos.

— Ah, meu Deus, diga que o motivo de você não querer ir não é por estar surtando com a ideia de que eu vou fazer cenas de amor com seu substituto.

Ele balança a cabeça.

— Não é isso.

Ele não olha para mim. O alarme soa na minha mente.

— Me sinto ridículo até de dizer isso.

— Apenas diga. Você está me assustando.

Ele respira fundo.

— Não quero deixar você. Já fiz isso mais vezes do que deveria, e agora isso. Eu me esforcei tanto para voltar para cá e estar com você... acho que não consigo fazer isso.

— Ethan...

— Não, você não está entendendo. Aqui eu consigo tocar você e beijar você todo dia, mesmo se for só na peça. Como posso me afastar disso?

— É só por uma semana.

— Uma semana sem você é como se fosse um ano. Acredite em mim. Eu sei.

Chego perto e envolvo-o em meus braços. Ele me abraça tão forte que é quase desconfortável.

— Você consegue fazer isso. Você precisa.

— Por quê?

Afasto-me e o encaro com o rosto sério.

— Lembra do que você me disse, há uns anos, um pouco antes de ir embora? Você disse: "Há uma quantidade limitada de coisas que você consegue assistir alguém sacrificar antes de se dar conta de que a pessoa está mudando aquilo que é por você, e não de um jeito bom". Bem, é o que está acontecendo aqui. Amo que você tenha chegado até aqui e amo a força e a coragem que tem agora, mas não fazer isso por causa de mim? Está errado. Ligue para seu agente e diga que vai aceitar o papel.

— Cassie...

— Sério, Ethan. Faça isso. Estarei esperando aqui quando voltar.

Ele me abraça de novo, e eu passo os dedos pelo seu cabelo.

— Sabe, a dra. Kate disse algo interessante hoje. Disse que as pessoas estão obcecadas demais em dominar o medo, quando deveriam apenas aprender a aceitá-lo e mesmo assim fazer as coisas que as assustam.

Ele respira no meu pescoço.

— Estou apavorado de deixar você de novo.

Afasto-me e olho-o dentro dos olhos.

— Faça isso, mesmo assim.

— Amo você — diz ele, segurando meu rosto entre as mãos. — Você sabe disso, não sabe?

— Você me diz isso todo dia. Como poderia esquecer?

Um dia desses, vou conseguir aceitar o medo que tenho de dizer isso a ele, e dizer mesmo assim.

Três anos antes
Westchester, Nova York
Grove

A semana das provas finais é um inferno. Vagueio por entre as aulas, atordoada. Estou exausta por passar tempo com Ethan evitando tudo aquilo sobre o que deveríamos conversar, e preocupada em afastar-me das minhas emoções para poder me concentrar.

Meu último trabalho em cena é basicamente um desastre. Estou tão fechada que não consigo nem deixar aparecer as emoções mais simples, então finjo e torço para que Erika não note.

Claro que ela nota.

Mesmo antes de acabar, posso ver a decepção em seu rosto. Quando olho para Ethan, vejo decepção também, mas nele é bem mais profunda.

Naquela noite, falamos do que vai acontecer depois da formatura. Ele me conta que os seus pais disseram que eu podia morar na casa deles em Manhattan até que consiga meu próprio apartamento, mas não parece feliz com isso.

Pergunto quando é que ele vai começar a ensaiar para *Hamlet*, mas ele evita a pergunta. Na verdade, evita a maioria das minhas perguntas. No final, desisto.

Logo antes de ir embora, ele me beija por muito tempo, mas isso não diminui minha paranoia.

O dia seguinte é um sábado. O namorado de Ruby estará fora da cidade o fim de semana inteiro, então ela me arrasta para fora do apartamento para tentar me tirar da lama em que estou metida.

Vamos fazer compras e depois almoçar. Finjo estar me divertindo, mas ela não se deixa enganar.

Quando voltamos para casa, ela está no limite.

— Certo, chega disso. O que está acontecendo entre você e Holt?

Suspiro.

— Não sei.

— Meu Deus, como isso é frustrante. — Ela se larga no sofá. — Vocês têm andado esquisitos há tempos. Ele ainda está surtando com a história do Connor?

— Não sei. Acho que tem um pouco disso.

— Mas ele disse a você para aceitar o papel, não foi? Por que ele faria isso se soubesse que não conseguiria lidar com a situação?

— Ele quer que eu faça sucesso.

— Mas então ele vai ficar arrasado?

— É.

— Caramba. Ele está tentando agir honradamente. Quase me faz gostar dele. É claro que saber que ele está arrasado pode ser parte do motivo.

Faço uma cara feia para ela.

Ela revira os olhos.

— Você tentou conversar com ele?

— Um pouco. Ele anda evasivo.

Meu celular toca. Verifico quem está ligando antes de atender.

— Oi, Elissa.

— Cassie, você precisa vir para cá.

Ela parece em pânico, e um pouco como se tivesse chorado.

— Você está bem?

— Não. E não me importo se não devia contar nada a você. Apenas venha para cá.

Ela desliga, e minha paranoia transforma-se em ansiedade plena.

— Ruby, posso pegar seu carro emprestado?

— Claro. O que está acontecendo?

— Não tenho ideia, mas estou com o sentimento de que é ruim.

Vinte minutos depois, paro o carro na frente do apartamento de Ethan e corro pela escada. Minha cabeça gira com mil cenários diferentes enquanto esmurro a porta. Mesmo tentando controlar o pânico, sinto meu coração desmoronando, esperando pela inevitável fratura--causada-por-Ethan que está prestes a sofrer.

Em instantes, Elissa abre a porta. Os olhos dela estão injetados, e furiosos.

— Talvez você consiga botar algum juízo na cabeça dele. Eu não. Se ele perguntar, não liguei para você.

Com isso, ela sai e bate a porta atrás de si.

Entro no apartamento e encontro caixas por todo canto. A maioria delas está meio cheia e bagunçada, e quando entro no quarto de Ethan há outras iguais.

Ele sai do banheiro com os braços cheios de produtos de higiene e congela.

Nos encaramos por alguns segundos antes que ele diga:

— O que você está fazendo aqui?

— Eu poderia perguntar a mesma coisa a você. — Olho em volta, para as caixas. — Você está encaixotando tudo muito cedo. Achei que ia ficar aqui até o final do aluguel, daqui a duas semanas.

Ele não diz nada. Em vez disso, olha para o chão. Meu coração está batendo tão forte que consigo senti-lo a cada respiração.

— Ethan?

— Ia contar a você... só não... não sabia como.

Um arrepio desce pela minha coluna.

— Contar o quê?

Ele inspira fundo e solta o ar. Em seguida faz de novo. Tento ignorar os sinais de alarme tocando na minha cabeça.

— Desisti de *Hamlet*. Aceitei o trabalho na Europa. Vou embora daqui a três dias.

Olho fixo para ele, e estou tão cheia de adrenalina e energia nervosa que deixo escapar uma risada áspera.

— Não, você não vai.

Ele volta a se mexer e joga os objetos de banheiro em uma bolsa acolchoada preta.

— Vou, sim.

Eu sabia que isso ia acontecer, mas, mesmo tendo tentado me preparar, fico calada, chocada. A dor no meu peito me deixa sem fôlego, e todas as partes que tentei proteger, entorpecendo-as, ardem e queimam.

Não consigo dizer nada, então apenas assinto.

Ele enfia as mãos nos bolsos.

— Eu me esforcei tanto para encontrar uma desculpa e ficar com você, mas não posso. Tentei dominar minhas inseguranças para não contaminar você com elas, e falhei. Todo dia vejo você se fechar um pouco mais, e sei que é minha culpa. Se eu ficar, não vou apenas destruir seu ânimo, vou destruir sua carreira. Já consigo ver isso afetando seu jeito de atuar, e essa imagem está me matando. Não posso fazer isso, Cassie. Não posso arrastar você para baixo comigo. Mesmo que me doa ir embora, seria bem pior se eu ficasse.

Engulo com esforço enquanto tento desesperadamente acalmar a dor. Respiro fundo algumas vezes. Fico ereta, ao máximo, tentando fazer de conta que isso não está acontecendo.

Ele está me deixando.

De novo.

Ele me disse que podia ter uma relação comigo, mas era mentira. Uma mentira linda em que eu de fato quis acreditar.

Sou tão incrivelmente burra.

— Cassie — diz ele, dando um passo na minha direção. — Por favor, diga alguma coisa.

— O que você espera que eu diga?

Minha voz está vazia e sem entonação. Imploro a minhas emoções que fiquem do mesmo jeito.

— Não sei. Diga que entende.

Olho para ele, ainda atordoada.

— Não entendo.

— Diga que não me odeia.

Aquilo me faz rir. Parece estranho que eu consiga fazer um barulho tão alegre quando estou tão repleta de sofrimento.

— Quando decidiu?

— Logo depois que recebemos as propostas.

Fico olhando para ele, incrédula.

— Mas... você aceitou *Hamlet*.

— Não, não aceitei.

— Então *mentiu* para mim?

— Não, nunca disse a você que tinha aceitado. Você apenas supôs que eu fosse fazê-lo.

Estou tão perto de soltar um grito que me assusto.

— Quando exatamente você ia me contar? Quando estivesse a caminho do aeroporto?

Ele olha para as mãos.

— Tentei encontrar a coragem de contar uma dúzias de vezes. Aí penso em ir embora de verdade, e um... buraco se abre dentro de mim, e dói demais só de pensar nisso.

Dói demais me contar que *está me deixando*?!

Minha garganta aperta e a dor se espalha pelo meu peito como uma mágoa derretida.

— Dane-se, Ethan! Eu me propus a desistir de *Retrato* para nos preservar, e você não me deixou!

— *Retrato* não é o problema! — diz ele, e se aproxima. — Nem Connor é o problema. O problema sou eu, e como você é quando está comigo. Não é saudável, Cassie. Quero dar tanta coisa a você, mas tudo o que faço é tirar coisas de você, e vou acabar como um peso de chumbo em torno dos seus tornozelos. Você não pode dizer que não está sentindo isso acontecer agora.

— Então você vai embora? Vai fugir como se isso fosse a solução?

— Não sei mais o que fazer.

— Podia ficar! Lutar por nós. Por mim.

— Tenho lutado! E perdido! Você não entende, droga? Você fica melhor sem mim. Você sempre ficou. Eu só estava apaixonado demais para admitir. Agora estou fazendo a única coisa em que consegui pensar, e você deveria estar grata por finalmente se livrar de mim.

Ele está ofegante e com os olhos úmidos. Estou tremendo de emoção.

Tem tanta coisa que quero dizer para ele, mas tudo se mistura e tropeça até que não sobra nada. Nenhuma tirada inteligente. Nenhuma súplica. Nenhuma forma de implorar que ele mude de ideia.

Nada.

Nada.

Na-da.

Meu coração bate como uma ferida aberta dentro de mim. Fecho os olhos com a dor.

Depois de respirar algumas vezes, a amargura enche meu corpo, e fico entorpecida. É estranho. Como um anestésico natural.

Quando abro os olhos e o vejo, me sinto impassível e fria. Fechada. Parte de mim registra que entrei em choque, mas não me importo.

Dou de ombros.

—Acho que é isso, então.

— Cassie...

— Você vai perder a formatura.

— Se houvesse algum outro jeito...

— Boa viagem. Tenho certeza que você vai ser um Mercúcio fantástico.

Volto-me para sair. Quando estou quase na porta da frente, ele grita:

— Espere!

Paro mas não me viro. Sinto-o atrás de mim, próximo, mas sem me tocar.

— Cassie, eu... — ele suspira e sopra no meu cabelo. — Detesto isso. Eu me detesto. Por favor...

Ele toca minha mão, mas eu a puxo de volta como se os dedos dele queimassem. Em seguida, faço o que deveria ter feito há meses. Afasto-me dele sem olhar para trás.

Hoje
Nova York
Teatro Graumann

Saímos todos do teatro, exaustos. Além de fazer o espetáculo toda noite, temos vindo à tarde para ter certeza de que o substituto de Ethan está totalmente preparado para fazer o papel amanhã à noite.

Trabalhar com Nathan tem sido interessante. Ele é um excelente ator, e apesar da nossa química ser bem diferente, acho que a plateia vai responder bem a ela.

Ethan tem estado surpreendentemente tranquilo a respeito das cenas de amor e até deu a Nathan alguns conselhos sobre onde segurar minha bunda para me erguer mais fácil. Quando vi que ele estava totalmente calmo, tive a confiança necessária para relaxar e apenas fazer o meu trabalho. Nesse momento, posso jurar que ouvi Marco dar um suspiro de alívio.

Ethan e eu voltamos para casa andando em silêncio, as mãos de vez em quando se tocando. A dor familiar de desejá-lo agita-se e se intensifica. Vai piorando regularmente na contagem regressiva das horas até sua partida. Meu pânico é mais um ingrediente na mistura, e me obriga a tomar alguma atitude a respeito disso. Tocá-lo. Beijá-lo. Fazer com que se lembre de todas as formas que conheço de fazê-lo feliz, para que ele nem pense em não voltar.

Quando chegamos ao meu apartamento, nós dois arrastamos os pés, nervosos. Vai ser a despedida, e esse pensamento faz minhas veias congelarem.

— Então... — diz ele, sorrindo para mim. — Acho que vejo você daqui a uma semana.

— Você vai arrasar. Divirta-se, tá bom?

— Vou tentar.

Ficamos nos encarando por alguns instantes antes que ele avance e me abrace.

A respiração dele é morna no meu pescoço e ele murmura:

— Vou sentir tanta saudade de você. Prometa que vamos nos falar todo dia.

— Prometo.

— Você e Nathan vão se sair muito bem juntos.

— Mesmo assim, vou fantasiar que ele é você.

— Ótimo. — Ethan se afasta. — Amo você.

Beija minha testa, e encosto no seu peito.

Quando ele recua, eu quase surto. A desconexão é imediata e do-lorosa.

— Fique — digo, e dou um passo em sua direção. — Entre e tome um vinho, ou outra coisa. Fique um pouco.

Ele me abraça.

— Se eu entrar, não vou querer ir embora.

Acaricio o queixo dele.

— Então fique a noite toda. Seu voo só sai amanhã.

Ele enrijece os braços e suspira.

— Cassie... não podemos.

— Por que não? Quero você. Você me quer.

— Sua terapia...

— Está indo muito bem. A dra. Kate está satisfeita.

— Não estaria se soubesse que dormimos juntos.

Desenho seus lábios.

— Ela não precisa saber.

Ethan afasta minha mão do seu rosto e a beija.

— Precisa, sim. E você usar como arma essa sensualidade toda é injusto comigo.

Ergo os olhos e tento não parecer tão desesperada quanto me sinto.

— Só cinco minutos?

— Se eu ficar aqui, mesmo por um minuto, vou esquecer todas as razões pelas quais não deveria fazer amor com você. Se isso acontecer, não terei como entrar naquele avião amanhã, e meu agente vai me matar, e talvez a você também. Então eu vou embora.

Ethan não se move.

— Certo.

— Diga que vai sentir saudade.

— Vou morrer de saudade.

Ethan solta um longo suspiro e roça meu rosto com os dedos.

— Vejo você semana que vem.

— Está bem.

Fico olhando enquanto ele vai até o elevador e aperta o botão. Depois observo-o entrar e acenar enquanto as portas se fecham.

Fixo o olhar na porta do elevador por muito tempo.

Ela não se abre novamente.

capítulo vinte e quatro
REPRISE

Três anos antes
Westchester, Nova York
Grove

A água do chuveiro está fria, e me dou conta de que estou há muito tempo com a testa encostada nos azulejos. Saio e me enrolo no roupão, e depois me enfio na cama.

Quase não saí dela nos últimos três dias. Quase não comi.

Ruby está passando a semana no Havaí com o namorado australiano rico, então não tenho nem ela para alugar. Não lhe contei sobre Ethan. Não consigo.

Ela me avisou que isso ia acontecer. Eu devia ter escutado.

Meu celular toca, e verifico quem é antes de deixar para lá.

É ele.

De novo.

Ethan ligou uma centena de vezes, mas não atendi nenhuma vez. Não sei o que ele espera que eu diga. Não é como se eu fosse capaz de mudar a forma dele de pensar.

Não sei nem se ainda quero.

Foda-se.

Foda-se, ele e todas as maneiras pelas quais ainda o amo.

Quando para de tocar, ligo para a pizzaria e peço uma pizza grande. Acho que, se vou passar a noite chafurdando, preciso do abastecimento necessário.

Meia hora depois, alguém bate na porta, e meu estômago está roncando. Graças a Deus por trinta minutos ou menos.

Fico paralisada quando abro a porta e vejo Ethan parado ali com a minha pizza. Todos os meus pelinhos se arrepiam ao vê-lo. Queria permanecer dura e não ser afetada por ele, mas não consigo. Meu coração acelera e meu entorpecimento começa a desaparecer.

Ele estende a caixa.

— Paguei o cara por você.

Arranco-a dele com as mãos trêmulas.

— Ah, você pagou minha pizza? Isso compensa por você ser o maior filho da mãe do mundo. Obrigada.

Empurro a porta, mas ele a segura com a mão.

— Cassie, por favor...

— Solte.

Ele precisa ir embora. Agora. Antes que eu desmorone.

Ele avança de modo que seu corpo bloqueia a porta.

— Vou embora amanhã. Vim me despedir.

Apenas essa palavra já é o suficiente para me levar à beira das lágrimas.

Despedir.

Não "Até depois" ou "Ligo para você".

Despedir.

Viro de costas e tento recobrar o fôlego enquanto levo a pizza para a mesa. Não o convido para entrar, mas ele entra mesmo assim. Quando a porta se fecha com um estalido atrás dele, cerro os dentes tão forte que eles rangem.

Não consigo encará-lo. Se ele tem algo a dizer, pode dizê-lo para as minhas costas. Meu rosto vai revelar tudo.

— Sei que não quer me ver, e sei que machuquei você, é só que... droga, Cassie, nunca quis que acabasse assim. Nunca. Há uma quantidade limitada de coisas que você consegue assistir alguém sacrificar antes de se dar conta de que a pessoa está mudando aquilo que é por você, e não de um jeito bom. Você era perfeita como era. Espero que, quando eu for embora, você possa voltar a sê-lo.

Não consigo responder. Ethan não entende. Não entende que, ao tentar me tornar melhor, só está me tornando pior.

Inspiro com dificuldade e detesto que haja um soluço contido ali.

— Cassie...

Pronto, ele está me abraçando. Não pretendo aconchegar-me no seu peito, mas faço isso, e não estou mais nem um pouco entorpecida. Sou uma mistura confusa de dor e mágoa, e embora não consiga captar de verdade que esse é o fim para nós, meu coração está dizendo que é.

— Cassie... Meu Deus, por favor, não chore. Por favor...

Ele segura meu rosto e enxuga as lágrimas. Os lábios dele pousam na minha testa, na minha bochecha, e fico furiosa por sentir que, apesar de tudo, ele ainda me faça tão bem.

— Cassie...

Ele me beija de leve nos lábios. Uma vez. Duas vezes. Agarro a camiseta dele. Pressiono meu corpo contra a sua pele. Ele me beija uma terceira vez, e não o deixo se afastar. Beijo-o com violência. Para lhe dar um pouco da minha amargura. Ele me aperta e finge que não sabe o que está acontecendo.

Está.

Estamos.

À medida que ficamos mais brutais e mais desesperados, sabemos que é a única despedida que teremos. Palavras não servem para nós. Nunca serviram. São úteis apenas para comunicar tudo o que há de errado em nós, mas essa é a única forma de expressar por que somos tão certos.

Não vai fazê-lo ficar, e não vai fazer com que doa menos. Vai apenas nos dar um último vislumbre do que poderia ter sido, caso nossa história fosse um romance e não uma tragédia.

Agarramos e puxamos um ao outro enquanto cambaleamos pelo corredor até meu quarto. A metade das roupas dele já foi. O resto não demora a ir. Meu roupão cai no chão. Ele não é gentil ao me deitar, e enfia a cabeça entre as minhas pernas. Há um desespero nele que não vejo desde a noite em que rompemos pela primeira vez, e sei que é porque ele já está com um pé do lado de fora.

Fecho os olhos e agarro as beiradas da cama, tentando fazer com que as emoções não me destruam. Consigo por um momento. Ele me faz gozar, e fico bem. Beija meu corpo, e fico satisfeita. Ele se ajeita entre as minhas pernas, e vacilo. Ethan olha nos meus olhos e me penetra, e uma falha gigante surge no meio da minha vontade. Ele faz tudo tão devagar que parece que não quer que acabe, e me parto em duas. Um lado está vibrante e pulsante de prazer. O outro está murchando e morrendo. A parte confiante. A parte amorosa.

Ethan acha que posso voltar a ser quem era depois disso? Impossível. O estrago está feito. Ele envenenou a mulher que eu era. Muito depois de ele ter ido embora, ainda estarei envenenada.

Não tenho outro orgasmo. Meu corpo está ocupado demais com o luto da perda dele, mesmo enquanto ele ainda está dentro de mim.

Quando ele goza, seu rosto está enterrado no meu pescoço, e ainda que eu tenha me proibido de chorar, choro mesmo assim. As lágrimas são silenciosas, mas não sei se ele percebe. Assim como eu percebo o motivo de ele ficar tão imóvel depois. O motivo de seus braços estarem tão apertados em volta de mim, da sua respiração estar tão desigual.

O motivo de ele enxugar o rosto no meu travesseiro antes de sair de cima de mim.

Ele rola de costas. Joga o braço sobre os olhos. Eu não me mexo. Não posso.

Se me mexer, vou quebrar como um cristal.

— Cassie...

— Nada do que disser vai me fazer aceitar que está indo embora. Nada. Nunca.

Ele respira, trêmulo.

— Se tivesse outro jeito...

Viro de costas para ele e encaro a parede. É doloroso demais tê-lo aqui agora. Só me faz ter vontade de implorar que fique, e isso é algo que meu orgulho não vai permitir.

— Você precisa ir embora.

Ele não se move.

— Agora, Ethan.

Tento parecer forte, mas minha voz falha. Não é de admirar. Agora, sou um monte de cacos quebrados que se mantêm unidos pela pura determinação de não deixá-lo me ver desmoronar.

A cama se mexe quando ele levanta, e continuo a fixar a parede enquanto ele junta suas roupas e se veste. Não sei como pensava que iríamos acabar, mas certamente não era assim.

Acho que, em meus devaneios mais estúpidos e otimistas, não acabaríamos nunca.

Que piada.

Consigo senti-lo vagando pelo corredor. Observando-me. Esperando que eu esteja bem.

Não estou. Não consigo nem conceber um tempo em que estarei.

— Cassie...

— Vá embora.

— Talvez um dia... nós possamos...

— *Vá embora, porra!*

Minha garganta aperta quando ouço o suspiro de resignação dele. Fecha completamente quando ele sussurra, antes de ir embora:

— Vou sentir sua falta.

Quando ouço a porta da frente fechar, um soluço escapa de mim. É seguido por outro, e outro, até estar afogada e arquejando em busca de ar.

Por fim me acalmo o suficiente para respirar, e vou em direção ao chuveiro. Lavo todos os resquícios dele. Enquanto faço isso, juro que nunca mais deixarei um homem me afetar desse jeito.

Também juro que, pelo resto da vida, nunca odiarei alguém tanto quanto odeio Ethan Holt.

Hoje
Nova York
Apartamento de Cassandra Taylor

Ethan vai embora amanhã, e "agitada" não chega nem perto de descrever como estou me sentindo esta noite. "Subindo pelas paredes" é mais próximo, mas ainda não é frenético o suficiente. Sinto-me desestruturada.

Tudo o que fiz desde que Ethan me deixou em casa foi olhar para o relógio e fazer a contagem regressiva até a hora do voo dele. Agora faltam dez horas e quarenta e dois minutos. Olho para minha cama e cogito tentar dormir, mas, mesmo sendo duas horas da manhã, sei que não vai ser possível.

O ronco barulhento de Tristan ecoa pelo corredor, e é o suficiente para me fazer querer gritar. Preciso sair.

Tiro o roupão e me visto. Quando desço para a entrada do prédio, me convenço de que vou fazer uma caminhada. Só uma caminhada. Quando chego à rua e aceno para o primeiro táxi que passa, convenço-me de que vou dar uma volta. E quando paro na frente do prédio de Ethan, convenço-me de que sou uma mentirosa ridícula por não admitir aonde ia nem o que planejava fazer.

Mais especificamente, o que planejava fazer e com quem.

Digito a senha e abro a porta. O prédio está silencioso. Quando o elevador abre no andar dele, quase perco a coragem e vou embora. É provável que esteja dormindo. Está definitivamente tentando evitar o que vou pedir a ele para fazer. É uma ideia tão ruim em tantos níveis, e mesmo assim, agora, parece a atitude mais premente que já tive.

Ando pelo corredor a passos largos e bato na porta dele. Espero ter de aguardar alguns minutos antes que ele abra, de olhos embaçados e meio adormecido. Em vez disso, a porta abre em alguns segundos, e ele parece ainda mais tenso do que eu.

— Caramba, não — diz ele, e por um instante acho que vai fechar a porta na minha cara. — Cassie?

— O quê?

306 Leisa Rayven

— Você está aqui.

— Eu sei.

Ele passa os dedos pelo cabelo.

— Você devia estar no seu apartamento. Longe de mim e dormindo. De preferência com um pijama feio de flanela.

— Ethan...

— Você entende como lutei para ficar longe de você esta noite? Andei para lá e para cá na sala por horas, tentando resistir à tentação. E agora você aparece aqui, desse jeito?

— Que jeito?

Ele faz um gesto na minha direção.

— Gostosa. Sexy à beça. Incrivelmente linda. Pode escolher.

Dou um passo à frente, mas ele estende a mão para me parar.

— De jeito nenhum. Se você entrar nesse apartamento, toda aquela conversa que tivemos hoje sobre esperarmos, sobre sua terapia, blá-blá-blá, "Não devemos transar", vai tudo por água abaixo. Você precisa ir embora.

Paro bem quando meus dedos dos pés encostam na soleira da porta. Quando fantasiei sobre dizer a ele que estava pronta para ir adiante na intimidade física, minha expectativa era que ele fosse um pouco mais receptivo. Quer dizer, sei que está tentando fazer o que é melhor para mim, mas isso sempre foi o problema. Ele é péssimo em identificar o que é melhor para mim.

Dou um passo mínimo.

— Ethan, escute...

Ele recua.

— Não faça isso. Eu realmente não vou poder ser responsabilizado pelos meus atos. Três anos, Cassie. Três drogas de anos. As coisas que eu faria com você... — Ele balança a cabeça. — Você nem entenderia.

— E se eu entender? E se eu também tiver coisas que desejo fazer com você?

Entro e fecho a porta.

Ele abre os olhos.

— Cassie, com isso vamos desfazer tudo.

— Não me importo. — Ponho as mãos no seu peito. — Preciso disso. E, como vive dizendo, você também.

— Não quero ferrar com tudo.

Acaricio seu rosto.

— Qual é a pior coisa que poderia acontecer?

— Você achar a intimidade invasiva demais e entrar em pânico. E aí me trancar do lado de fora. Encerrar nossa relação.

Reviro os olhos.

— Será que eu faria uma coisa dessas?

— Estou falando sério.

— Isso não vai acontecer.

— Está esquecendo que já estive exatamente onde você está agora? Poderia acontecer.

— Ethan, amo você, mas você realmente precisa parar de pensar tanto.

Ele fica imóvel. Com os olhos bem abertos.

— O que acabou de dizer?

Dou um passo para trás.

— Bem... o que eu queria dizer era...

— Você disse que me amava.

O pânico dele parece ter desaparecido.

— Sim, disse, mas...

— Não era o que desejava dizer? — Ele chega mais perto para poder acariciar minha bochecha. — Se não era, tudo bem. Mas se era, e se você estiver pronta para admitir isso, tudo bem também. Só... me diga.

Uma estranha sensação de calma me toma, e lembro de algo que ele disse há uns meses: se ele me amava ou não, não dependia de uma palavra. Era um fato, puro e simples. Mesmo se eu não disser, é verdade, então por que ainda me esforço para negar?

— Era o que queria dizer — respondo baixinho. Espero ser tomada por uma crise de ansiedade, mas, em vez disso, tudo o que sinto é alívio. Um alívio intenso e que demorou a chegar.

O sorriso dele é esfuziante.

— É?

Respiro fundo e sorrio de volta.

— Definitivamente.

Ele me olha com tanta alegria que tenho vontade de beijá-lo inteiro. Em vez disso, puxo sua cabeça para baixo e me contento com os lábios.

O choque inicial nos imobiliza no caminho. Não é um beijo de cena. Não há emoções coreografadas filtradas através de nossos personagens. Somos nós aqui. Do jeito que deveríamos ser. Do jeito que nunca achei que poderíamos ser de novo.

Nos afastamos, só um pouquinho, e nos encaramos. Vamos mesmo fazer isso. Depois de todo esse tempo.

Sinto como se devesse estar mais nervosa, mas em seguida me dou conta de que todos os nossos momentos nos trouxeram para este aqui. Mesmo os dolorosos.

Busco alguma hesitação nele. Autoproteção ou desconfiança. Em vez disso, vejo preocupação comigo e amor contagiante.

É mais do que o suficiente.

É tudo.

Ethan segura meu rosto com as mãos. Ele me beija com mais intensidade. Há um frêmito de familiaridade no que estamos fazendo, mas em uma base totalmente nova.

A atração continua aí, poderosa como nunca, mas há algo mais profundo. Sopra pelo meu corpo e me ancora a ele. No passado, essa conexão de almas ia e vinha em momentos esparsos e breves, mas agora é onde Ethan mora.

Ainda estou apavorada, mas quero morar ali com ele nesse momento.

Torná-lo o primeiro e último homem que terei.

Continuamos a nos beijar enquanto tropeçamos pelo corredor até a sala. Puxo a camiseta dele, mas Ethan se afasta e tenta recuperar o fôlego.

— Não precisamos ir tão rápido.

— Você não faz sexo há três anos, e quer ir devagar?

— A última vez que fiz sexo, foi com você. Esperei muito por isso. Quero saboreá-lo agora.

— Você vai entrar em um voo em — olho o relógio — nove horas e trinta e oito minutos. Vamos mesmo perder tempo discutindo isso quando poderíamos estar tirando a roupa?

— Você é muito convincente.

Ethan tira a camisa e me beija de novo. Céus, como senti falta de beijá-lo, o que é louco, já que nos beijamos todo dia no palco.

Mas não assim.

Nunca assim.

Se Ethan me beijasse assim durante a apresentação, a cena de sexo não seria simulada.

Só prova o quanto ele estava se contendo para não me assustar.

Ele me pressiona contra a parede e volta a se familiarizar com meus seios. Agarro seus ombros para conseguir ficar de pé.

Um calor ardente corre sob a minha pele. Contrai e relaxa em meu estômago, fazendo meu coração pulsar e meu sangue fluir. Todos os lugares em que Ethan me toca ardem um pouco mais que o resto.

Todos os homens que já me tocaram esmaecem na minha lembrança. Sempre foi ele. Mesmo quando queria esquecer, meu corpo lembrava.

Ethan tira minha camiseta e, quando a boca dele encosta em meu peito, enfio as mãos no seu cabelo e puxo-o para a frente. Implorando para que ele prossiga, me possua mais.

Eu inteira. Tudo o que sou é para ele.

Ele me ergue, e enrosco as pernas em sua cintura. E então ele se move, pressionando, roçando, sem vergonha de estar tão excitado.

O movimento fica mais intenso. Desesperados e impacientes, nos comunicamos em sons baixos e com mãos ávidas.

Ethan me afasta da parede e me carrega pelo corredor. Quando chegamos à cama, ele mal me deita antes de arrancar o resto das minhas roupas.

Jogo os sapatos de lado e ele ataca minha calça jeans. Sua expressão concentrada enquanto puxa minha calça pelas pernas é o que há de sexy. Quando estou apenas de calcinha e sutiã ele para e me encara.

— Meu Deus. — Balança a cabeça. — Não importa o quanto eu fantasie, você de verdade continua tirando meu fôlego. Sempre tirou.

Sento-me e tiro o sutiã. Ele engole com dificuldade.

— Devo tirar isso? — pergunto, enfiando os polegares no elástico da calcinha. — Ou você quer tirar?

A expressão dele torna-se predatória.

—Ah, eu quero tirar. Quero muito tirar.

Ethan segura meus tornozelos e me puxa até a beira da cama. Em seguida, ergue minhas pernas sobre seu tórax.

— Essa fantasia era uma das minhas favoritas — diz ele enquanto faz minha calcinha deslizar e ajoelha-se na minha frente. — Você não tem ideia do quanto eu esperei por isso.

Começa no tornozelo. Beijos leves e tortura lenta enquanto vai subindo. Cada pedacinho de pele que ele não toca fica com inveja e decepcionado. Todo o resto solta fagulhas e fogos de artifício pelas minhas veias. Alimentando uma ânsia profunda, em espiral.

 Ele não se apressa, e tudo o que posso fazer é fechar os olhos e agarrar os lençóis. Ele sabe o que faz. Seguro de si. Quando fecha os lábios sobre mim, arqueio tanto o corpo que quase deixo de tocar a cama.

Falo com Deus. Muitas vezes. Digo o nome de Ethan. Muitas vezes. Tudo gira e flutua, e alterno os nomes em suspiros breves.

— Deus... Ethan...

Luto por coerência. Não me lembrava do quanto ele era bom. Quer dizer, ele sempre foi incrível, mas isso? É além das palavras. Para um homem que não faz sexo há muito tempo, sua habilidade é... ah, Deus...

Não consigo nem pensar.

As mãos dele não param de se mover, e cada toque me excita mais. Estou flutuando, tão alto que é como se eu estivesse a quatro palmos do colchão. Ele me mantém ali, pairando à beira da sensação e da satisfação. Em seguida, com um toque da língua e um gesto dos dedos, me faz desabar, tonta e sem fôlego.

Não consigo me mexer. Meu cérebro desligou. Respirar é um conceito desconhecido.

Ethan beija meu corpo, subindo de novo. Consigo juntar energia suficiente para passar os dedos pelo seu cabelo, e ele murmura sobre a minha pele. A voz dele faz comigo o que nem suas mãos conseguem.

— Senti tanta falta de ver isso — diz ele. — Você é tão linda quando goza.·

Mantenho os olhos fechados e acaricio seus braços enquanto ele continua a deixar um rastro de beijos sobre mim. Sentir seus músculos me ajuda a me tirar da letargia. E me faz ficar faminta por mais.

É minha vez, então o empurro para que deite de costas. Sou capaz de torturá-lo suavemente tanto quanto ele. Começo pelo pescoço. Ethan reage com ruídos que parecem grunhidos de um animal.

Beijo-o por todo o corpo. Toco-o como se fosse a primeira vez, tudo de novo. De certa forma, é. Todas as suas encarnações foram donas de mim, mas esta realmente merece ser.

Quando chego ao cós do jeans dele, passo a língua e mordisco seus quadris. Ele geme como se sentisse dor. A julgar pela tensão em sua virilha, acho que está sentindo mesmo.

Desabotoo o jeans. Ethan murmura coisas que não entendo enquanto puxo a calça e começo a cuidar das pernas. Ele pragueja baixinho e enfia as mãos no cabelo. Meu domínio sobre ele me encanta.

Ele mal consegue se conter. Não o culpo. Se eu não tivesse tido sexo por anos, bastaria um único toque para me desmontar totalmente. Seu controle é admirável.

O tecido escuro da sua cueca boxer adere a todos os centímetros de seu corpo. Passo um dedo pelo volume rígido. Ethan fecha os olhos com força e solta um longo suspiro. Faço de novo, e ele bate na cama antes de agarrar as cobertas.

Desço para acariciar suas coxas.

— Quer que eu pare?

Ethan mantém os olhos fechados, mas segura minha mão para me puxar até seu rosto.

— Apenas me deixe fazer isso um pouco.

Ele me beija e nos gira para ficarmos ambos deitados de lado. Em seguida, puxa minha perna para cima do quadril dele e pressiona sua ereção contra mim, tentando ambientar-se a estar comigo de novo.

Nos beijamos e nos roçamos e tudo é tão gostoso. As mãos dele movem-se sobre mim como se nunca tivéssemos nos afastado. O ritmo dele é contagiante.

— Posso tocar você agora? — pergunto.

Ele assente.

— Eu ia começar a implorar.

— Você fantasiava isso de eu tocar você enquanto estávamos separados?

— Todo dia. Em alguns casos, várias vezes por dia. Você-na-fantasia era totalmente ninfomaníaca.

Insiro a mão entre nós dois e o apalpo. Ele geme, eu sorrio.

— Então, meio parecida com eu-na-realidade, não é?

Ele desaba de costas.

— É. Bem parecida. Meu *Deus*.

Beijo o pescoço dele. Roço os dentes pela barba malfeita e sinto o gosto de sua pele. Beijo seu pomo de adão enquanto ele emite um ruído longo e baixo. A vibração faz cócegas nos meus lábios. Enquanto isso, eu o acaricio através do tecido justo. Passo minha mão sobre seus músculos trêmulos.

Ethan ofega e alterna entre me olhar descer pelo seu tórax e empurrar a cabeça para baixo na cama, praguejando.

— Você está bem?

— Sim — diz ele com voz tensa. — Mais do que bem. Apenas... tentando evitar algo que me deixe constrangido.

— Impossível.

Puxo a cueca dele, e ele ergue os quadris para me ajudar a tirá-la.

E pronto, aí está ele.

Ethan me observa enquanto olho para ele. É tão familiar, mas é como se eu lembrasse dele em um sonho. Desenho o contorno dele. Envolvo os dedos em torno da rigidez perfeita.

Ele sempre foi perfeito. No passado, pensava que minha inexperiência tinha formado minha opinião, mas agora tive outros homens, e nenhum deles é comparável.

Era ingênua ao achar que poderiam se comparar.

Abaixo-me e encosto os lábios sobre a pele sedosa. Ethan geme, e sei que não conseguirá aguentar muito mais disso. Seus abdominais já estão estremecendo.

Uso a língua, e ele está praticamente vibrando com a contenção. Quando eu o tomo na boca, quase não tenho tempo de saborear a sensação antes que ele comece a grunhir e me afastar.

— Por favor... não. Não, não, não, *não*.

Ethan enrijece o maxilar e geme enquanto goza sobre a barriga e o peito. Observo, fascinada. Será que sempre foi tudo isso? Ou será que é assim que parece a frustração sexual extrema?

Meu Deus.

Quando termina, ele respira em pequenos arrancos ofegantes e cobre o rosto.

— Droga, Cassie. Sinto muito.

Afasto as mãos dele e o beijo.

— Não sinta. Foi... impressionante. Como um efeito especial. Podemos fazer de novo?

Ele dá uma risadinha enquanto pego lenços de papel na mesinha de cabeceira.

— Você está pedindo permissão para me fazer gozar assim de novo? Hummm, deixe-me pensar.

Ainda enquanto o estou enxugando, ele reage e volta a ficar orgulhosamente tenso sob meus olhos.

— Bem, eu estava apenas sendo educada. Deus sabe o quanto você se aborrece quando faço você gozar contra sua vontade.

— Uma vez. E só porque fiquei constrangido. O orgasmo em si foi incrível.

— Tão incrível quanto esse de agora?

— Não. Acho que nada vai superar esse. Nunca.

Rastejo seu corpo acima e o beijo.

— Vou tomar isso como um desafio.

Agora vejo algum receio.

— Deus me ajude.

Nós nos beijamos e nos tocamos com mais confiança, e mesmo que já tenhamos acalmado a urgência do nosso desejo, ele volta, acelera nossas mãos e torna nossos toques mais intensos. Nossas bocas são delicadas, mas todo o resto está pesado de tesão. Impelindo-nos a dar o último passo para consolidar nosso reencontro.

Essa é a parte que me deixa nervosa. Quero-o mais do que já quis qualquer pessoa, mas, se eu for surtar, vai ser quando ele estiver dentro de mim.

A dor por Ethan ter feito amor comigo antes de ir embora está presa a partes da minha memória que ainda doem quando lembro.

É claro que ele vai embora dessa vez também, mas pretende voltar. Me promete que vai voltar. Me acaricia de um jeito que me faz acreditar que, se não voltar, vai sufocar. E eu sou seu oxigênio.

Afasto intencionalmente a ansiedade e me concentro nele. É bastante fácil. Ele é muito talentoso ao me distrair.

Quando ele rola para cima de mim e faz mágica com os dedos, minha paciência está no ponto mais baixo de todos os tempos. Há uma dor aguda que não vai ser satisfeita por dedos ou ápices vazios. Essa dor exige Ethan. Ele inteiro. Digo-lhe isso, e ele procura atrapalhadamente uma camisinha na gaveta da mesinha.

Quando se ajoelha para colocá-la, beijo seu peito. Acaricio seus ombros. Parece que não vou conseguir parar de tocá-lo.

Ethan geme sua aprovação e me deita de costas, e quando solta seu peso inteiro e me beija, esgueiro a mão entre nós e o incentivo a me penetrar.

Ele fica imóvel quando se dá conta de que está lá, e o prazer, o encantamento e algo que se parece muito com gratidão iluminam seu rosto.

Emoldura meu rosto com as mãos.

— Tem certeza? Não está tarde demais para parar.

— Está sim — digo, acariciando as costas dele. — Preciso de você.

— Está dizendo isso só porque estou indo embora?

— Não. Estou dizendo isso porque estou cansada de negá-lo.

Ele me beija suavemente e pressiona mais um pouco. Suspiramos os dois.

— Cassie...

— Ah, meu Deus...

Ele baixa a cabeça até meu ombro, e ficamos ali, apenas respirando.

— Tinha esquecido — sussurra ele. — Como pude esquecer disso? Céus.

Ele se move para a frente e para trás, em pequenos movimentos que o fazem penetrar cada vez mais fundo. Fecho os olhos e seguro seus ombros. Ele não é o único que tinha esquecido. Como é que conseguia fazer com que todas essas emoções coubessem em mim? É como se eu estivesse à beira de explodir.

Seus quadris continuam a avançar e recuar, e cada movimento me deixa um pouco mais repleta dele. Observo, fascinada, seu rosto se transformar, passando da descrença à admiração, à determinação e finalmente ao amor. Mais do que jamais houve. Como vivi por tanto tempo sem que ele me olhasse assim?

Quando os quadris dele por fim descansam sobre os meus, enrosco minhas pernas em torno dele e apenas o mantenho imóvel. Consigo sentir meu pânico borbulhando e subindo, mas não quero que isso acabe, porque então ele vai embora. Ele vai embora, e eu ficarei vazia, e não consigo mais viver assim.

— Ei — diz ele, acariciando meu rosto. — Está tudo bem.

— Eu sei.

— Amo você. Não tenho nem palavras para dizer o quanto.

Puxo-o para baixo para me beijar. Ajuda a aliviar a tensão. Quando ele move os quadris, alivia-a mais ainda.

Ele me beija para me distrair enquanto me penetra, longa e lentamente. Também não está com pressa de acabar. Pela primeira vez em anos, sinto como é fazer amor. Tudo parece intenso demais, mas ele me guia através de todo o processo. Me acalma com as mãos e com a boca. Me inflama com o ritmo regular e determinado. O tempo todo, fala sussurrando de arrependimentos, de desculpas, de amor, de futuro. Diz que sou linda. Quanto tempo esperou por isso. Como não pode esperar para voltar para mim e poder fazer isso, muitas vezes, sem parar.

Não sei por quanto tempo fazemos amor, mas ele me leva até a beira do clímax várias vezes, até perco a conta. Quando finalmente o atinjo, é como um ataque intenso, que parece durar muito tempo. Quando ele por fim goza com um longo gemido, nunca me pareceu mais lindo.

Permanecemos enroscados um no outro por bastante tempo. Apenas respirando. Mais satisfeitos do que estivemos por anos.

Acho que adormeço, porque, quando abro os olhos, o sol está brilhando através das janelas.

Ele está apoiado no cotovelo, olhando para mim. Demoro um instante para lembrar onde estou e por que estou com ele. Quando lembro, não consigo segurar o sorriso.

— Ei.

Ele me beija.

— Bom dia.

— Que horas são?

— Tarde. Preciso ir embora daqui a pouco.

— Vou até o aeroporto com você.

— Não. Fique aqui.

— Mas...

— Cassie. — Ele acaricia meu rosto. — Por favor. Quero que a última imagem seja de você nua na minha cama, não chorando em um aeroporto. Fique aqui enquanto eu estiver fora. Coma minha comida. Use meu chuveiro. Esfregue-se nos meus lençóis. Isso me faria incrivelmente feliz.

Empurro-o até que deite de costas e aconchego-me no seu peito. Só quero abraçá-lo. Tê-lo por quanto tempo conseguir.

Ficamos deitados ali e cochilamos. Mais tarde, quando ele sai de debaixo de mim para tomar uma ducha, abraço seu travesseiro e respiro seu cheiro.

Fico de olhos fechados quando o ouço movendo-se pelo quarto. Como se não vê-lo preparando-se para ir significasse que não vai acontecer.

Só que precisa acontecer.

E vai.

Uns lábios roçam minha bochecha, e abro os olhos.

Ele está segurando uma bolsinha de veludo com um bilhete. Franzo a testa.

— O que é isso?

— Um presente. Comprei quando estive na Itália, há anos, mas nunca tive coragem de dar a você. Acho que tenho agora.

Quando ele se inclina para me beijar, contenho-me para não puxá-lo de volta para a cama e implorar que fique.

— Vejo você na semana que vem — diz ele, acariciando meu rosto. — Eu te amo.

Respiro profundamente.

— Também te amo.

Ele sorri.

— Amo que você me ame. Você não tem ideia.

— Acho que tenho. Lembra quando você me mandou aquele e-mail com centenas de "Te amo"? Tenho quase certeza que me senti naquele momento como você está se sentindo agora.

— Amo isso, também.

— Você está cheio de amor hoje, não é?

Ele se inclina e roça seus lábios sobre os meus antes de sussurrar:

— O eufemismo do século.

O interfone toca, e ele resmunga antes de se erguer e de se ajeitar.

— É meu táxi. Preciso ir.

Ethan me beija de novo, devagar e intensamente, antes de apanhar sua mochila.

— Ligo pra você quando chegar.

— Certo.

Ele vai em direção à porta, mas, antes de chegar lá, para e volta-se para mim.

— Será que pode baixar esse lençol por um instante?

Sorrio e afasto as cobertas.

Ele geme e morde o lábio.

— Caramba. A melhor Polaroide cerebral que existe.

Rio, e ele vai para a porta.

— Preciso ir antes que esqueça por que não posso agarrar você de novo.

— Agarrar? — digo, fingindo estar horrorizada. — O que aconteceu com "fazer amor"? Você é tão grosso, Ethan Holt!

— Você me ama grosso assim! — grita ele do corredor. — E você adora quando eu agarro você como se fosse uma almofadinha!

E com isso a porta da frente se fecha atrás dele.

Largo-me de volta no travesseiro e suspiro.

Já estou com saudade.

Fico pensando em como ele foi incrível à noite, quando meu celular apita na mesinha de cabeceira. Pego-o e leio a mensagem.

Já está com saudade, não é? O sentimento é mútuo e eu ainda estou no elevador. Não se esqueça de abrir o presente. Te amo.

Sorrio e abro a bolsinha de veludo. Quando a viro, um pesado coração de ouro em uma corrente cai na minha mão. Parece velha. Antiga. E, para ser sincera, um pouco gasta. Abro o bilhete.

Querida Cassie,

Estou querendo dar isso a você há muito tempo, e depois do presente incrível que me deu na noite passada, achei que era a hora certa. Encontrei-o em uma lojinha de antiguidades em Milão durante a turnê pela Europa. Não sei por que atraiu meu olhar, mas tive de comprá-lo para você. A questão é: não é perfeito. Teve muitas proprietárias, algumas das quais não foram carinhosas com ele, ficaram as marcas para provar. De certa forma, ele me representa.

Infelizmente, acho que representa você também.

O que me ocorreu foi que, apesar de todas as marcas, ainda é lindo. Na verdade, acho que é ainda mais lindo porque não é perfeito. Demorei muito tempo para entender que, apesar de algo não ser impecável, ainda tem valor. Você me ensinou isso, mesmo que eu tenha resistido em acreditar.

Quando penso em nós, muitas vezes me pergunto o que teria acontecido se nunca a tivesse encontrado. Será que teria motivação para mudar? Para lidar com as confusões do meu passado?

A verdade é que não foi só encontrar você que me fez entender que precisava mudar. Foi encontrar você e perder você. Duas vezes. Ficar longe de você me fez enfrentar a feia verdade sobre mim mesmo, e, depois do acidente, voltar para você era a única motivação de que precisava para lidar com as questões que me prejudicaram por anos. Você também me fez querer ser melhor, e mesmo que o tenha feito por mim, também o fiz para merecer você.

Então acho que isso sou eu dando meu coração para você. Brega, hein? Também meio redundante, já que você é dona dele desde o dia em que nos conhecemos.

Parece que fizemos um desvio tão grande para chegar onde estávamos na noite passada, e sei que é minha culpa. Mas, apesar de todas as coisas que eu teria mudado na nossa trajetória, nunca ia querer um destino diferente. Sempre foi você. Linda, incrível, talentosa e amorosa como você é.

Obrigado por me dar essa última chance. Prometo, você não vai se arrepender.

Quando olho para você agora, realmente não tenho ideia de por que fui embora.

Obrigado por me salvar. E por me perdoar.

Aliás, uma observação paralela: você fica absurdamente linda quando está dormindo. Sabia disso? Não consigo parar de olhar para você.

Falando nisso, tirei algumas fotos de você com meu celular. Fofo ou assustador? Espero que você penda para o lado fofo. Apenas precisava de algo para trazer comigo. Já sinto sua falta.

Bem, é melhor eu concluir, porque você vai acordar daqui a pouco, e quero estar ao seu lado quando acontecer. Na verdade, quero estar perto de você toda manhã quando acorda, mas acho que essa é uma conversa mais longa, para outra hora.

Amo você, Cassie. Sempre amei. Sempre amarei. Mantenha a cama quente para mim enquanto estou fora. Prometo ajudar você a fazer bom uso dela quando voltar.

Ethan

Fico olhando as palavras dele. Depois de relê-las uma dúzia de vezes, passo o colar pela cabeça. O coração se aninha bem entre meus seios. Nada que eu já tenha tido jamais pareceu tão perfeito.

Jurei que não iria chorar quando ele me deixasse dessa vez, mas ele está tornando isso bem difícil. Pelo menos agora são lágrimas de alegria.

Pego o celular e mando uma mensagem.

Amei o colar. Estou usando-o agora. Amei ainda mais a sua carta. Suas palavras foram lindas. Mas, mais do que tudo, amo você. Ligue quando pousar.

Puxo as cobertas sobre mim e respiro o que sobrou do cheiro dele. Se você me dissesse há três anos que um dia eu pararia na cama de Ethan Holt, mandando mensagens de amor para ele, provavelmente teria lhe dado um soco na cara.

Agora, não consigo imaginar estar em nenhum outro lugar.

Lembro do cartão que Ethan me deu na noite de estreia. Dizia:

As pessoas são como vitrais. Cintilam e brilham quando o sol está alto, mas, quando a escuridão se instala, sua verdadeira beleza se revela apenas se houver luz por dentro.

Ele pretendia que fosse sobre mim, mas me pergunto se sabe como descreveu a si mesmo com precisão.

Ele, agora.

Adormeço com imagens de nós dois, sorrindo e envolvida em luz.

capítulo vinte e cinco
REVERÊNCIA FINAL

Hoje
Nova York

A dra. Kate me observa, e escondo meu sorriso atrás da mão.

— Você parece diferente hoje. Feliz?

— Sim. Muito feliz. — Não posso negar. Nem quero. — Sim.

— Bem, pela forma como você está irradiando alegria, suponho que você e Ethan...?

Ela não precisa acabar a frase. E não preciso responder. Minha expressão deve dizer tudo.

Assinto, e ela anota algo no caderno. Não deixo de perceber seu leve sorriso.

— Não está brava? — pergunto.

— Por que estaria?

— Porque achei que talvez você achasse... que eu não estava pronta.

— Você se sente pronta?

— Sim.

— Então só isso importa. Não estipular um prazo para sua felicidade, Cassie. Só você pode fazer isso. Contanto que se sinta bem, estamos chegando a algo.

— Eu me sinto bem, mas também...

— O quê?

Como posso dizer a ela o que estou sentindo quando minhas emoções em turbilhão não se encaixam em uma categoria? Feliz/cautelosa. Exultante/apavorada. Encantada/ansiosa.

— Ethan foi embora ontem.

Só dizer as palavras me dá uma dor no peito.

A dra. Kate me observa por alguns instantes antes de perguntar:

— Como você está lidando com isso?

— Não gosto. Sinto saudade dele.

— Sentir saudade é bom.

Olho pela janela e vejo as nuvens mudando de forma.

— Dá uma sensação estranha admitir isso. Aceitar que preciso dele. Por muito tempo achei que precisar dele era mostrar fraqueza.

— E agora?

Avisto uma nuvem que parece um coração e sorrio.

— Agora, vejo que me permitir precisar de Ethan é a minha maior demonstração de força. A mais corajosa.

— Dizem que a sorte sorri aos corajosos.

Penso sobre minha chegada à porta da casa dele. Sobre tê-lo convencido a fazer amor comigo. Sobre finalmente deixá-lo entrar de novo.

Um arrepio de prazer sobe pela minha coluna.

— Acho que é verdade.

Estou encostada na parede do meu camarim. Lutei contra meu exercício de concentração e não consigo me aprumar. Ontem foi assim. Imagino que na próxima noite também vai ser.

Não é que ache desconfortável atuar com Nathan, mas entrar no personagem sem Ethan é bem mais difícil do que achei que seria.

Afasto a tensão e giro o pescoço. Tenho dez minutos. Preciso ficar pronta.

Ando pelo corredor até o camarim de Ethan e abro a porta. Um sopro do cheiro dele me atinge quando acendo a luz, e respiro profundamente.

Em alguns segundos, me sinto melhor.

Sento em seu lugar na frente dos espelhos e toco nas coisas dele. Não tem muita coisa. Base, pó, fixador de cabelo. Delineador que ele nunca usa porque seus cílios são ridiculamente compridos e escuros.

Abro uma gaveta e acho um livro chamado *Despertando o corpo sagrado.*

Ah, Ethan. Lendo um pouco de pornografia, é? Safadinho.

Folheio-o, esperando ver diagramas de posições sexuais. Fico bem decepcionada. Há muito poucas imagens, e as que encontro mostram um chinês de meia-idade demonstrando várias posições de meditação.

Estraga-prazeres.

Enquanto folheio o livro até o final, uma foto cai. É uma foto que mostra Ethan e eu. Estamos abraçados e parecemos genuinamente felizes. Lembro bem desse momento. Foi tirada na festa da noite de estreia de *Romeu e Julieta,* no primeiro ano do curso de teatro. Jack Avery tirou logo depois que leu nossa primeira crítica elogiosa. Sentia--me como se pudesse flutuar acima do chão naquela noite.

Passo o dedo sobre o rosto de Ethan. O sorriso dele é tão lindo, fico triste ao pensar que não o vi sorrir muito durante o curso.

— Ele carregou essa foto pelo mundo todo, sabia?

Volto-me e avisto Elissa encostada no vão da porta.

— Bem, pela Europa inteira, pelo menos. Olhava para ela toda noite antes de entrar no palco. Fico admirada que ainda seja possível distinguir seu rosto.

— Tenho a mesma foto em casa — digo. — É a única foto de nós dois que guardei. Todas as outras foram queimadas em uma cerimônia de depuração bêbada.

— No Dia dos Namorados? — pergunta Elissa.

— Isso.

— Fiz algumas dessas ao longo dos anos.

Coloco a foto de volta no livro e deixo-o na gaveta. Quando me volto de novo para Elissa, ela está sorrindo.

— O que foi?

— Falei com Ethan mais cedo.

Fico imediatamente nervosa. Será que ele contou a ela que dormimos juntos?

Tento agir como se não ligasse.

— É? Como ele está?

— Mesmo pelo telefone, dá para dizer que ele está em êxtase. Estou certa em supor que algo aconteceu entre vocês dois?

Consigo percebê-la quase vibrando de alegria.

— Bem... certo. É... caramba. Ótimo.

— Elissa, ainda é muito cedo para dizer.

— Eu sei. Mas vai dar certo dessa vez. Não tenho dúvida.

Ela se aproxima e me abraça.

— Ele é loucamente apaixonado por você há anos. Não vai ferrar com tudo dessa vez. Tenho certeza que, agora mesmo, meu irmão é a pessoa mais feliz do planeta.

— Bem, acho que merecemos um pouquinho de felicidade, não é?

— Com certeza. — Ela me abraça de novo e em seguida se afasta. — Agora, concentre-se. Faltam cinco minutos para a chamada.

— Está bem. Estarei pronta.

Quando ela sai, vou até o armário e encontro as roupas de aquecimento de Ethan. Pego-as e abraço-as. Quando fecho os olhos, quase consigo imaginar que é ele.

Dois minutos depois, tento fazer o exercício de concentração novamente.

Sai perfeito.

O rosto de Ethan aparece na tela e tenho vontade de estender a mão e tocá-lo.

— Oi — digo, e suspiro aliviada.

Ele suspira e passa a língua nos lábios.

— Uau. Caramba, você está tão bonita. Parece que não a vejo há semanas.

— Conversamos na noite passada.

Ele dá uma risada zombeteira.

— Foi há séculos.

Olha por cima do ombro, e consigo distinguir o interior pouco iluminado do trailer.

— Não tenho muito tempo para conversar. Estamos entre cenas. Estou esperando que ajustem as luzes.

— Vão filmar a noite inteira de novo?

— Paramos quando o sol aparece.

— Esse é seu figurino?

Ele olha para baixo e sorri.

— É. Sexy, né?

Está usando uma camiseta branca rasgada e manchada de sangue. O lado esquerdo do rosto dele está machucado e ferido, e seu lábio inferior está cortado.

— Hummm. Sim, bem rústico. Sua maquiagem de feridas é impressionante.

Ele dá uma risadinha.

— Hum... é. Não é tudo maquiagem.

— O quê?

— Filmamos a grande cena de luta ontem à noite. Eu desviei quando devia ter me abaixado e... bem...

— Não!

— Foi. Pam. Bem no beijador.

— Ah, Ethan...

— Está tudo bem. Já tive piores.

— Quando?

Ele esfrega a nuca.

— Quando a raiva me dominava, eu ia para certo bar no centro. Era bem violento.

Por um instante, fico pensando no que aquilo queria dizer.

— Você ia arranjar brigas de propósito?

— Bem, eu ia para bater em alguém, mas, ocasionalmente, levavam a melhor.

— Ah, meu Deus. É por isso que os nós dos seus dedos sempre estavam machucados?

— Basicamente.

— Ethan...

— Eu sei. Estúpido, né?

— Não é estúpido. É triste.

— Não faço isso há anos.

— Você ainda tem vontade de fazer isso?

Ele faz uma pausa.

— Às vezes. Quando estou tenso.

— Quando foi a última vez?

— Há três meses. Antes de começarmos a ensaiar. Estava nervoso porque ia ver você e estava rezando para ter a força de não desmoronar se você me dissesse para ir me ferrar.

— Mas eu disse para você ir se ferrar.

— Só que não era o que desejava dizer.

— Era, sim.

Ele franze as sobrancelhas.

— Mesmo? Ora. Entendi tudo errado. Melhor assim. Provavelmente teria desmoronado. Assim como aconteceu ontem quando o dublê me acertou.

— Dói?

— Não, comparado com estar longe de você.

Suspiro.

— Queria tanto beijar você agora.

— É?

— Beijar é a primeira de uma longa lista de coisas que eu queria fazer com você agora. Começaria com a boca, e acabaria com... Bem, se fosse do meu jeito, não acabaria. Eu teria você inteiro, o tempo todo.

Ethan me olha fixo e tudo se excita dentro de mim.

Aquele olhar sempre me desmontou. Muitos homens me desejaram ao longo dos anos, mas nenhum deles nunca me olhou desse jeito.

Como se me pertencesse tanto quanto eu lhe pertenço.

Alguém bate na porta, e ele olha por cima do ombro.

— Droga, estão me esperando.

— Ei, também estou te esperando.

Ele se volta de novo para a tela e se inclina.

— Vou precisar que você guarde esse pensamento por mais dois dias. Consegue fazer isso?

— Certo. Vá. Seja durão ou o que for.

— Nos falamos amanhã?

— Claro. Te amo.

Apenas escapa. Ponho a mão na boca. Quando foi que passei a ficar tão confortável dizendo isso a ele? Só estamos juntos de novo há *dias*.

— Cassie? — diz ele, lutando para não deixar aparecer o sorriso mais convencido do mundo. — Não se culpe. Sou irresistível. Também te amo.

Não durmo bem quando Ethan está longe. Meus pensamentos ficam muito ruidosos. Meu corpo, frio demais. Todas as formas de sentir falta dele, de que já tinha esquecido, retornam a uma velocidade alarmante.

No dia de sua volta, estou tão nervosa que me sinto enjoada. Depilo as pernas. Lavo e seco o cabelo. Cuido particularmente da maquiagem. Passo um hidratante corporal tão cheiroso que dá vontade de comer.

E faço isso tudo com mãos trêmulas.

Expectativa? Sim. Tenho. Aos montes.

No táxi a caminho do aeroporto, fecho os olhos e respiro fundo. Não consigo acreditar em como estou tensa. É como se estivesse prestes a entrar no palco sem ter ensaiado.

Mas ensaiei. Ele também. Nos preparamos para esta cena, mas nunca a representamos. O final feliz. Tentamos a tragédia. Não funcionou para nenhum de nós dois. Fazemos algo novo agora.

Caminho até a área de desembarque. Há um burburinho no ar. Pessoas de todas as idades circulam por ali, tremendo de excitação como eu, enquanto esperam seus amados.

Uau.

Ethan é meu amado.

É esquisito admitir isso.

Pessoas vão saindo pelas portas, e travo os joelhos para me impedir de sacudir as pernas. Duas crianças ao meu lado estão pulando. Fico com inveja. Pular seria incrível nesse momento.

Um homem de olhar ansioso emerge da porta, e as crianças gritam "Pai!", antes de correr e envolvê-lo com os bracinhos abertos. A cena me faz sorrir.

Mais pessoas passam; amigos e parentes se precipitam para recebê-las. Fico na ponta dos pés para ver por cima das cabeças e estico o pescoço. Entendo que estão todos felizes por estarem reunidos, mas precisam sair da frente para que eu possa ver a droga da porta.

Vislumbro um lampejo de cabelos bagunçados. Após me esgueirar entre dois homens gordos, vejo Ethan parado ali, alto e deslumbrante, franzindo a testa ao olhar para a multidão.

Chamo seu nome. Bem, na verdade grito. Os homens ao meu lado voltam-se e me encaram. Meu fator de proteção está no negativo.

Ethan me vê, e por um instante, fica parado. Sua expressão faz meu peito apertar.

Em seguida, passa entre as pessoas, pedindo desculpas enquanto praticamente empurra gente para fora do trajeto para chegar até mim. Também avanço de forma atrapalhada.

Quando ele está a um metro, jogo-me em cima dele. Ethan me pega e enfia a cabeça no meu pescoço. Meus pés saem do chão. Abraço para a vida.

Ele está aqui. Em casa. Comigo.

Finalmente respiro.

— Graças a Deus que está aqui — diz ele, os lábios sobre meu pescoço. — Caramba, como senti saudade.

Ethan me põe no chão e segura o meu rosto. O olhar dele desce para o pingente de coração aninhado entre os meus seios.

— Ah... poxa. Isso...

Ele sorri e balança a cabeça.

— Sempre soube que ia ficar fantástico em você, mas está... perfeito. Você está perfeita.

Ele me beija profundamente, e meu coração começa a bater duas vezes mais rápido. Ele mordisca meu lábio, e pronto. Derreto-me contra ele. Mãos no cabelo, e segurando a nuca, ele puxando meus quadris para a frente e envolvendo minha bunda com as mãos. Reparo que estamos nos exibindo demais em público, mas nem ligo.

— Bagagem — diz, ofegante. — Precisamos pegar minha mochila.

— Deixe aí. Compraremos roupas novas para você.

— Certo. Táxi?

— É.

Ele me beija de novo, e todos os planos de ir embora estão temporariamente suspensos. Enfia as mãos no meu cabelo e puxa apenas o suficiente para me enlouquecer. Mais do que o suficiente para me fazer lembrar por que estávamos falando de táxis.

— Precisamos ir embora daqui — diz ele enquanto me envolve em um abraço. — Mas, primeiro, dê um instante para eu tentar acalmar essa excitação. Me diga algo horripilante. Me distraia do meu intenso desejo de transar com você nesse carpete medonho.

— Hum... está bem. — Luto para me concentrar. — Bem, uma das fãs regulares, que veio às apresentações esta semana, disse que achava que Nathan e eu temos uma química melhor do que você e eu.

Ele se afasta e franze a testa.

— O quê? Você está brincando!

— Não. Ela disse que gostava mais de você atuando, mas que Nathan e eu formávamos um casal melhor. Que ele era mais gentil.

Ethan balança a cabeça e ri sarcasticamente.

— O motivo pelo qual Nathan é mais gentil é que não está se contendo para não arrancar suas roupas na frente de um teatro cheio de gente. Isso não é química. É falta de paixão.

— Ela também tricotou um cardigã para você e queria saber se era solteiro.

A incredulidade dele diminui.

— E o que você disse a ela?

— Que você não usa cardigãs.

— Quero dizer, sobre ser solteiro.

Passo o dedo sobre o desenho da camiseta dele. Como se meu rosto já não estivesse quente o suficiente, fico ainda mais ruborizada.

— Disse... que achava que era comprometido.

— Achava?

— Bem... sim.

Ele volta meu rosto para cima.

— Comprometido? Gostei disso.

Ele me beija de novo. Mais suave, mas ainda intenso.

— Da próxima vez que você a vir, diga a ela que eu estou definitivamente comprometido. E que ela é maluca se acha que Nathan tem uma química melhor com você. Eu inventei a química com você. Todo o resto é só faz de conta.

Como se fosse para demonstrar, Ethan beija meu pescoço e, juro, está tentando me matar em lugar público. Tudo arde e dói, e se ele continuar fazendo isso com a língua, minhas pernas vão ceder.

— Você acha que sua mochila já está na esteira agora? — digo, com pouco fôlego e pouca paciência.

— Se não estiver, dane-se. Não tem nada ali que não possa ser facilmente substituído. Menos meu diário. — Ele reflete por um instante. — Na verdade, é melhor irmos buscar. Se alguém descobrir, vão saber como sou depravado. E é todo sobre você.

Ele pega minha mão e me puxa até a área de bagagens. Os passos dele são longos, e preciso trotar um pouco para ficar junto dele.

— Ei, estou usando saltos. Não tão rápido.

Ethan para e se volta para mim.

— Você acha que as pessoas vão olhar se eu jogar você por cima do ombro? Porque quero mesmo fazer isso. Depois posso agarrar sua bunda e sair correndo.

Seu olhar parece um pouco alucinado. Por um segundo, acho que vai mesmo fazer isso. Em seguida, ele avista o segurança fortemente armado a alguns passos.

— Desculpe-me, senhor? — diz, e o guarda olha para ele. — Seria aceitável que eu carregasse minha namorada como um saco de batatas, de modo a sair daqui mais rápido e fazer amor com ela?

A boca do guarda estremece, mas ele contém o sorriso.

— Não, senhor, não seria aceitável.

— De cavalinho?

— Não.

— Se eu a pusesse em um carrinho?

— Não.

— O senhor não é divertido.

— Isso é o que a minha mulher cansa de dizer.

Ethan segura minha mão mais uma vez e continua até a esteira de bagagens. Anda um pouco mais devagar, mas não muito.

Assim que chegamos lá, ele avista a mochila e rapidamente a apanha. Em seguida me arrasta para fora até a fila do táxi e, depois de entrar e dar o endereço, ele me abraça, suspirando.

Encosto no peito dele e fecho os olhos. Todos os meus pedacinhos estão aliviados de tê-lo em casa. Mesmo os pedacinhos que estão incrivelmente tensos por ele estar em casa.

— E então, você me chamou de sua namorada lá no aeroporto.

— Você pescou isso, foi? Está irritada?

Penso sobre o assunto por um instante.

— Não.

— Surtando?

— Um pouco.

— Certo. Posso lidar com esse "um pouco". Conte-me suas preocupações quanto a ser chamada de minha namorada.

Olho para baixo, para os dedos, e dou de ombros.

— Não sei. Parece apenas cedo demais.

— Cassie, estou apaixonado por você há mais de seis anos. Como pode ser cedo demais?

— Quer dizer, dessa vez.

Ele para e me abraça mais forte.

— Escute, esta não é *dessa vez*. Esta é a vez. O final. Última parada do trem-relação. Pensei que tinha sido claro quanto a isso.

Arrepios simultâneos de alegria e pânico me percorrem.

332 *Leisa Rayven*

— Certo — diz ele com a mão na minha bochecha. — Eis o que vai acontecer. Você vai esquecer que chamei você de namorada. Vou levar você de volta para minha casa, tirar sua roupa, e fazer amor suavemente com você até que me implore para parar. Em nenhum momento vou repetir o termo *namorada*, nem vou pressioná-la para pôr um rótulo na nossa relação. Que deveria ter o rótulo "incrivelmente fantástica", aliás. Só estou feliz de estar onde você está.

— Onde?

— Juntos. — Um instante depois, ele tosse, dizendo: — Para sempre — e abre um sorriso inocente. — O quê? Por que esse olhar? Não disse nada.

Dou risada e beijo Ethan. Ainda estamos nos beijando quando o táxi para em frente ao seu prédio.

Ethan joga o dinheiro para o taxista, e todo o trajeto até o apartamento dele é uma gangorra entre namorar e carregar a mochila dele. Assim que cambaleamos pela porta, a mochila é jogada no chão, e as roupas tornam-se o inimigo que temos de derrotar a todo custo.

As roupas acabam ganhando, basicamente porque não temos a paciência de ficar completamente nus. Ou mesmo seminus. Ou de chegar até o quarto.

Assim que Ethan consegue tirar minha calcinha e que eu desaboto o seu jeans, ele me encosta contra a parede. Não é gentil. Não quero que seja. São estocadas pesadas e gemidos estrangulados, repletos de sete dias de desejo reprimido.

Nenhum de nós dois aguenta muito tempo. Eu grito primeiro. Ele segue alguns impulsos depois. Nos agarramos um ao outro enquanto estremecemos e suspiramos. Quando já estamos completamente entorpecidos, vamos titubeando até o quarto. O resto das nossas roupas vai caindo no caminho, e a segunda vez é menos afoita, mas não menos apaixonada.

Depois da terceira vez, adormecemos em alguns segundos.

A quarta vez acontece horas depois, no chuveiro. Ethan me molha cuidadosamente. Todo o corpo. Com a língua.

Não chegamos a jantar.

Ele faz alguns ruídos vagos sobre uma quinta vez, mas estou exausta. Em vez disso, ficamos deitados vendo filmes. Ethan acaricia minhas costas enquanto desenho formas geométricas no seu peito. Não consigo me lembrar de um tempo em que tenha me sentido tão satisfeita e relaxada. Talvez nunca tenha sentido.

Parece tão perfeito que tenho vontade de chorar.

— Ethan?

— Hmmm?

— Se quiser... e se só fizer isso quando estivermos sozinhos porque não quero que as pessoas no trabalho nos encham a paciência... você pode... — respiro fundo. — Pode me chamar de sua namorada.

Ethan para de me acariciar.

— Não brinque comigo, Cassie. Se for piada, não tem graça.

— Não estou brincando.

Ele fica me olhando por completos cinco segundos.

— Está falando sério?

— Estou. Está bom?

O rosto dele se contrai.

— Está. Está bom. Muito bom. Bom demais, porra. Desculpe. Já volto.

Ele sai da cama e volta para a sala de estar. Em seguida, ouço-o abrindo as portas para a varanda e gritando:

— CASSIE TAYLOR É MINHA NAMORADA, PORRA!

Ouço as portas se fechando antes que ele volte calmamente para o quarto e deite na cama.

Ele limpa a garganta e diz:

— Bem, então. Bom. Isso está resolvido. Você é minha namorada. O que faz de mim seu...?

Suspiro.

— Você sabe o que isso faz de você.

— Não, não tenho certeza. Qual é a palavra?

— Você é meu...

— Sim...?

Ele está quase vibrando de expectativa.

— Você realmente precisa que eu diga?

— Só se quiser fazer de mim o homem mais feliz do mundo. Sem pressão.

Balanço a cabeça e levanto.

— Não acredito que estou fazendo isso.

Vou abrir as portas da varanda rezando para que ninguém me veja, porque aparecer nua na frente de estranhos não é minha ideia de diversão.

— ETHAN HOLT É MEU NAMORADO, PORRA!

Ergo o punho fechado para ninguém em particular, e volto correndo para dentro.

Quando volto para a cama, Ethan vem para cima de mim. Em um segundo, ele me gruda ao colchão e se instala entre as minhas pernas, visivelmente excitado.

— Essa foi, sem dúvida, a coisa mais sexy que você já fez.

— Foi?

Ele praticamente rosna quando diz:

— Porra, foi.

Sem mais conversa, vamos ao quinto round, e é mais incrível do que os outros quatro juntos.

Uma semana depois, Ethan está de pé ao meu lado e mexe no cabelo olhando-se no espelho do banheiro. É a terceira vez que faz isso. Marco o fez cortá-lo na semana passada, e está um pouco mais curto do que o habitual. Ele odeia. Acho sexy.

Como seu nervosismo.

Ele finalmente desiste e senta na cama enquanto acabo de me maquiar.

— Como devo chamá-los? — pergunta. — Quer dizer, acho que "sr. e sra. Taylor" parece errado, já que eles não são mais casados.

— Então chame de Leo e Judy.

— É, mas você não acha um pouco desrespeitoso?

— Chamo seus pais de Maggie e Charlie.

— Mesmo?

— É.

— Caramba, minha namorada é tão mal-educada.

Dou uma gargalhada e vou até ele.

— Você não se importou tanto hoje à tarde.

Fico de pé entre as pernas dele, e ele passa as mãos pelo meu peito e envolve meus seios com as mãos.

— É, bem, nunca tinha feito isso naquela parte do seu corpo antes. Foi excitante. Além disso, você insistiu que era isso que desejava. Também excitante.

— Bem, considerando que agora tenho um namorado ansioso para atender todos os meus caprichos sexuais, posso ter feito uma lista de coisas que desejo experimentar.

— Mesmo? O quê, por exemplo?

Inclino-me e roço os lábios nos dele.

— Se eu contar a você não vai mais ser surpresa.

— Não gosto de surpresas — diz ele enquanto me puxa para o seu colo. — E falando nisso, se você fizer aquilo com o dedo de novo sem me avisar ou usar um lubrificante apropriado, você vai ter problemas.

— Que tipo de problemas?

— O tipo em que dou um monte de tapas na sua bunda, até que não consiga sentar.

— Ah... Você andou bisbilhotando minha lista?

Ele geme e puxa-me contra sua ereção, consideravelmente impressionante.

— Caramba, garota. Seus pais sabem que você é pura maldade embrulhada em sexo?

— Não. E se você quiser sobreviver a esse jantar, sugiro que não mencione sexo e meu nome na mesma frase na frente do meu pai. Ele tem várias armas e provavelmente acha que ainda sou virgem.

— O que faria se soubesse que eu tirei sua virgindade?

— Não tenho certeza, mas suspeito que seja algo envolvendo seus testículos e algum tipo de aparelho constritor.

Beijo Ethan e saio do colo dele para acabar de me maquiar. Ele fica de pé atrás de mim e envolve minha cintura com os braços.

— O que aconteceu depois conosco foi bem complicado — diz ele devagar. — Mas a primeira vez de fato... foi bom? Quando você pensa nela, fica só chateada ou...

Recosto-me no seu peito.

— Mesmo que você tenha desistido de nós algumas semanas depois, minhas lembranças daquela noite são... — Sorrio enquanto um arrepio de prazer percorre minha coluna. — Não posso nem dizer a você como aquela noite foi incrível. Nunca lamentei que você tenha sido o primeiro.

Ethan apoia o queixo no meu ombro e me olha no espelho.

— Foi a sensação mais marcante que já tive. Apesar de ter surtado depois por gostar demais de você.

— Você era muito talentoso nos surtos — digo, e volto-me para poder pôr os braços em volta do seu pescoço.

— É. Achei que tinha superado isso tudo. E, no entanto, a ideia de conhecer seus pais traz tudo de volta.

— Você vai se dar bem.

— E se eles não gostarem de mim?

Dou-lhe um beijo tranquilizador.

— Vão gostar.

— E se não gostarem da minha comida?

Outro beijo.

— Você fez essa porcaria vegana ficar saborosa. Minha mãe pode até tentar seduzir você.

— E se eu disser sem querer "porra" ou "sexo"? Ou "Meu Deus, vocês dois fizeram uma filha maravilhosa, e deixe-me dizer, ela é uma fera na cama"?

— Não diga.

— Bem, está certo, então.

Há uma batida na porta, e ele praticamente pula para longe de mim. Dou risada.

— Ethan, fica frio.

Ele gira o pescoço, e estala alto.

— Estou bem. Está tudo bem. A Operação Impressionar Os Pais começou. Vamos lá.

Vamos pelo corredor e ele desvia para a sala de estar.

Quando abro a porta, abraço meus pais com força. Não os vejo com frequência, e toda visita é preciosa.

— Entrem — digo e guio-os para a sala de estar. Ethan está lá, de pé, desajeitado, com as mãos nos bolsos.

— Mãe, pai... esse é Ethan.

Ele dá um passo à frente e estende a mão.

— Sra. Taylor, sr. Taylor... é um prazer finalmente conhecê-los. Cassie fala tanto de vocês.

Minha mãe e meu pai apertam a mão dele em sequência, mas não deixo de perceber como meu pai estreita os olhos. É esperado, imagino.

Na maior parte do tempo, acho que o jantar vai bem. Ethan se esforça demais, mas minha mãe está encantada com ele. É muito charmoso. Até consegue fazer com que meu pai converse sobre futebol americano por um tempo, então acho que é bom sinal.

Depois do jantar, minha mãe e eu lavamos os pratos como desculpa para deixar os rapazes sozinhos para conversar. Surpreendentemente, Ethan tem muito a dizer, mas não dá para escutar da cozinha. O que quer que seja, meu pai fica satisfeito, porque, logo antes de ele sair com a minha mãe, ele aperta a mão de Ethan com as duas mãos. Ele quase nunca faz isso. É como se fosse sua versão de demonstração de afeto máscula.

Quando pergunto a Ethan, ele diz que a conversa ali foi entre homens.

O que quer que tenha sido, parece aliviado por ter acabado. Eu também estou.

Ethan é o primeiro homem que eu apresentei a meus pais. Espero que também seja o último.

Há uma pancada surda quando Ethan me empurra contra a parede do camarim e mexe no zíper do meu figurino.

— Ei — digo —, você não pode mais fazer isso, esqueceu? Karen proibiu você de me ajudar a tirar a roupa.

— Karen é uma estraga-prazeres.

— Ela cuida das roupas, e você arrebentou três zíperes só esta semana.

— Então ela devia fazê-los mais resistentes.

— Ou você devia esperar que eu tire o figurino antes de ficar excitado.

— Impossível. Estou excitado o tempo todo. Só que piora depois de beijar você a noite inteira no palco.

Ele puxa o zíper, impaciente, e, claro, ele arrebenta.

— Droga.

— Eu disse.

— Vou comprar outro buquê para Karen.

Ele abaixa o corpete do vestido e começa a beijar meu peito. Estou tentando não gemer quando há uma batida forte na porta.

Em um segundo ele me larga e me passa o roupão. Visto-o e grito:

— Só um instante!

Ethan senta no sofá e tenta parecer desligado. Aponto a ereção dele, que cruza as pernas e pousa as mãos no colo.

Sutil.

Abro a porta para Marco.

— Vocês dois se dão conta de que todo mundo no prédio sabe o que acontece aqui depois que a cortina abaixa, não é? E Karen fez um boneco vodu de você, Ethan, que ela enche de alfinetes toda vez que você estraga uma roupa. Já está parecendo um porco-espinho.

Ethan dá uma risadinha.

Marco franze a testa.

— Não tem graça.

— Tem um pouco de graça.

— Acho que preferia quando vocês se odiavam.

— É, ouvimos muito isso.

— Bem, quando vocês acabarem de molestar um ao outro, por favor, venham até o bar do saguão. Tem alguém que gostaria de cumprimentá-los.

— Pode nos dar cinco minutos? — pergunta Ethan. — Eu não estava nem perto de acabar de molestá-la.

Marco suspira.

— Você tem cinco minutos. E garanta o Valium a Karen antes de contar a ela que estragou outro traje. Eu a vi conversando com um italiano parrudo outro dia, e não posso garantir que ela não o estava contratando para bater em você.

Ethan ri quando Marco fecha a porta. Assim que fecha, ele está de pé, agarrando meu roupão. Ele realmente se transforma em um Neandertal desajeitado quando está excitado.

— Pare — digo e dou um tapa na mão dele. — Esse roupão é de seda.

— Eu sei, fui eu que comprei.

— Sim, e adoro ele, então pare de tentar rasgá-lo.

Tiro o roupão e, com cuidado, o resto do meu traje.

Ele observa com olhos famintos.

— Agora? — diz, em voz baixa.

— Você tem sessenta segundos — digo, e as palavras mal saem da minha boca ele já está me beijando.

Apesar da óbvia impaciência, adoro seu jeito rude quando está faminto por mim. Alimenta meu ego. Sem mencionar meu desejo.

Ele vai direto para o meu pescoço.

—Ah, meu Deus. Certo, então... talvez noventa segundos, mas é só.

— Por favor, cale a boca e ponha a mão na minha calça.

— Mas é claro.

O zíper dele é um pouco mais forte que o meu e resiste ao tratamento brusco e ao puxão que dou para abaixá-lo. Em seguida, passamos dois minutos frenéticos dando um ao outro tanto prazer quanto possível sem ficar nus.

Ethan não é bom em ficar silencioso. Eu não sou muito melhor. Não é de espantar que todo mundo no teatro saiba sobre nós.

Quando as coisas começam a ficar ardentes demais, soltamos grunhidos de frustração e nos afastamos um do outro. Não é fácil. Nos limpamos e vestimos as nossas roupas em um silêncio frustrado, e logo antes de chegarmos à porta, ele me apoia nela e coloca seu peso sobre mim.

340 Leisa Rayven

— Só para você saber, quando voltarmos para minha casa, vou transar com você até que grite meu nome tão alto que os vizinhos vão chamar a polícia.

— E se eu fizer você gritar meu nome primeiro?

— Melhor ainda.

Nos beijamos novamente e saímos. Quando chegamos ao bar, vemos uma senhora de cabelos escuros que conhecemos bem.

— Erika!

Ela abre os braços quando nos aproximamos, e Ethan e eu a abraçamos.

— Ethan. Cassie. Que bom ver vocês. Foram maravilhosos hoje.

— Você assistiu ao espetáculo?

—Assisti. Adorei. Até trouxe um grupo de calouros da Grove. Acho que ver dois dos nossos ex-alunos ali no palco lhes deu muita motivação. Eles conseguem ver aonde o esforço árduo pode levá-los um dia.

— Queria ter encontrado com eles — diz Ethan.

— Bem, talvez encontre. Espero conseguir convencer vocês dois a irem à Academia no semestre que vem para dar algumas aulas magnas.

— Acho que você está querendo que eu compartilhe minha sabedoria em trabalhar com máscaras — diz Ethan com um sorriso.

Erika ri.

— Desculpe, você disse "trabalhar com máscaras" ou "fracassar miseravelmente com máscaras"?

— Ei — diz Ethan. — Fracassei brilhantemente. Na história da Grove, ninguém fracassou no curso de máscaras de forma mais espetacular do que eu.

— Bem, isso é verdade.

Ethan segura minha mão, e observo que Erika percebe e sorri.

— Sabe — digo enquanto entrelaço nossos dedos —, se você tentasse o curso de máscaras agora, ia ser muito mais bem-sucedido.

Erika olha para nós com afeto.

— Talvez tenha razão, srta. Taylor.

Marco pede champanhe, e passamos umas duas horas em reminiscências sobre nosso tempo no curso de teatro. Aparentemente, Erika é fraca para bebida, porque, depois de duas taças, ela fica alegrinha e começa a imitar Ethan e eu quando nos conhecemos. Ela nos faz discutindo, com vozes irritantes e olhares furiosos. Gargalho mais do que gargalhei nos últimos anos.

Tinha me esquecido de tantas coisas boas que aconteceram durante o curso. Por tempo demais, o que aconteceu com Ethan eclipsou todas as lembranças boas. Agora estou feliz de poder olhar para trás e sorrir.

— Estava claro para todo mundo, exceto para vocês, que acabariam juntos — diz Erika. — Estava claro para mim, sem dúvida. Vocês dois tinham um caso sério de *paixor*.

— O que é *paixor*? — pergunta Ethan. — Parece uma doença.

— É uma mistura de paixão e amor.

— E todo amor não é apaixonado?

— Não necessariamente. — Erika recosta-se na cadeira. — É possível amar algo sem estar apaixonado. E, ao contrário, é possível ser apaixonado por algo que não se ama. É quando os dois convergem que a magia real acontece.

Ela baixa os olhos para a mesa como se estivesse falando sozinha:

— É o arrepio de leve quando você escuta o nome da outra pessoa. As vezes em que você pensa no sorriso dela e nota que é impossível ficar sério. São aqueles instantes curtos e preciosos em que deseja que a pessoa esteja com você, porque nada significa nada antes de você compartilhar com ela. Mais do que paixão ou amor em si mesmos, é a alquimia interna que os torna parte de você.

Ela respira fundo e suspira.

— Vocês dois tiveram sorte. Acabaram juntos. Nem sempre é assim. Às vezes encontramos a pessoa capaz de nos transformar para sempre e, por um motivo ou por outro, ela não se torna parte da sua vida. O problema é: nunca nos esquecemos.

Ela ergue a taça para nós.

— Vocês dois lutaram pela felicidade. Aproveitem. Vocês merecem.

Por baixo da mesa, Ethan aperta minha mão. Eu aperto a dele de volta. Acho que nunca pensei na vida pessoal da Erika antes. Ela sempre pareceu tão intocável. Talvez seja porque alguém a tocou certa vez, e ela nunca se recuperou.

Entendo perfeitamente.

Antes de irmos embora, conversamos com Erika sobre as possíveis datas para as aulas magnas. Em seguida, nos despedimos com abraços dela e de Marco e damos boa-noite.

O trajeto de táxi até a casa de Ethan é silencioso. Estamos de mãos dadas. Apoio-me no seu ombro. Ele aperta meus dedos e olha pela janela.

Acho que somos sortudos. Nosso final poderia ser bem diferente. Se Ethan não tivesse tido aquela epifania em uma cama de hospital na França, talvez nunca tivéssemos encontrado um ao outro novamente. Assisti-o fazer o primeiro gesto para nos colocar de volta no caminho da cura e da redenção. Então acho que, mesmo que ele tenha sido o maior responsável pelo nosso rompimento, também foi o arquiteto do nosso reencontro.

Fico triste que Erika não tenha tido essa chance. Acho que muita gente não tem.

Quando voltamos para o apartamento de Ethan, ele me guia em silêncio até o quarto e apenas fica olhando para mim por muito tempo, antes de me beijar delicadamente. Ainda me impressiona como ele consegue me deixar sem fôlego com um simples roçar de lábios sobre os meus. As mãos dele estão quentes no meu rosto quando ele inclina minha cabeça, e tira ainda mais fôlego com a ponta da língua.

Demoramos a tirar as roupas. O conceito de sexo agora é outro. Não se trata de encaixar partes do corpo. Trata-se de nós dois, que precisamos nos encaixar. Compartilhar essa incrível sensação de que está certo, que só existe um com o outro.

Ninguém mais nunca controlou meu prazer com tanta instintiva facilidade como Ethan, e ninguém nunca vai fazê-lo.

Erika chamou isso de "alquimia interna", e acho que ela está certa. Não é como se Ethan fizesse algo diferente dos outros homens que tive. É só que a pele dele conversa com a minha em uma frequência diferente. O pulsar do sangue dele impulsiona o ritmo do meu.

Nos beijamos por muito tempo antes de ele se deitar e pressionar o corpo contra o meu. Tão morno. Quente em alguns lugares. Lábios suaves. Músculos flexíveis sob a pele aquecida. Ele murmura palavras enquanto move a boca sobre mim. Ele me diz como sou linda. Como me ama. Como está grato por me ter.

Tudo isso são preliminares. Todas as palavras gemidas. Ethan nem se dá conta de como é sexy. Não só seu corpo, mas seu coração de vitral. Todos os pedacinhos do seu passado e de seu presente unidos no lugar certo. Quebrados e imperfeitos, mas lindos de qualquer forma.

Meu coração deve parecer assim para ele.

— Preciso de você — diz ele enquanto seus lábios roçam meu peito. — Sempre.

Puxo-o mais para perto, mas não é o bastante. Passo as mãos pelas suas costas. Sinto os músculos enquanto ele se move e me aperta.

Finalmente, ele me penetra e ah... não há nada mais.

Nada.

Ninguém.

Só isso. O deslizar perfeito dele.

— Cassie... meu Deus. Ah, meu Deus...

Não consigo falar. Palavras são irrelevantes, aliás. Como se isso pudesse ser descrito. Eu poderia falar todas as línguas do mundo e mesmo assim não teria palavras suficientes para expressar como me sinto em relação a este homem.

Contento-me em beijá-lo. Faço ruídos com a língua dele. Ethan faz o mesmo com a minha. Sabemos exatamente o que estamos dizendo: *Isso é precioso. É amor. É algo de que nunca estaremos seguros, porque sabemos como é ficar sem isso.*

Não ficamos em silêncio enquanto nos enroscamos um no outro. Suspiramos e gememos com a intensidade do que sentimos. O silêncio realmente não é uma opção com sentimentos tão intensos.

Quando chego à beira do clímax, digo que o amo e gemo seu nome. Repito, uma vez e depois outra. Gemo mais alto quando ele aumenta o ritmo e paro de respirar quando estou quase lá. Quase grito quando me deixo ir e voo. Ele me leva por todas as camadas do prazer. Flutuo por tanto tempo que fico tonta. Depois ele grita meu nome e seus movimentos ficam erráticos. Seus quadris movem-se para a frente e para trás no ritmo do orgasmo. Staccato e irregulares. Ethan fica tenso e imóvel pelo que parece minutos, e depois o alívio pesado toma conta, e ele afunda e me envolve com o corpo todo.

Ficamos abraçados respirando. Atordoados. Em êxtase. Mais apaixonados um pelo outro do que jamais imaginamos ser possível.

Quando a névoa cede, nossos corações ficam mais lentos. Dedos subconscientes nos apertam. Ele rola para o lado e me puxa até que minha cabeça esteja em seu ombro, minha mão sobre seu coração.

Desenho formas. Acho que são aleatórias, mas, quando fico lúcida, percebo que são palavras. *Ethan. Amor. Ethan. Meu. Sempre.*

Ethan também está desenhando. Também são palavras. Estou quase adormecendo, mas reconheço algumas delas. *Cassie. Linda. Minha. Preciso. Amor.*

Depois ele desenha duas palavras que me fazem prender a respiração. Quando as desenha de novo, estou completamente desperta.

Da terceira vez, sinto a tensão nele. Está se perguntando se entendi. Sua expressão diz que espera que sim, e me observa, ansioso por uma resposta.

Apoio-me no cotovelo e olho para ele. Estou piscando rápido demais, mas não consigo controlar. A vulnerabilidade nua da expressão dele enche meus olhos de lágrimas.

Ethan olha para mim e pousa um dedo sobre meu peito. Depois desenha as palavras mais uma vez e acaba sussurrando o "por favor" mais suave do planeta.

Meus olhos transbordam. Minha garganta está tão apertada de emoção que mal consigo soltar um "sim", murmurado.

Beijo-o e repito, só para garantir que ele entendeu.

— Sim.

Seus olhos transbordam também. Tão aliviado. Tão feliz. Tão lindo.

Comemoramos fazendo amor de novo, e sei sem sombra de dúvida que tomei a decisão certa.

Penso em como estava há seis meses e fico maravilhada com o lugar onde estou hoje. É difícil de acreditar.

Acho que nunca tinha entendido plenamente antes a habilidade profunda que os humanos têm de mudar, especialmente com a motivação correta. Somos capazes de uma evolução notável. Não apenas fisicamente, mas mentalmente.

Emocionalmente.

Embora seja possível que alguns de nós se percam no labirinto das próprias inseguranças, não é impossível encontrar a saída. Ethan é a prova disso. Acho que, nos meus melhores momentos, sou também. Nenhum de nós é perfeito, isso é certo, mas quando estamos juntos nossas deficiências são complementadas pelos pontos fortes do outro.

Quando olho para Ethan agora, não vejo apenas o jovem sofrido que me machucou em uma tentativa equivocada de me proteger. Vejo o homem que lutou contra a dúvida e a escuridão interna, e esforçou-se com todas as suas forças para mudar. E há algo em sua imensa determinação de ser mais do que era que o torna mais belo aos meus olhos do que nunca. Há compaixão nele agora, não somente pelos outros, mas especialmente por mim. Ethan sabe das minhas perdas e dos meus fracassos. Ele sabe pelo que passei. E eu sei pelo que ele passou.

Não tenho dúvida de que ele vai continuar a lutar e a crescer, e não tenho ilusões de que o resto da nossa jornada será tranquilo, mas sei que os obstáculos que encontrarmos serão divididos porque estamos juntos. Como casal, temos força mais do que suficiente para obter tudo o que desejarmos e, afortunadamente para nós, nunca desejamos tanto alguma coisa quanto um ao outro.

É aí que está nosso futuro.

Juntos.

Escrevendo nossa história de amor dramática e inusitada, uma página de cada vez.

AGRADECIMENTOS

Nunca há espaço suficiente para agradecer a todos que merecem, particularmente ao grande número de incríveis blogueiros e blogueiras de literatura e aos críticos e às críticas cuja paixão e entusiasmo têm impulsionado tanto *Meu Romeu* e *Minha Julieta*. Senhoras (e alguns senhores), nunca conseguirei lhes agradecer o suficiente por serem tão sensacionais. Vocês sabem quem são.

Há alguns grupos de leitores absolutamente brilhantes por aí, que me fazem sorrir todos os dias (One-Click Addicts e Vixens: estou falando com vocês neste momento), e eles são os caras com as almas mais gentis e generosas que alguém poderia desejar encontrar.

Para o meu incrível Street Team — vocês, meninas, são minha alegria. Sou muito grata por tudo que vocês fazem.

Para três amigas maravilhosas que me dão conselhos, me fazem cafuné e me mantêm quase sã: Caryn, Heather e Andrea. Adoro vocês.

Para minhas queridas Filets: eu não saberia lidar com a vida, muito menos com a loucura do mundo dos livros, se não fosse por vocês.

Para duas das melhores mulheres que conheço: minha agente, Christina, e minha editora, Rose (bem como as suas fabulosas equipes na JRA e na SMP). Um dia vou arrastá-las para um caraoquê, onde cantarei a versão mais melosa do mundo de "Wind beneath My Wings", e então vocês saberão exatamente o quanto o seu apoio e sua experiência significam para mim. (Ao mesmo tempo que se sentirão completamente constrangidas.)

Para a maravilhosa Haylee da Pan Macmillan Austrália: a melhor mãe que um livro-bebê pode ter.

Para meu sensacional marido, que trabalha sem descanso para que eu possa me sentar por horas e horas, todos os dias, e escrever. Você é meu Ethan, querido. Amo você loucamente.

E para os meus meninos, Special K e Doutor X: vocês fazem tudo valer a pena. Não apenas esses livros, mas a vida. Amo vocês mais do que as palavras podem expressar.

E, finalmente, para cada pessoa que tenha lido esses livros e aprendido a amar esses personagens — seja você um amigo ou estranho, seja um blogueiro ou apenas um amante da literatura. Sou muito grata por ter você comigo nessa jornada. Eu realmente amo você mais do que Ethan ama Cassie, e isso é muita coisa, pode acreditar. Desejo a todos um alegre e espetacular "felizes para sempre".

Leisa x

Nasce, com má estrela, um par de amantes.
Não perca a história de Liam e Elissa!

Este livro, composto na fonte Fairfield,
foi impresso em papel pólen soft 70 g/m² na gráfica Edigráfica.
Rio de Janeiro, Brasil, março de 2021.